O BOSQUE DAS COISAS PERDIDAS

CB010486

O BOSQUE DAS COISAS PERDIDAS

SHEA ERNSHAW

Tradução
Guilherme Miranda

6ª edição

— **Galera** —

RIO DE JANEIRO

2023

EDITORA-EXECUTIVA
Rafaella Machado

COORDENADORA EDITORIAL
Stella Carneiro

EQUIPE EDITORIAL
Juliana de Oliveira
Isabel Rodrigues
Lígia Almeida
Manoela Alves

PREPARAÇÃO
Aline Vieira

EQUIPE EDITORIAL
Luiza Miceli

DIAGRAMAÇÃO
Ricardo Pinto

CAPA
Capa adaptada do design original de
Sarah Creech

TÍTULO ORIGINAL
Winterwood

CIP-BRASIL. CATALOGAÇÃO NA PUBLICAÇÃO
SINDICATO NACIONAL DOS EDITORES DE LIVROS, RJ

E66b
    Ernshaw, Shea
       O bosque das coisas perdidas / Shea Ernshaw ; tradução Guilherme Miranda.
– 6 ed. – Rio de Janeiro : Galera Record, 2023.

    Tradução de: Winterwood

    ISBN: 978-65-5981-086-4

      1. Ficção americana. I. Miranda, Guilherme. II.
    Título.

21-75240
                                 CDD: 813
                                   CDU: 82-3(73)

Camila Donis Hartmann - Bibliotecária - CRB-7/6472

Direitos exclusivos de publicação em língua portuguesa somente para o Brasil adquiridos pela
EDITORA RECORD LTDA.
Rua Argentina, 171 - Rio de Janeiro, RJ - 20921-380 - Tel.: (21) 2585-2000,
que se reserva a propriedade literária desta tradução.

Impresso no Brasil

ISBN 978-65-5981-086-4

Seja um leitor preferencial Record.
Cadastre-se e receba informações sobre nossos
lançamentos e nossas promoções.

Atendimento e venda direta ao leitor:
sac@record.com.br

Para todas as garotas e garotos com corações indomáveis

Não creio que a floresta seria tão luminosa, nem a água tão quente, nem o amor tão doce se não houvesse perigo nos lagos.
— C. S. Lewis

PRÓLOGO

Um garoto desapareceu na noite da tempestade.

A neve noturna desceu das montanhas e uivou entre dentes sobre os beirais da casa velha — cruel, nefasta e cheia de maus presságios que não poderiam ser ignorados.

A eletricidade oscilava como em código Morse. A temperatura despencou tão rápido que as árvores estalavam até o cerne, escorrendo a seiva de cheiro adocicado pela superfície como se fosse mel, antes de também se cristalizar e congelar. A neve descia pela chaminé e se acumulava sobre o telhado, ficando tão espessa que cobria a caixa de correio na porta de entrada até eu não conseguir mais ver o lago Jackjaw pela janela do meu quarto.

O inverno chegou em uma única noite.

Pela manhã, a estrada Barrel Creek, a única estrada que descia a montanha, estava coberta de neve, bloqueada por uma muralha branca intransponível.

Os poucos de nós que moravam nas profundezas do bosque, assim como os que estavam alojados no Acampamento Jackjaw para Rapazes Rebeldes do outro lado do lago, estavam presos. Presos no coração selvagem da floresta.

Não sabíamos por quanto tempo.

Tampouco sabíamos que nem todos sairiam vivos.

NORA

Nunca desperdice uma lua cheia, Nora, nem mesmo no inverno, minha avó dizia.

Subíamos a margem do rio Black sob o céu da meia-noite, seguindo as constelações no céu como um mapa que eu conseguia traçar com a ponta dos dedos — marcas de poeira estelar em minha pele. Ela cantarolava uma melodia das profundezas do seu ser, deslizando a passos firmes pelo rio congelado até a outra margem.

Consegue ouvir?, ela perguntava. *A lua está sussurrando seus segredos. Ela conhece seus pensamentos mais obscuros.* Minha avó era assim, estranha e bela, com histórias escondidas atrás das pálpebras. Histórias sobre o luar, enigmas e catástrofes. Narrativas assombrosas. Mas outras radiantes e alegres. Caminhando ao seu lado, eu imitava cada passo que ela dava na floresta, fascinada pela agilidade com que desviava de urtigas e espinheiros-cambra. Pela maneira como suas mãos traçavam a casca de todas as árvores pelas quais passávamos, bastando tocar para saber a idade delas. Ela era um prodígio, e mantinha o queixo sempre erguido para o céu, desejando o brilho anêmico do luar sobre sua pele marrom, uma tempestade sempre se formando em seus contornos.

Mas hoje caminho sem ela, seguindo a mesma lua ao longo do mesmo rio sombrio e congelado, em busca de coisas perdidas dentro da floresta fria e fúnebre.

Galhos de árvore pendem e pingam sobre mim. Uma coruja pia em um abeto próximo. E eu e Fin avançamos devagar pelas montanhas, sua cauda de lobo empinada, o focinho erguido, rastreando algum cheiro misterioso do outro lado da margem.

Duas semanas se passaram desde que a tempestade caiu sobre o lago Jackjaw. Duas semanas desde que a neve caiu e bloqueou a única estrada para fora das montanhas. Duas semanas desde que a eletricidade estalou e se apagou.

E duas semanas desde que um garoto do acampamento do outro lado do lago desapareceu.

Um garoto cujo nome nem conheço.

Um garoto que fugiu ou se perdeu, ou simplesmente sumiu como a névoa baixa da manhã que se ergue do lago durante as tempestades de outono. Que saiu às escondidas de seu beliche dentro de uma das cabanas do acampamento e não voltou mais. Uma vítima do frio do inverno. Da loucura ou do desespero. Dessas montanhas que têm o hábito de entrar na sua mente, de pregar peças naqueles que se atrevem a andar por entre os pinheiros depois que o sol se põe.

Essa floresta é selvagem, escarpada e cruel.

Não é confiável.

No entanto, é nela que caminho: nas profundezas das montanhas. Aonde ninguém mais se atreve a ir.

Porque sou mais trevas do que mulher. Mais sombras de inverno do que sol de agosto. *Somos as filhas do bosque*, minha avó sussurrava.

Então continuo subindo pela margem do rio Black, seguindo o mapa formado pelas estrelas, como ela me ensinou. Como todas as Walker antes de mim.

Até chegar ao *lugar*.

O lugar onde a linha de árvores se abre à minha direita, onde duas encostas se unem para formar uma passagem estreita para uma floresta estranha e sombria ao leste. Uma floresta que é muito mais antiga do que os pinheiros ao longo do rio Black. Árvores que são confinadas e fechadas e separadas do resto.

O Bosque de Vime.

Um montículo de rochas fica de guarda à minha frente: pedras planas tiradas do leito do rio que formam uma pilha de um metro de altura ao lado da entrada do bosque. É um alerta. Um aviso para dar meia-volta. *Apenas os tolos entram aqui.* Mineradores que garimpavam em busca de ouro ao longo da margem do rio construíram esse moledro para afastar aqueles que viessem depois deles, aqueles que poderiam entrar nessa extensão de terra, inconscientes das trevas cruéis que os aguardavam.

As rochas que marcam a entrada nunca foram derrubadas, nunca caíram sob o peso da neve ou da chuva ou dos ventos outonais.

Essa é a fronteira.

Entre apenas na lua cheia, minha avó alertava, os olhos como piscinas aquosas que se condensavam nas bordas. Dentro do bosque sagrado, encontro coisas perdidas, mas apenas sob a lua cheia — quando a floresta adormece, quando o brilho pálido do luar faz com que ela caia no sono — posso entrar sem ser notada. Ilesa. *Quando dorme, a floresta lhe permitirá uma passagem segura. Mas, se despertada, esteja preparada para correr.*

A cada mês, quando a lua cheia se ergue no céu, entro no Bosque de Vime em busca das coisas perdidas que se escondem entre os galhos verdejantes e ao pé das árvores. Óculos de sol, chinelos de borracha, brincos de plástico baratos em formato de melancias e unicórnios e luas crescentes. Anéis de dedos do pé e anéis de compromisso dados às garotas por rapazes apaixonados. As coisas que se perderam no lago Jackjaw nos verões passados voltam a ser encontradas nas florestas. Surgem como se a floresta as estivesse devolvendo.

Mas às vezes, em uma lua cheia particularmente afortunada, encontro objetos muito mais antigos. Coisas há muito esquecidas, cujos donos fugiram destas montanhas um século atrás. Medalhões de prata e botões de prata e agulhas de prata. Escovas de dente feitas de ossos, frascos de remédio com rótulos há muito desgastados, botas de caubói e latas que antes estavam cheias de leite em pó e grãos de café preto. Relógios de bolso e maçanetas. E, de tempos em tempos, encontro até ouro de verdade: moedas brutas marteladas na forma de discos, pepitas de ouro enroscadas no musgo, flocos que se prendem em meu cabelo.

Coisas perdidas encontradas.

Por magia ou maleficência, essas coisas surgem no bosque. Devolvidas.

Fin fareja o ar, hesitante. Respiro fundo, girando o fino anel de ouro em volta do dedo indicador. Um hábito. Uma forma de evocar a coragem da minha avó, que me deu o anel na noite de sua morte.

— Eu sou Nora Walker — sussurro.

Deixe a floresta saber seu nome. Antes, isso me parecia bobagem, falar em voz alta para as árvores. Mas depois que você entra na escuridão e sente o frio atravessar seu corpo — as árvores engolindo todas as lembranças de luz —, você contará ao Bosque de Vime todo tipo de segredos. Histórias que mantém enjauladas dentro do peito. Qualquer coisa para embalar a floresta, para que ela continue dormindo.

Fecho os olhos com força e atravesso o limiar, passando pela linha de árvores que montam guarda como soldados. Para dentro da escuridão da floresta.

Para dentro do Bosque de Vime.

* * *

Nada de bom vive aqui.

O ar é frio e úmido, e a escuridão dificulta enxergar além de um palmo à frente do nariz. Mas é sempre a mesma sensação, cada vez mais fria e escura do que a anterior. Respiro devagar e sigo em frente, pisando com cautela, com propósito, sobre troncos caídos e flores cobertas por gotas congeladas de orvalho. No inverno, esse bosque parece um conto de fadas suspenso no tempo: a princesa esquecida, o herói devorado por um nobre *goblin* de abeto. A história acabou, mas ninguém se lembrou de incendiar a floresta mal-assombrada.

Entro sob um arco de gravetos espinhosos e vinhas mortas de cipreste. Mantenho o olhar no chão, tomando o cuidado de nunca me demorar demais numa única sombra, e pelo canto dos olhos vejo algo rastejando. Minha mente só piora as coisas. Distorce em algo com chifres e presas e olhos cor de cobre.

Os mortos despertam neste bosque antigo.

Eles cravam as unhas nos troncos das coníferas, lamentam através dos galhos, em busca da luz da lua, em busca de qualquer pedaço de céu. Mas não existe nenhuma luz neste lugar. O Bosque de Vime é onde espreitam coisas antigas e vingativas, muito mais antigas do que o próprio tempo. Coisas que você não quer encontrar na escuridão. *Entre. Saia correndo.*

Fin me segue de perto, deixando de guiar o caminho — tão perto que seus passos coincidem com os meus. Sombra humana. Sombra canina.

Eu sou uma Walker, lembro a mim mesma quando as fisgadas de medo começam a arranhar minha espinha, retorcendo-se entre a carne e o osso, me incentivando a correr. *Eu pertenço a este lugar.* Embora eu não seja tão formidável quanto minha avó ou tão destemida quanto minha mãe, o mesmo sangue corre em minhas veias. Escuro como piche. O sangue que dá a todas as Walker nossa dádiva noturna, nosso "lado sombrio". A parte de nós que é diferente, estranha, incomum. Minha avó conseguia entrar nos sonhos das pessoas e minha mãe consegue hipnotizar abelhas. Mas, em noites como esta, me aventurando dentro da parte mais cruel da floresta, costumo me sentir terrivelmente comum e me pergunto se as árvores conseguem sentir isso também: sou uma garota que mal pode se dizer descendente de bruxas.

Mal posso dizer que sou uma Walker.

Mesmo assim, sigo em frente, espreitando a escuridão e espiando as raízes expostas através da neve, em busca de coisas escondidas, presas em meio a líquen e rochas. Algo reluzente ou afiado ou enferrujado pelo tempo. Algo feito pelo homem. Algo que vale o quanto pesa.

Passamos por um riacho seco, e o vento muda de direção, do leste para o norte. A temperatura despenca. Uma coruja pia ao longe, e Fin para atrás de mim — o nariz se contorcendo no ar. Toco sua cabeça de leve, sentindo o ritmo rápido de sua respiração.

Ele sente alguma coisa.

Fico imóvel e me preparo para ouvir o estalar de galhos sendo pisados, os sons de um lobo espreitando por entre as árvores, nos observando. Caçando.

Mas é uma mariposa que passa pelo meu ombro, batendo as asas brancas contra o frio, voando em direção a uma conífera triste e galhuda, deixando marcas de pó onde pousa. Ela parece ter acabado de passar por uma tempestade, as pontas das asas rasgadas. Dilaceradas.

Uma mariposa que enfrentou a morte. Que a viu de perto.

Meu coração se aperta no peito e meus cílios estremecem, certa de que não estou enxergando bem. Que não passa de mais um truque do bosque.

Mas sei o que ela é, já vi desenhos delas antes. Até vi uma na janela enquanto minha avó tossia no quarto ao fim do corredor, as mãos agarrando os lençóis. Sangue na garganta.

Uma mariposa-de-ossos.

O pior tipo. A portadora de presságios e alertas, de agouros que nunca devem ser ignorados. *De morte.*

Meus dedos voltam a tocar o anel com a pedra da lua que pesa em meu dedo.

Todas as partes de mim que se sentiam valentes, que sentiam a coragem de minha avó pulsando através de mim, desaparecem. Aperto os olhos com força, mas a mariposa ainda está ali. Ziguezagueando entre as árvores.

— Não deveríamos estar aqui — sussurro a Fin. *Precisamos fugir.*

Tiro a mão da cabeça de Fin, e meu coração dispara contra as costelas. Olho para trás, para a trilha estreita por onde entramos. *Corre, corre, corre!*, grita meu coração. Dou um passo cuidadoso para trás, para longe da mariposa, sem querer emitir nenhum som. Mas ela circula pelo ar, se debatendo rapidamente por entre as árvores, chamada por alguma coisa. De volta à escuridão.

O alívio me invade e meu coração recupera sua cadência, mas então Fin foge para longe de mim. Ele dispara ao redor de um toco de árvore morta e para dentro do arbusto, atrás da mariposa.

— Não! — exclamo, *alto demais*, minha voz ecoando sobre a camada de neve e repercutindo através das copas das árvores. Mas Fin não para. Ele corre em meio a um conjunto de álamos galhudos e desaparece na escuridão. Completamente.

Merda, merda, merda.

Se fosse qualquer outra coisa, um tipo diferente de mariposa, ou outro lobo que ele caçaria além das montanhas cobertas de neve para voltar para casa em um dia ou dois, eu o deixaria ir.

Mas uma mariposa-de-ossos significa outra coisa — algo cruel, perverso e hostil —, então vou atrás dele.

Sigo-o, correndo até a parte mais profunda da floresta, passando por arvoredos que crescem em ângulos estranhos, descendo por terrenos íngremes e escarpados que não reconheço — onde minhas botas escorregam, onde minhas mãos pressionam troncos de árvore para me impulsionar à frente e onde cada passo soa como um trovão contra o chão congelado. *Estou fazendo muito barulho. Demais.* O bosque vai acordar. Mas não diminuo o passo, não paro.

Eu o perco de vista depois de duas árvores caídas, e pequenas pontadas de dor me atravessam.

— Fin, por favor! — chamo em um quase sussurro, tentando manter a voz baixa enquanto sinto o ardor das lágrimas contra os olhos, turvando minha visão. O pânico salta em minha garganta e quero gritar, berrar o nome de Fin mais alto, mas contenho esse impulso. Aconteça o que acontecer, não posso despertar o bosque, senão nem eu nem Fin sairemos daqui.

E então o vejo: abanando o rabo, parado a alguns metros junto a um grupo de coníferas. Meu coração volta a bater.

Ele nos trouxe para as profundezas do Bosque de Vime, para mais longe do que jamais estive. E a mariposa, com seu corpo esgarçado e suas asas brancas com furos rasgados nas pontas, voa entre os flocos de neve que caem, vagarosa e inconstante, como se não tivesse pressa. Ela sobe em direção ao céu, um ponto branco em meio à escuridão das copas das árvores, e então desaparece na floresta.

Dou um passo cauteloso em direção a Fin e toco em sua orelha para impedir que ele saia correndo atrás dela outra vez. Mas ele mostra os dentes, rosnando.

— O que foi? — pergunto baixinho.

Ele levanta as orelhas, a respiração acelera enquanto inspira lufadas de ar e um rosnado baixo e gutural surge do fundo do seu peito.

Tem alguma coisa ali.

Uma fera ou sombra com garras curvas e olhinhos pretos sinistros. Um ser que a floresta abriga, um ser que ela esconde. Algo que não quero ver.

Meus dedos se contorcem, e o pavor sobe pela minha garganta. Sinto gosto de cinzas. Odeio essa sensação que cresce dentro de mim. Esse medo terrível. *Sou uma Walker.* É de mim que as pessoas falam aos sussurros, sou eu que provoco arrepios e pesadelos.

Engulo em seco e tensiono a mandíbula, dando um passo à frente. A mariposa nos guiou até aqui. Para algo além da minha visão. Observo a escuridão, em busca de olhos, de algo piscando entre as árvores.

Mas não há nada.

Abano a cabeça e solto o ar, prestes a me virar para Fin, quando meu pé esquerdo encosta em algo no chão. Algo duro.

Volto o olhar para baixo, tentando enxergar em meio à escuridão.

Um monte de neve. A manga de um casaco. A ponta de uma bota. Algo que não deveria estar ali.

E então vejo. *Vejo.*

Mãos.

Ali, caído sob uma fina camada de neve, no meio do Bosque de Vime, está um corpo.

* * *

Flocos de neve se acumulam sobre cílios rígidos.

Olhos fechados como duas luas crescentes. Lábios pálidos entreabertos, à espera dos corvos.

Até o ar entre as árvores parou, e a floresta de repente estava silenciosa como uma tumba, como se o corpo fosse uma oferenda que não deve ser incomodada.

Encaro o cadáver e um segundo se passa, depois outro, meu coração pulsando silenciosamente na traqueia. Mas nenhum som escapa dos meus lábios, nenhum grito de socorro. Fico encarando em um torpor perplexo. Minha mente se refreia e meus ouvidos zumbem, um estranho ruído estala, como se um rádio estivesse encostado em meu crânio. Eu me aproximo devagar e as árvores tremem no alto. Por um segundo, me pergunto se a floresta inteira não pode arrebentar suas raízes e se erguer — troncos para o céu e copas para o chão.

Eu já vi pássaros mortos na floresta antes, até um cervo morto com a galhada ainda presa ao crânio oco. Mas nunca vi algo assim. Nunca um corpo humano.

Fin solta um ganido baixo atrás de mim, mas não olho para trás. Não tiro os olhos do cadáver, como se ele pudesse desaparecer se eu desviar o olhar.

Engulo em seco e me agacho, os joelhos pressionando a neve Os olhos lacrimejando pelo frio. Mas preciso saber.

É ele? O garoto que desapareceu do acampamento?

Seu rosto está coberto por uma camada de neve, o cabelo escuro, congelado. Não há ferimentos que eu consiga ver. Nenhum trauma, nenhum sangue. E ele não está aqui há muito tempo, senão nem mesmo estaria aqui. Os mortos não duram muito nas montanhas, especialmente no inverno. As aves devoram tudo o que podem até os lobos se aproximarem, espalhando os ossos por quilômetros afora, mal deixando um sinal do que já esteve ali. A floresta é eficiente na morte: faz uma limpeza rápida, sem deixar resquícios para enterrar ou cremar, ou lamentar.

Um vento leve agita as árvores, soprando a neve de sua testa, suas bochechas e seus lábios pálidos, e os pelos na minha nuca se arrepiam.

Tiro a mão da neve, os dedos pairando sobre a palma aberta de sua mão, trêmula, curiosa. *Eu não deveria encostar nele* — mas abaixo a mão mesmo assim. Quero sentir a pele gelada, o peso da morte em seus membros.

Minha pele toca a dele.

Mas sua mão não está rígida nem imóvel. Ela estremece contra a ponta dos meus dedos.

Não está morto.

Ainda está vivo.

Os olhos do garoto se entreabrem — verde-floresta, verde-cinza, verde-vivo. Ele tosse no mesmo instante em que seus dedos se fecham em torno dos meus, apertando-os com força.

Grito — um som estrangulado, engolido pelas árvores —, mas Fin surge ao meu lado imediatamente, a cauda erguida, o focinho absorvendo o cheiro do garoto agora vivo. Puxo o braço e tento me levantar, tento recuar, mas minhas pernas tropeçam debaixo de mim e caio de costas na neve. *Corre!*, grita meu coração, acelerado. Mas antes que eu consiga me levantar, o garoto vira de lado, tossindo novamente, tocando o rosto com as mãos. Tentando respirar.

Vivo. Não morto. Arfando, a pele quente, agarrando minha mão, meio vivo. Minha garganta fica seca e meus olhos se recusam a piscar. Tenho certeza de que ele não é real. Mas o garoto respira profunda e compassadamente entre uma tosse e outra, como se seus pulmões estivessem cheios d'água.

Tiro uma das alças da mochila e coloco a mão dentro dela em busca do cantil de chá quente de zimbro. *Vai salvar sua vida se você se perder algum dia*, minha avó dizia. *Dá para viver à base de chá de zimbro por semanas.*

Estendo o cantil para ele, e ele tira a mão do rosto, seus olhos encontrando os meus. Olhos sonolentos e sombrios, inspirações pesadas e profundas que faziam seu peito subir e descer como se nunca tivesse sentido o ar antes na vida.

Ele não pega o cantil, e me inclino para a frente, respirando fundo.

— Como você se chama? — pergunto, com a voz embargada.

Seu olhar percorre o chão, depois se eleva, como se buscasse a resposta: seu nome perdido em algum lugar do bosque. Tirado dele. Arrancado durante o sono.

Seus olhos voltam a pousar em mim.

— Oliver Huntsman.

— Você é do acampamento dos garotos?

Um vento gelado passa por nós, levantando uma camada de neve. Sua boca se abre, buscando as palavras, e então ele assente com a cabeça.

Eu o encontrei.

* * *

O Acampamento Jackjaw para Rapazes Rebeldes não é uma instituição de elite, não é um lugar para onde os ricos mandam seus filhos. É um aglomerado precário de cabanas, um refeitório e alguns edifícios administrativos malcuidados — a maioria dos quais eram as casas dos primeiros mineradores que garimparam o rio Black em busca de ouro. Agora é um lugar para onde pais desesperados mandam seus filhos teimosos para terem suas mentes e corações renovados, para transformá-los em filhos dóceis e obedientes. Os piores iam para lá, aqueles que esgotaram suas últimas chances, suas últimas desculpas, as últimas detenções ou visitas à diretoria. Eles chegam e partem. A cada estação uma nova leva, exceto pelos poucos que passam todo o ensino médio no acampamento. Eles aprendem a sobreviver na floresta, a fazer fogo com uma pederneira, a dormir no relento sob as estrelas, a se comportar.

Duas semanas atrás, na manhã depois da nevasca, eu acordei e encontrei a casa coberta de neve. O gelo revestia as janelas, o telhado rangia com o peso, e as paredes se inclinavam para dentro como se pregos estivessem sendo arrancados da madeira. O rádio havia dito que teríamos entre trinta e cinquenta centímetros de neve. Tivemos mais de um metro — em uma única noite. Levantei-me da cama, o frio trespassando o assoalho, e saí em meio à neve.

A paisagem havia mudado da noite para o dia.

Desci até a beira do lago e encontrei a floresta pingando uma penugem branca como marshmallow. Mas não estava calmo e silencioso como na maioria das manhãs de inverno. Vozes ecoavam pelo lago congelado, vindas do acampamento dos garotos. Eles gritavam em meio às árvores. Saíam pisoteando com suas botas de neve pesadas, e faziam os pássaros gritarem descontentes para o céu frio da manhã.

— Bom dia! — o velho Floyd Perkins cumprimentou, acenando a mão no ar enquanto marchava até a margem, a cabeça baixa para se proteger do vento que soprava, os ombros curvados e inclinados pelo tempo e pela velhice e pelo peso da gravidade. Ao se aproximar de mim, ele estreitou os olhos como se não conseguisse enxergar com clareza — a catarata turvava sua visão já precária. — Que inverno ruim — disse ele, erguendo o olhar, enquanto flocos delicados caíam sobre nós. — Mas já tivemos piores.

O Sr. Perkins viveu a maior parte da vida no lago Jackjaw. Ele conheceu minha avó quando ela ainda era viva, e mora no extremo sul do lago, em uma cabana pequena ao lado do armazém de embarcações que ele administra durante os meses de verão — alugando canoas e remos e vendendo sanduíches de sorvete para os turistas sob o sol de rachar. E toda manhã ele caminha pela margem do lago, com o passo lento e difícil, os braços compridos balançando ao lado do corpo e a artrite rangendo em suas articulações. Mesmo na neve, ele faz suas rondas matinais.

— O que está acontecendo no acampamento? — perguntei.

— Um garoto desapareceu ontem à noite. — Ele passou a mão cheia de nós pela nuca, o cabelo grisalho sob o gorro de lã. — Desapareceu do beliche durante a tempestade.

Olhei para além dele, subindo a margem até o acampamento. Alguns garotos estavam tirando a neve da entrada de suas cabanas, enquanto quase todos os outros se moviam pela floresta, gritando um nome que eu não conseguia compreender.

— Falei com um dos orientadores — continuou o Sr. Perkins, assentindo com tristeza, considerando a gravidade da situação. — O garoto pode ter simplesmente fugido, descido a montanha antes de a neve cair ontem à noite.

O vento soprou pela superfície do lago congelado e tive um calafrio.

— Mas estão procurando por ele no bosque. — Cruzei os braços diante do peito e apontei com a cabeça para as árvores do outro lado do acampamento.

— Acho que precisam confirmar que ele não se perdeu. — Ele ergueu uma sobrancelha grisalha e grossa, com o olhar solene. — Mas se aquele garoto entrou no bosque ontem à noite, são grandes as chances de ele não conseguir sair. E nunca o encontrarão.

Entendi o que ele quis dizer. A neve era grossa e continuava a cair — quaisquer pegadas estariam soterradas àquela altura. E o próprio garoto também poderia estar soterrado. Até mesmo Fin teria dificuldade para farejar o cheiro dele nessas condições.

— Tomara que ele tenha fugido — eu disse. — Tomara que tenha descido a estrada. — Pois eu sabia o desfecho da história se ele não tivesse. Por mais que os garotos do acampamento aprendessem habilidades de sobrevivência na selva e como construir abrigos de neve sob as árvores, eu duvidava que algum deles poderia realmente sobreviver a uma noite no frio da floresta. Durante uma nevasca. Sozinho.

O lago rangeu e estalou ao longo da margem enquanto o gelo se assentava. E o Sr. Perkins perguntou:

— A eletricidade de vocês caiu ontem à noite? — Ele olhou para as árvores atrás de mim, onde ficava minha casa, escondida entre os pinheiros.

Fiz que sim com a cabeça.

— E a do senhor?

— Também — respondeu ele, depois pigarreou. — Vai demorar um tempo até a estrada ser limpa. Até a energia voltar. — Ele olhou para mim, e o suave estreitamento dos seus olhos e as rugas cobrindo sua testa fizeram eu me lembrar da minha avó. — Estamos por nossa conta — concluiu.

A única estrada que descia a montanha estava bloqueada. E a cidade mais próxima, Fir Haven, a quarenta e cinco minutos de carro, era longe demais para ir a pé. Estávamos presos.

O Sr. Perkins inclinou a cabeça para mim, um gesto grave, uma certeza de que este seria mais um inverno rigoroso, antes de continuar a subir a margem do lago em direção à marina. Em direção ao ancoradouro e sua casa.

Fiquei escutando os gritos dos garotos se dispersando entre as árvores. O céu estava escurecendo novamente, mais uma tempestade se preparando para cair sobre o lago. Eu sabia como a floresta podia ser implacável, inclemente.

Se havia um garoto perdido lá dentro, ele dificilmente teria sobrevivido à noite.

* * *

Ainda está escuro, o tipo mais profundo de escuridão. A escuridão do inverno.

O garoto, Oliver Huntsman, me segue por entre as árvores, tropeçando em raízes, tossindo, respirando com dificuldade. Talvez ele não consiga sair do Bosque de Vime, talvez caia morto na neve atrás de mim. Ele para e se apoia em uma árvore, com o corpo trêmulo, então vou até ele e coloco um braço ao seu redor.

Ele é mais alto do que eu e tem ombros largos, mas seguimos juntos pela escuridão. Ele tem cheiro de floresta, de verde. E quando alcançamos a borda do Bosque de Vime, ultrapassamos o limiar de volta para o campo aberto.

Eu o solto, e ele se curva para a frente, segurando os joelhos e tentando tomar fôlego. Seus pulmões soltam um chiado estranho a cada respiração. Ele passou muitas noites sozinho aqui fora, na floresta, no frio. Onde os barulhos rastejantes e arrepiantes de seres estranhos se escondem nas sombras e o medo se torna uma voz no fundo da mente, importunando e percorrendo pensamentos insones. Uma pessoa pode enlouquecer nessa floresta. Enlouquecer completamente.

Ao redor, o barulho da água correndo sob a superfície congelada do rio Black é, ao mesmo tempo, calmante e sinistro. Oliver ergue os olhos para o céu da noite, boquiaberto, em êxtase, como se fizesse semanas que não via as estrelas.

— Precisamos seguir em frente — digo.

Seu corpo estremece, a pele pálida e suave. Preciso levá-lo para dentro de casa, para longe da neve e do vento. Ou ele ainda pode morrer de frio.

Volto a colocar o braço ao redor dele, a mão em suas costelas, onde consigo sentir o movimento de cada respiração, e avançamos rio abaixo até o lago Jackjaw se estender diante de nós, totalmente congelado.

— Onde estamos? — pergunta, com a voz fraca, um tremor a cada palavra.

— Estamos quase na minha casa — digo a ele. E então, como penso que talvez signifique algo mais para ele, por conta de sua memória borrada, acrescento: — Estamos de volta ao lago Jackjaw.

Ele não assente com a cabeça e seus olhos não demonstram nenhum reconhecimento. Ele não tem nenhuma lembrança deste lugar, não faz ideia de onde esteja.

— Minha casa está perto — acrescento. — De manhã levo você de volta para o acampamento. Agora precisamos aquecer você. — Não sei se ele aguentaria mais um quilômetro e meio em volta do lago até o acampamento dos garotos. E o hospital mais próximo fica a uma hora descendo a estrada coberta de neve. Não tenho outra opção a não ser levá-lo para casa.

Suas mãos estremecem, os olhos percorrendo as árvores com cautela, como se ele visse algo na escuridão. Um truque de sombra e luar. Mas o bosque em volta do lago Jackjaw é seguro e pacato, nem de longe tão antigo quanto o Bosque de Vime, onde o encontrei. Essas árvores são jovens, cortadas ao longo dos anos para obter lenha, e os pinheiros que assomam minha casa eram brotos até não muito tempo atrás. Ainda verdes e macios em seu cerne, possuem galhos que balançam com o vento em vez de ranger e estalar. Não são antigos o bastante para guardar rancores ou lembranças, para criar feitiços em suas raízes. Ao contrário do Bosque de Vime.

Chegamos à linha de chalés que pontilham a margem, e Fin avança pela neve.

— Minha casa é logo ali — digo, apontando por entre as árvores. A maioria das casas ao longo da margem são de veraneio, de pessoas que só visitam o lago Jackjaw quando o clima esquenta e o lago descongela. Mas eu e minha mãe moramos aqui o ano todo, assim como nossas ancestrais. Continuamos no lago durante todas as estações, mesmo as mais brutais — *especialmente* as mais brutais. Minha mãe não gosta dos turistas que vêm no verão, com suas músicas retumbantes e varas de pescar e toalhas de banho. Isso a irrita. Mas o silêncio do inverno a tranquiliza, acalma sua mente agitada e acelerada.

Nossa casa fica no final da rua, a mais próxima das montanhas e da floresta selvagem, escondida no bosque. Oculta. E, nesta noite, ela está escura, nenhuma luz brilhando por dentro, nenhum crepitar de eletricidade atrás das paredes. A energia não fora restaurada desde a tempestade.

Bato a neve das botas e empurro a porta pesada de madeira, deixando o ar frio entrar. Fin passa pelas minhas pernas para chegar na sala, onde se joga no tapete ao lado da lareira e começa a lamber a neve das patas. Deixo a mochila em cima do sofá verde-oliva desbotado, cujo estofado está murcho e caído como se estivesse afundando no piso de madeira.

— Vou acender o fogo — digo para Oliver, que ainda está tremendo na entrada, parecendo um garoto à beira da morte. Seus olhos parecem vazios como os de alguém que já consegue enxergar o outro lado a apenas centímetros de distância.

Minha avó saberia as ervas certas, as melhores palavras para sussurrar junto à sua pele a fim de aquecer o frio instalado em seus ossos. Para mantê-lo firme neste mundo antes que ele deslize para o outro. Mas ela não está aqui, e só conheço os mais ínfimos remédios, os feitiços mais básicos. Não é o bastante para invocar uma magia real. Cerro os dentes, sentindo uma velha dor conhecida: o peso da inutilidade que carrego no peito. Não tenho como ajudá-lo, e queria poder. Sou uma Walker cuja avó morreu cedo demais e cuja mãe preferiria esquecer o que realmente somos.

Sou tão impotente quanto uma garota com qualquer outro sobrenome.

Atiço as poucas brasas que ainda brilham entre as cinzas, reavivando as chamas dentro da velha lareira, enquanto os olhos verde-jade de Oliver percorrem a casa devagar: as paredes de troncos, as vigas de madeira apodrecidas que pendem do alto, as cortinas florais desbotadas que guardam o forte aroma de sálvia, queimada milhares de vezes dentro da casa para afastar os velhos espíritos teimosos.

Mas os olhos de Oliver não se fixam nas cortinas nem nas paredes grossas. Em vez disso, perpassam a velha coleção de objetos que preenchem todas as prateleiras e cantos cobertos de teias de aranha da velha casa. Relógios de bolso antigos e óculos de aro fino, centenas de botões de prata em potes de vidro, colheres de prata com entalhes delicados e castiçais de prata com cera endurecida na base. Uma caixa de joias ornamentada com ouro guardando nada além de poeira.

Todas as coisas que encontramos dentro do Bosque de Vime ao longo dos anos, coisas que não vendemos em Fir Haven para um homem chamado Leon, que é dono de uma rara loja de antiguidades. Essas são as coisas que possuem significado e das quais não consigo me desfazer. Que me fazem companhia. Aquelas que guardam memórias, as histórias que elas contam quando as seguramos na palma da mão.

Assim como a maioria das mulheres Walker antes de mim, sou uma descobridora de coisas perdidas.

E parado no batente está um garoto chamado Oliver Huntsman.

Minha descoberta mais recente.

OLIVER

Seu cabelo escuro e comprido está preso em uma trança atrás das costas, como um rio entrelaçado.

Ouvi falar sobre ela, *a garota que mora do outro lado do lago*. Os garotos no acampamento dizem que não se pode confiar nela. Dizem que dá para ver sua sombra no telhado da casa durante a lua cheia, fazendo feitiços malignos sob o céu salpicado de gelo. Dizem que ela descende da floresta, que é uma Walker, e todas as Walker são bruxas.

Sua casa fica escondida entre as árvores, um casebre com cheiro de terra e grama e madeira. Um lugar que poderia facilmente atrair João e Maria com a promessa de doces, onde encontrariam seu fim entre suas paredes. *Assim como eu.*

Ela atravessa a sala com a leveza de um pássaro, seus pés mal fazendo barulho sobre o assoalho velho de madeira. Pequenas nuvens de poeira se erguem em volta de seus pés.

Estou na casa de uma bruxa.

— O que aconteceu? — pergunto, tentando flexionar os dedos, mas eles estão congelados, o frio me percorrendo como a água de uma torneira no inverno, cristais de gelos se formando em cada articulação. Meus pensamentos vão e vem, confusos. Todas as memórias estão brancas como a neve, reluzentes, ofuscantes e doloridas de olhar.

— Encontrei você na neve — Nora responde, ajoelhando-se ao lado da lareira. Ela se move com rapidez, com habilidade, usando as mãos para colocar mais toras nas chamas. Sem se crispar em momento nenhum quando as faíscas tocam sua pele.

Ando até o meio da sala, as botas deslizando pelo chão, mais perto do calor do fogo, e volto os olhos para a janela, onde a neve rodopia contra o vidro, desejando que minha mente se lembre. *Acordei no bosque. Vejo a sombra de uma garota acima de mim. Seus dedos delicados tocando minha pele.* Mas isso parecia ter sido dias atrás, as horas se arrastando, derretendo lentamente como a neve instalada em meus ossos.

— Que dia é hoje? — pergunto.

Chamas se acendem de repente sobre a madeira seca, emitindo uma rajada de calor, e ela faz sinal para eu me sentar em uma pequena poltrona de frente para o fogo. Obedeço, tirando as mãos dos bolsos do casaco e estendendo-as na direção da lareira.

— Quarta-feira — ela responde, seus olhos castanhos fitando os meus apenas por um instante, como se temesse o que encontraria ali. Ou o que eu encontraria nos dela.

Minhas mãos doem quando cerro os punhos, a circulação voltando em ondas dolorosas. *Quarta-feira*, penso. Mas isso não quer dizer nada. Eu deveria ter perguntado a semana, o mês, o ano até. Meus pensamentos crepitam devagar através das sinapses. Não consigo me lembrar dos momentos que me trouxeram até aqui, que me levaram àquela floresta, deitado de costas, a neve caindo em um ritmo lento e contínuo, me enterrando vivo.

A garota entra na cozinha e cantarola algo baixinho, como se achasse que não consigo ouvi-la. É uma melodia suave, uma canção de ninar talvez, lenta e trágica. Mas então seus olhos encontram os meus e ela para.

Baixo o olhar, calor cobrindo minhas bochechas, e ouço seus passos atravessarem a sala.

— Beba isto — ela diz, estendendo uma caneca de porcelana vermelha cheia até a borda com chá quente. — Vai aquecer você.

— Ela acena para mim com a cabeça e pego a caneca com as mãos trêmulas, enquanto o cheiro de algo forte e pungente sobe com o vapor.

Beba isto. Coma aquilo. Alice na toca do coelho. *É de lá que voltei?* País das Maravilhas ou Terra do Nunca? Ou um lugar muito pior? Com mais monstros do que bolos de limão e canções de finais felizes?

— Você ainda corre risco de hipotermia — ela acrescenta, os lábios contraídos. — Mas está melhor do que pensei.

Não me sinto em um bom estado. Sinto como se nunca mais fosse me aquecer. Como se ainda conseguisse sentir as raízes das árvores crescendo dentro dos meus ossos, e que elas logo vão me dilacerar, rasgando minha pele e cravando espinhos através dos meus olhos.

Eu me sinto cavernoso. Uma casca de quem eu costumava ser.

Seguro a caneca do chá perfumado nas mãos desejando algo mais forte. Um copo forte de café preto, algo com acidez, denso como piche. Mas tomo um gole do chá sem reclamar, me crispando com o sabor amargo. Ela me observa terminar de bebê-lo com suas pequenas sardas se apertando ao longo da ponte do nariz — não são sardas que duram o ano todo, são lembranças dispersas de estações mais quentes e dias passados sob o sol. Ela tira a caneca vazia das minhas mãos, o olhar ainda cauteloso, triste até, com os dedos roçando nos meus. *Dedos brancos e pálidos.*

Há algo de selvagem nela, uma certa brutalidade. Aquele olhar que às vezes você encontra quando está dirigindo por um atalho durante a noite e um animal cruza seu caminho, os olhos assustados iluminados pelos faróis. Aquele olhar firme de uma criatura que é mais livre do que você jamais poderia compreender.

Mais uma vez, um nó de medo começa a se apertar dentro de mim. *Ela é a garota que vive do outro lado do lago.* Uma garota da qual se deve manter distância, a qual se deve evitar. Ela vai enfeitiçar você, encantar você, jogar você no fogo só para ver sua pele ser arrancada de seus ossos. Mas ela não me olha com maldade, com uma necessidade feroz de matar. Ela me resgatou e me trouxe de volta.

Ela segura a xícara vazia na mão e sua boca se abre, o olhar fixo no chão sob meus pés.

Ouço o estranho barulho de água batendo na madeira.

Um após o outro.

Ela toca a manga do meu casaco e percebe que está completamente ensopado, como se eu fosse feito de gelo e agora estivesse derretendo, formando uma poça no chão.

— Precisamos tirar você dessas roupas molhadas — ela me diz, um relance de urgência nos olhos, na respiração.

Concordo com a cabeça, com o cérebro avançando no piloto automático, o frio esvaindo qualquer capacidade de protestar.

Ao lado do fogo, tiro o casaco, a camisa de manga comprida e a calça jeans. Se fosse qualquer outro dia, se minha mente estivesse lúcida e afiada, eu me sentiria estranho em ficar apenas de cueca, com o corpo tremendo e os dentes cerrados, na frente de uma garota que nem conheço. Mas o frio é tudo o que sinto. Tudo o que me resta.

Seus olhos perpassam os meus, parando por meio segundo antes de desviarem. Fingindo não encarar. Fingindo não corar.

Volto a me sentar na poltrona e ela coloca o pesado cobertor de lã do sofá sobre meus ombros, depois pendura minhas roupas molhadas em cima da lareira para secarem. Elas estão com um cheiro de pinheiro e vento e mata selvagem, um cheiro difícil de descrever — a menos que você tenha caminhado pela floresta e voltado com ele em seu cabelo e nas fibras de suas roupas. É como se o bosque tivesse me seguido, em meu encalço como a fumaça de uma fogueira.

— De manhã levo você de volta ao acampamento — ela diz, agora olhando para o fogo e esfregando as palmas das mãos. — Estavam procurando por você.

— Por quanto tempo fiquei desaparecido? — pergunto, sem rodeios.

Ela morde o lábio inferior, revelando uma fileira de dentes brancos, e a sensação é que estou vendo demais dela. Como se a encarasse de muito perto, observando cada tremor e movimento de seus olhos escuros.

— Desde a tempestade — ela diz por fim, tirando as mãos de perto do fogo. — Duas semanas.

A sala sai de foco, oscila por um momento, depois volta ao lugar. *Duas semanas, duas semanas inteiras.* Abano a cabeça.

— Não pode ser — murmuro, piscando os olhos para não cair da cadeira. — Eu teria morrido lá se estivesse desaparecido por tanto tempo.

— Mas não morreu — ela responde, e se aproxima da janela, com seu reflexo encarando-a de volta: cabelos escuros e olhos opacos. — Talvez o bosque tenha protegido você. — Não entendo o que ela quer dizer, e uma lufada de vento balança a casa, fazendo a poeira cair das vigas no alto. — Todos no acampamento acham que você tentou fugir.

Não fugi. Mas não digo isso, porque não sei explicar como fui parar naquela floresta escura. Onde apenas rajadas de luz me alcançavam na escuridão infinita, onde as árvores balançavam como longos braços de esqueletos se movendo em um balé macabro, o vento sendo a única música que enchia meus ouvidos. *Sempre o vento. Frio, cortante e cruel.*

Pisco para afastar a memória, afiada como um prego, e deixo meus olhos vagarem pela sala mais uma vez. A lareira é a única luz refletindo nas paredes, iluminando uma cozinha pequena, um corredor estreito e um lance de escadas perto dos fundos.

— A energia acabou? — pergunto.

Ela faz que sim.

— As linhas telefônicas também caíram. Os celulares nunca pegaram direito nesta altitude das montanhas. Nossos únicos contatos com o mundo exterior, com a cidade mais próxima, são as linhas fixas e a estrada, ambas danificadas pela tempestade.

— Então estamos presos? — questiono.

Ela dá de ombros.

— A estrada vai ser liberada em algum momento. Já tivemos invernos ruins como este antes. — Seu olhar se distancia, como se estivesse se lembrando. — Três anos atrás, demorou dois meses até a estrada descongelar e a energia voltar. Estamos acostumados a nos virar sozinhos. — Ela repuxa o lábio inferior, como se talvez tivesse falado demais, revelado um ponto fraco.

— Estamos acostumados com o isolamento — esclarece, a voz se dissolvendo, desaparecendo no pé-direito alto. — Você vai se acostumar também — ela diz, como se eu nunca fosse sair destas montanhas. Como se fosse um dos moradores agora, preso aqui até me enterrarem.

Um calafrio percorre meus braços e penso: talvez o que dizem sobre ela seja verdade, talvez eu não devesse estar aqui, em sua casa. Um lugar de trevas e putrefação.

— Você encontrou todas essas coisas? — pergunto, engolindo em seco e desviado minha atenção para as lupas, os estranhos frascos de perfume e fivelas de cinto cobrindo o peitoril da janela. Minha mente é levada de volta às histórias que ouvi, as histórias que os garotos contam sobre como ela entra no bosque sombrio, *um lugar em que ninguém deve entrar*, onde encontra coisas perdidas. Que ela é a única que consegue, que é feita da floresta, que, se a cortarem, ela sangra seiva como uma árvore. Que sua família é amaldiçoada e condenada e mais perigosa do que uma tempestade de inverno. Que seu cabelo é feito de urtiga e que garras crescem de suas unhas.

— Sim — ela diz, cautelosa. — Assim como encontrei você.

Um silêncio estranho e traiçoeiro nos envolve, caindo como se pudesse nos sufocar. Ela se aproxima de mim e ergue o braço, colocando a palma da mão na minha testa, os dedos quentes encostando na minha pele, medindo minha temperatura. Inspiro e seguro o ar, prendo-o em meus pulmões.

— Você precisa dormir — ela diz. — Talvez esteja com febre.

Seus olhos castanho-escuros piscam para mim, tão escuros quanto o bosque, mas ela parece estar olhando para o passado, uma curva suave em seus lábios que não consigo interpretar. Ela cheira a vento, como chuva sobre a grama, e não pode ser todas as coisas terríveis que dizem sobre ela.

Não deve roubar garotos dos beliches e os enterrar debaixo do assoalho. Não deve se transformar em uma fera com presas e atravessar a floresta derrubando árvores. Não deve ser uma bruxa que cozinha sapos no café da manhã e dá nós no cabelo para prender maldições que não podem ser quebradas. *Ela é só uma garota.*

De cabelo preto e olhos desconcertantes.

— Pode dormir no sofá — ela diz suavemente, tirando a mão e se afastando de mim, e percebo que fiquei encarando-a por tempo demais. — É perto do fogo.

Lá fora, o céu está escuro, sem nenhum sinal de luz. Não faço ideia de que horas são, ou quanto tempo falta para o alvorecer. Talvez minhas memórias voltem quando eu sentir o sol da manhã no rosto. Quando as sombras forem afugentadas para seus cantos escuros cobertos de pó.

— Obrigado — digo, sendo tomado pelo sono.

Ela coloca um travesseiro e mais dois cobertores no sofá, sorrindo, antes de se virar para a escada, com o lobo seguindo atrás dela. Ela para no primeiro degrau, como se tivesse se esquecido de algo. *Amanhã você vai se sentir bem de novo. Amanhã não vai se lembrar do bosque. Amanhã não vai se lembrar nem de mim.*

Mas ela não fala nada, e uma mecha de cabelo cai sobre seus olhos logo antes de ela começar a subir a escada. Fico escutando seus passos, pequenas depressões na madeira, o rangido do forro acima de mim. E me sinto perturbado, sozinho, uma estaca de incerteza se cravando em meus pensamentos.

Estou na casa da garota que mora do outro lado do lago. A garota em quem não se pode confiar. Seu nome surge em meu peito, o nome sussurrado pelos outros garotos do acampamento quando contam histórias sobre ela até tarde da noite nos beliches. Histórias para assustar e dar medo.

O nome que ressoa em meus ouvidos: Nora Walker.

A garota com o luar nas veias.

NORA

Deitada na cama do sótão, eu penso no garoto.

Oliver Huntsman.

A maneira como seus olhos se voltavam para os meus quando eu falava, e pairavam ali, um verde maduro que me lembrava a grama que brota do solo na primavera. Havia bondade naqueles olhos. A maneira como seu cabelo molhado ia secando em ondinhas delicadas em volta das orelhas. A maneira como segurava a respiração logo antes de falar, medindo cada palavra, cada sílaba. A maneira como meu coração subiu pela garganta e me deixou zonza. Um sentimento que tentei conter, ignorar. Mas não consegui.

Penso no bosque, quando o encontrei na neve: como seus olhos se abriram, as partes brancas como cascas de ovo partidas. O medo estremecendo em seus lábios. *O que ele viu naquele bosque?* Por que a floresta permitiu que ele vivesse? Queria poder abri-lo, arrancar sua armadura e ver o que ele esconde dentro de si.

Agora ele dorme lá embaixo, e sei que nem o calor da lareira vai aquecer o frio de sua carne, vai curar o que o atormenta.

Ele precisa de remédios. Não do tipo que se encontra em uma sala branca de um prédio branco esterilizado prescrito por pessoas de jalecos brancos. Ele precisa de remédios da floresta.

A única maneira de curar um frio causado pela floresta é usar um remédio que cresce dentro dela. As palavras da minha avó estão sempre ecoando na minha cabeça, sempre por perto.

Desço a escada na ponta dos pés, atravesso a cozinha e vou até os fundos da casa. Silenciosa como um camundongo no inverno. Quieta como uma semente que cai na terra no fim da primavera.

Abro a porta do quarto da minha mãe e entro. Tem o cheiro dela: favos de baunilha e mel. *Sempre o aroma de mel.* Ele gruda em seu corpo, em seu cabelo ruivo ondulado, favos de mel debaixo das unhas. Nunca dá para lavar direito. Não completamente. Três semanas atrás, ela saiu para uma entrega na cidade costeira de Sparrow com quatro engradados do seu mel de trevo silvestre guardados na traseira de sua caminhonete. Durante a lua cheia, ela coleta o favo pegajoso das colmeias silvestres dentro do Bosque de Vime, depois, com um funil, o coloca em potes e os leva para pequenas butiques e mercados de comida orgânica ao longo da costa oeste. As lojas pagam um preço alto pelo Mel do Bosque de Vime, considerado mais doce do que a verdadeira cana-de-açúcar e capaz de curar todo tipo de doenças de pele, incluindo urticárias e hera-venenosa e queimadura de sol.

Não falo com ela desde que partiu, já que os telefones não estão funcionando e a estrada está bloqueada. Mas estamos acostumadas com tempestades de inverno. Com o isolamento. E embora talvez eu devesse me sentir sozinha, isolada e com medo sem ela, não é assim que me sinto. Eu e ela sempre fomos mais diferentes do que parecidas. Sou a filha que quer ser uma Walker, e ela é a mãe que finge não ser — nem uma Walker nem uma mãe. Ela se sente traída pela minha curiosidade, pela minha necessidade de conhecer nosso passado, de saber quem eu sou.

De entender a escuridão que habita minhas veias.

E eu me sinto traída por ela: seu silêncio quando está em casa, sua recusa em falar sobre minha avó ou sobre as Walker que vieram antes de nós.

Prefiro quando ela está fora, quando posso ficar sozinha na casa antiga.

Minha mãe nunca foi de se preocupar comigo de qualquer forma. Ela sabe que consigo me virar sozinha até a estrada descongelar. Eu conseguiria me virar sozinha mesmo se ela nunca mais voltasse.

Em seu quarto, eu me ajoelho no chão e estico os braços embaixo da cama. Vejo uma vela queimada pela metade, bolas de poeira que saltam para longe e uma meia amarelo-clara sem par. Então finalmente encontro a caixa de madeira que ela mantém escondida.

Eu a puxo, pousando-a no chão à minha frente, e depois abro a tampa com cuidado.

Dentro dela tem uma variedade de recordações: fotografias antigas e cartas de família guardadas dentro de seus envelopes, o colar de pérolas da minha avó e uma caixinha de música velha que pertencia a Henrietta Walker. Heranças de família escondidas embaixo da cama e que serão esquecidas com o tempo. Coisas que fazem eu me lembrar de quem eu sou, que fazem eu me sentir menos sozinha.

E, embaixo de tudo, eu o encontro. O livro.

Toco as palavras desbotadas escritas à mão na capa: *Livro de Feitiços do Luar & Remédios da Floresta*. E, desenhado abaixo do título, está uma bússola com os quatro pontos cardeais: norte, sul, leste e oeste.

Mas não o abro ainda, não aqui no quarto da minha mãe, onde temo que ela possa sentir sua presença quando voltar, perceber que me sentei no chão do seu quarto com o livro aberto a minha frente. Então, coloco-o debaixo do braço, o peso da história da minha família dentro das páginas, e saio do quarto com cheiro de mel antes que eu deixe muitos sinais de que estive ali.

Por conta do fogo crepitando no andar de baixo, até meu quarto está abafado quando volto, então abro uma das janelas, deixando a espiral de neve entrar e assentar no piso. Eu cresci neste quarto, neste sótão com vista para o lago. Nasci aqui também, dezessete anos atrás, sob uma lua cheia aquosa enquanto uma tempestade inundava as margens do lago e as transformava num lamaçal. Todas as Walker são trazidas ao mundo quando a lua está mais brilhante. Como se nossa herança nos chamasse.

Coloco o livro na cama, me sentindo uma ladra.

O livro de feitiços será meu um dia, passado de uma Walker para a outra. Mas, por enquanto, pertence à minha mãe, e ela nunca o abre, nunca o pega para folhear suas páginas. Para ela, é um fardo. Nossa história familiar é uma doença da qual ela não consegue se livrar.

Quando eu era mais nova, quando minha avó ainda era viva, ela trazia o livro para o meu quarto quando minha mãe saía para fazer entregas. *Sua mãe quer esquecer os velhos costumes*, ela dizia. *Quem realmente somos*. Vovó Ida se ajeitava na minha cama e virava as páginas do livro como se estivesse espanando a poeira e revelando artefatos do passado. Seus dedos enrugados e trêmulos conheciam as páginas de cor.

A memória me causa uma dor no peito, lembrando da doçura em seus olhos cinzentos. O tenor suave e sábio de suas palavras.

Ela lia passagens para mim aos sussurros, como se as paredes pudessem nos denunciar. Páginas e páginas de anotações, receitas e desenhos feitos à mão. Havia instruções sobre como decifrar teias de aranha feitas por aranhas-pimenta para prever o clima. Como encontrar espécies preciosas de framboesa usadas durante a gravidez para saber se era um menino ou uma menina chutando dentro da barriga. Minha avó lia para mim receitas antigas escritas por Scarlett Walker, Florence Walker e Henrietta Walker, mulheres que mais pareciam personagens do folclore do que pessoas reais, que viveram nesta casa e caminharam pela floresta colhendo prímulas e cicutas. Que tinham mais poder do que, temo, jamais poderei ter.

Algumas receitas eram bastante inofensivas: instruções para assar tortas de pera espinhosa com especiarias ou uma receita particularmente complexa de guisado de rutabaga e salsa. O melhor método para infundir o chá de zimbro e como colher raiz de milefólio no outono. Mas outras eram para invocar coisas que eram mais feitiçaria do que medicina da floresta: como fazer um morcego caçar um camundongo doméstico. Como cultivar morangos silvestres, samambaias-espada e murtas-de-cheiro para proteção e adivinhação. Como ver os mortos vagando entre as lápides.

Não havia índice no final do livro, nenhuma lógica na ordem das receitas e dos feitiços. As coisas foram simplesmente anotadas em sucessão, de uma Walker para a outra. O livro é manchado de chá e chocolate, e as primeiras páginas são completamente ilegíveis, a tinta completamente apagada pelo tempo. E, de tantas em tantas páginas, uma breve história foi escrita — a história de uma Walker que já viveu, e como morreu —, registrada como um inventário familiar, para que nenhuma narrativa, nenhuma mulher, fosse esquecida.

Mas, depois que minha avó faleceu, apenas uma semana após o meu aniversário de quinze anos, minha mãe pegou o livro e o enfiou dentro da caixa de madeira debaixo da cama. Como se ela não confiasse em mim com ele, como se estivesse tentando apagar a memória da minha avó e de todas as Walker junto com o livro. Mas ela não pode apagar nosso passado, não pode tirar o luar de nossas veias. Minha mãe só queria ser normal. Deixar o passado onde ele está. Não ser mais chamada de bruxa ou esquisita, ou ser obrigada a evitar olhares de soslaio sempre que vamos à cidade, ouvindo uma última palavra murmurada de como aranhas habitam nosso cabelo e besouros vivem debaixo das nossas unhas dos pés.

Somos Walker. E nossas ancestrais viveram nesta floresta desde muito antes de os primeiros garimpeiros levantarem acampamento ao longo do rio Black. Viemos desta floresta. Das raízes, salmouras e pedras desgastadas pelos elementos.

Somos as filhas da floresta.

Uma não pode viver sem a outra.

Eu me sento de pernas cruzadas no lençol branco. A neve flutua para dentro do quarto, prendendo-se em meu cabelo, pousando sobre Fin, que está encolhido no chão, com o focinho embaixo do rabo.

Abro a capa do livro e me deparo com o aroma bolorento de âmbar queimado e jasmim. Assim como nas noites com a minha avó. Uma vibração começa em meu peito, um tipo peculiar de dor. A emoção e o medo saltitando pelo meu corpo. Se minha mãe descobrir que tirei o livro de baixo da sua cama, ela vai ficar furiosa. Vai escondê-lo onde nunca conseguirei encontrá-lo novamente. Talvez até o destrua.

Mesmo assim, me debruço sobre as páginas e meu cabelo se solta da trança, fino e preto como nanquim, igual ao da minha avó. Até a inclinação robusta do meu nariz, a tempestade escura escondida atrás dos meus olhos, a curva melancólica dos meus lábios, tudo vem dela. A lembrança da minha avó sempre escondida em meu rosto.

O peso da pedra da lua faz o anel deslizar em torno do meu dedo enquanto passo os olhos por receitas e desenhos traçados em carvão, até encontrar o que estou buscando. Uma preparação simples — um vinco dobrado na página onde o livro foi aberto inúmeras vezes. A receita não é exatamente um feitiço. Mas minha avó a fazia nos meses frios de janeiro, para esquentar os ossos gelados, acalmar a tosse, levar a circulação de volta aos dedos dormentes.

Em silêncio, desço a escada até a cozinha.

Os ingredientes são fáceis de achar. Existe um armário inteiro cheio de jarros de vidro com ervas secas, raízes em pó e líquidos perfumados com descrições escritas à mão nas tampas. Tem até um pote marcado como *água do lago*, para caso uma receita precisasse ser feita às pressas e não houvesse tempo de caminhar os poucos metros até ele.

Minha mãe manteve o armário abastecido, sem nunca jogar nada fora, por mais que não use as ervas — não como minha avó fazia.

Despejo os poucos ingredientes na mesma tigela de cobre que ela usava: cravo moído e cardamomo em pó, uma pitada de lírio-do-dia e raiz de bardana, e um toque de uma tintura rosa avermelhada intitulada *bero*.

Peneiro a mistura em um saquinho de algodão, depois atravesso a sala de estar até Oliver. Seu cabelo está seco agora, escuro e ondulado, e ele não se mexe quando coloco o saquinho de algodão embaixo das cobertas ao lado de suas costelas nuas. Seu peito sobe, o peso lento e compassado de seus pulmões se expandindo. Um arrepio o atravessa e suas pálpebras tremulam, seu corpo enrijecendo por um breve momento — estimulado por algum sonho que não consigo ver. Ele me lembra um animal à beira da morte. Sofrendo, lutando para sobreviver. Eu poderia entrar debaixo das cobertas e colocar os braços em volta de seu peito, sentir seu coração com a palma da mão, esperar até que o calor retornasse à sua pele antes de voltar para minha cama.

Mas ele é um garoto que não conheço. Um garoto que tem o cheiro da floresta agora. Que me lembra as árvores de inverno, altas e esguias, com cascas ásperas e grossas capazes de rasgar a carne. Sem arestas suaves.

Recupero o fôlego e me afasto. *Ele é um garoto que não conheço*, repito para mim mesma. É um garoto com seus próprios segredos, diferente de todos os outros, em sentidos que não consigo entender. Não consigo apontar.

A receita instrui que as ervas sejam mantidas perto do corpo enquanto se dorme por três noites seguidas, para que o frio seja expulso dos ossos.

É tudo o que posso oferecer a ele, tudo o que sei fazer. Sou uma Walker sem magia de verdade, sem uma dádiva noturna. Isso vai ter de bastar.

De volta ao sótão, fecho o livro e me afundo sob as cobertas, tentando não pensar no garoto. Um estranho dormindo no andar de baixo.

Falta pouco para amanhecer e a luz através da janela do meu quarto assume um tom carmim de rosa.

Puxo as cobertas até o queixo, implorando para o sono me encontrar, me levar e me dar pelo menos uma hora de descanso. Mas meu coração continua acelerado, um incômodo que não passa. Não é apenas o garoto no andar de baixo. É outra coisa.

A mariposa que vi no bosque, com asas brancas partidas e olhos pretos e redondos. A mariposa é um aviso.

E sei o que isso significa. Sei o que está por vir.

Volto os olhos para a parede acima de mim, onde uma coleção de itens recolhidos na floresta está fixada à madeira. Pedaços de musgo e folhas de bordo secas, a asa de um corvo e um ovo quebrado de pega, sementes de amelanqueiro e outras coisas encontradas no chão da floresta. Uma dezena de flores silvestres secas penduradas nas vigas do forro, pólen empoeirado caindo em meu travesseiro. Dá sorte trazer a floresta para dentro de casa, deixar que ela cuide de você durante o sono. Essas coisas me protegem. Me trazem bons sonhos.

Mas não esta noite.

Mesmo com a janela aberta, mesmo com a neve se acumulando no piso, suo embaixo das cobertas, minha bochecha grudando no travesseiro.

E, em meus sonhos febris, tenho a sensação estranha de que, pela manhã, Oliver vai ter sumido. Derretido no chão como um garoto feito de neve.

Um truque do bosque.

Como se ele nunca tivesse estado aqui.

Livro de Feitiços do Luar & Remédios da Floresta

FLORENCE WALKER nasceu em 1871 sob a lua verde de Litha.

Corvos se reuniram no peitoril da janela quando ela veio ao mundo, e ficaram de vigia diante de seu berço, com as asas dobradas, toda noite, enquanto ela dormia.

No dia do casamento de Florence, um pardal-de-coroa-branca pousado em uma bétula nas proximidades entoou uma melodia que fez arrepios percorrerem a espinha dos convidados. *Ela é uma bruxa de pássaros*, diziam. *Eles fazem a vontade dela.*

Mas foi apenas sua dádiva noturna que atraiu os pássaros.

Ela mantinha sementes de girassol no bolso, e deixava pilhas dessas sementes nas rochas e ao longo da margem do lago. E, quando usava seu vestido amarelo-damasco, sementes escapavam pelo buraco do bolso e deixavam pequenos rastros aonde quer que ela fosse. Ela sussurrava presságios para os pássaros e, em troca, eles lhe contavam os segredos de seus inimigos.

No fim da vida de Florence, a casa Walker, construída entre as árvores, estava sempre cheia do canto de tentilhões e pipilos. Eles voavam por entre as vigas e dormiam amontoados em volta da pia do banheiro.

Florence morreu aos 87 anos por conta de uma forte tuberculose. Uma coruja chiou do estribo da sua cama a noite toda, até Florence finalmente soltar um pequeno gorjeio e morrer.

No jardim, um corvo ainda pode ser visto saltando entre as fileiras de alho e gerânio, em busca de minhocas. Ele tem os olhos de uma garota.

<u>Como atrair o corvo do jardim:</u>
Um punhado de alpiste
Uma lufada de fumaça azul-safira
Dois trevos colhidos ao lado do portão do jardim
Estale a língua e diga o nome de Florence Walker três vezes.
Use um chapéu de sol.

NORA

Suor escorre da minha testa e arranco as cobertas, com calor e desorientada.

O sol da manhã é uma esfera de luz difusa através da janela do meu quarto, e Fin está arfando ao lado da escada, a língua para fora por causa do calor do sótão.

Saio da cama sentindo-me zonza, os nervos à flor da pele, e Fin me segue escada abaixo, os dois precisando do alívio gelado do ar fresco — algo para apagar os sonhos febris que ainda ecoam dentro de mim. Aqueles dos quais não consigo me livrar.

Mas quando chego ao último degrau, paro de repente.

Na sala de estar, o fogo queima baixo, mal passando de uma faísca dentro da lareira.

No sofá está a pilha de cobertores e a almofada amarrotada e afundada onde ele dormiu.

Mas nada de Oliver Huntsman.

Abro a porta da frente e saio às pressas para a neve, o ar frio inundando meus pulmões, queimando as pontas das minhas orelhas. Uma fina pontada de pânico se crava entre minhas escápulas. Não porque eu esteja preocupada com ele, mas porque não tenho como ter certeza de que ele realmente esteve aqui. Que não o imaginei: um garoto feito de neve e estrelas escuras. E quando o sol nasceu, ele voltou a se transformar em pó e desapareceu.

Paro na varanda e observo as árvores, à procura de pegadas na neve, de algum sinal de que ele saiu às escondidas durante a noite, que voltou ao Bosque de Vime.

E então eu vejo.

Um contorno surge em meio às árvores, entre a casa e o lago congelado, enquanto a neve cai do céu cor de carvão. O ar se prende em meus pulmões, um calafrio rebelde subindo pela minha nuca.

É ele.

Ele está usando as roupas de ontem, agora secas, e talvez seja apenas a luz da manhã — toda turva, esquisita e bela —, mas ele parece estranhamente valente, como um garoto prestes a partir em uma jornada. Uma aventura perigosa da qual ele certamente não voltará.

Neve cai do céu cor de carvão, e ele se vira, sentindo que o observo.

Seus olhos esguios verde-esmeralda me encaram em resposta com uma dureza que não consigo interpretar. E, em sua mão, vejo o saquinho de algodão com ervas que coloquei ao seu lado enquanto ele dormia.

— Você está bem? — pergunto, chegando à beira da varanda, mas as palavras parecem inúteis, ressecadas pelo ar frio assim que deixam os meus lábios.

— Eu precisava tomar ar — ele diz, ajeitando os pés na neve. — Estava torcendo para o sol ter saído. — Ele ergue os olhos para o céu, onde as nuvens escuras esconderam o azul atrás delas.

E me pergunto se ele pensou que a luz do sol o aqueceria, o curaria. Um bálsamo para sua mente cansada, que poderia lhe devolver suas memórias com uma única inspiração rápida.

Seus dedos apertam o saquinho de ervas e ele baixa os olhos para ele, as sobrancelhas franzidas, como se não se lembrasse que o estava segurando.

— Fiz para você ontem à noite — explico, sentindo uma pontada de vergonha. *Ervas de bruxa de uma garota bruxa.* Sou uma Walker que nunca quis ser outra coisa, mas também não quero que ele olhe para mim como os outros alunos da escola olham, como os outros garotos do acampamento olham. Como se eu fosse um monstro, estranha e sinistra, e cheia de maldade no coração. Quero que ele me veja apenas como uma garota. — Vai ajudar a aquecer você — acrescento, como se isso tornasse tudo menos estranho. Como se um saco de ervas fosse tão comum quanto uma colher de xarope de morango antes de ir para a cama.

Mas seus olhos se suavizam, sem medo, sem restrições.

— Você precisa dormir com ele nas próximas duas noites — digo, embora não ache que ele vá ficar com aquilo, um estranho saco de ervas com cheiro forte.

Ele faz que sim e, quando fala, sua voz é rouca e rasgada pelo frio.

— Obrigado.

Fin desce os degraus da varanda e esfrega o focinho na neve, farejando algum cheiro através da névoa baixa da manhã, passando pelas pernas de Oliver.

— Outra tempestade está a caminho — digo enquanto um vento gelado agita o lago, implacável e cruel. Ele sopra por entre as árvores, fazendo meu rosto arder, e uma sensação de *déjà-vu* se espalha por mim tão rapidamente que quase não noto. Como se eu já tivesse estado ali antes, olhando para Oliver parado entre as árvores, com sua boca contraída em uma linha. Ou talvez eu o veja de novo: o tempo avançando por um breve momento e depois voltando. Conto os segundos, pisco e, quando abro os olhos, a sensação já passou.

Oliver abaixa os olhos, e queria poder arrancar as palavras de sua garganta, queria saber em que ele estava pensando. Mas ele está tão mudo quanto as lebres que se sentam na varanda na primavera, espiando através das janelas, divagando em seus pensamentos dóceis e insondáveis.

Como ele ainda não responde, limpo a garganta, me preparando para a pergunta que preciso fazer. Aquela que fervilhou dentro de mim a noite inteira, queimando buracos de dúvida em minha pele.

— Como você foi parar no Bosque de Vime?

Como sobreviveu naquela floresta escura e terrível por duas semanas? No frio?

Seus olhos se voltam para mim, mas dessa vez sua boca está curvada para baixo, uma expressão intrigada se formando em suas sobrancelhas.

— Bosque de Vime? — ele pergunta.

— Foi onde encontrei você.

Ele abana a cabeça.

— Não sabia — ele responde primeiro, então acrescenta: — Não lembro do que aconteceu.

Sinto algo percorrer minha espinha. Desconfiança, talvez.

— É perigoso lá — digo. — Você poderia ter morrido. Ou se perdido e nunca mais encontrado a saída.

— Mas você entrou no Bosque de Vime — ele aponta.

Sua expressão é calma, enquanto meus pensamentos rodopiam em círculos, dando voltas e voltas sem parar.

— Era lua cheia ontem à noite — digo rapidamente. — E sou uma Walker. — *Tudo que você ouviu sobre mim é verdade*, penso, mas não falo. Todas as histórias. Os rumores passados entre os garotos do acampamento, a palavra dita aos sussurros: *bruxa*.

Se ele tivesse crescido aqui, conheceria a lenda sobre a minha família. Todas as histórias sobre as Walker: de Scarlett Walker, que encontrou seu porco de estimação no Bosque de Vime, onde ele havia assumido um tom de branco acinzentado depois de comer uma porção de mirtilos brancos raros. De Oona Walker, que conseguia ferver água só de bater com uma colher na panela. Ou de Madeline Walker, que conseguia capturar sapos em potes para impedir as pessoas de revelar segredos.

Mas Oliver não conhece essas histórias: as lendas que sei que são verdadeiras. Ele sabe apenas o que os garotos dizem, e a maioria de suas histórias são mentiras. Nascidas do medo e do despeito, não da realidade.

Ele não sabe que as Walker conseguem entrar no Bosque de Vime porque nossa família é tão antiga quanto as árvores. Que somos feitas da mesma fibra e poeira, das mesmas raízes e sementes de dente-de-leão.

Mas, de alguma forma, esse garoto entrou na escuridão do Bosque de Vime e saiu de lá ileso. Saiu vivo. Como se alguma forma estranha de magia estivesse em ação.

— Como você sobreviveu lá dentro? — insisto, observando seu rosto em busca de algum sinal de mentira. De algo que ele esteja tentando esconder.

Ele remói a pergunta, deixa que passeie em sua mente e, quando abana a cabeça, me pergunto se realmente não sabe.

Talvez sua mente tenha apagado o que precisa ser esquecido. As coisas desagradáveis. Melhor não se lembrar do bosque. Ou do quanto a escuridão pode ser tenebrosa.

Engulo em seco, frustrada, cansada. Algo aconteceu com ele lá, mas ele não vai dizer. Ou realmente não se lembra. E meus pensamentos estranhamente voltam à mariposa e suas asas brancas no céu escuro. A memória do bater de asas em meio às árvores, levando-me até Oliver, onde ele jazia na neve. Pestanejo e cruzo os braços, desejando que essa lembrança vá embora. *Talvez eu tenha me enganado.* Talvez não tenha sido uma mariposa-de-ossos, mas só uma mariposa comum da floresta, gigante e branca como a neve. Uma mariposa que não era nenhum tipo de alerta.

Talvez.

Talvez.

— Melhor levar você de volta para o acampamento — digo, soltando o ar.

Seus ombros se afundam e seu rosto se contrai. Está na cara que ele não quer voltar para lá, para o acampamento. Mas não posso ficar com ele. *Achado não é roubado.* Ele é uma coisa perdida que pertence ao Acampamento Jackjaw para Rapazes Rebeldes. Não posso ficar com ele, colocá-lo no parapeito da janela, para espanar e admirar.

Mesmo que eu queira.

Ele assente em um gesto solene.

— E é melhor irmos antes que essa tempestade piore — acrescento. O céu ficou da cor de um hematoma rompido antes de começar a cicatrizar, e o vento açoita as árvores, soprando a neve do lago.

Oliver ergue os olhos, e há uma inquietação neles que revela algo mais. Medo, talvez. Nervosismo. Ou só falta de sono.

— Tá — ele concorda.

* * *

Fin choraminga na varanda, com os olhos grandes e cheios de água.

Ele não quer ser deixado para trás, mas é mais seguro se ele ficar. No verão, muitos turistas acham que Fin é um lobo puro-sangue. Perigoso e selvagem. E talvez eles estejam certos. Quando ele surgiu em nossa porta dois anos atrás, arranhando a madeira para que o deixássemos entrar, ele parecia metade lobo, metade collie, com um brilho meio selvagem nos olhos. Como se pudesse desatar a correr de volta para o bosque a qualquer momento, retornando ao lugar onde pertence.

Até os garotos do acampamento que já o viram de longe costumam gritar, achando que tem um lobo rondando a floresta. Isso quando não arremessam pedras nele.

Eles têm medo, e o medo pode levar as pessoas a fazer bobagens.

— Fica — digo, dando uma palmadinha na cabeça de Fin, e eu e Oliver cortamos uma trilha por entre as árvores, seguindo a margem. À nossa esquerda, a superfície congelada do lago é uma rede de fraturas cruzadas em direção ao centro. Nos meses mais quentes, a água é de um azul suave, cristalino e ameno. Mas agora, o lago está adormecido. Preto, sombrio e frio como ossos congelados.

— Os outros no acampamento dizem que ele não tem fundo — Oliver comenta atrás de mim, nossos pés furando a neve, nossa respiração formando fumacinhas brancas cada vez que soltávamos o ar.

— Ninguém nunca viu o fundo — respondo. — Nem encostou nele. — Às vezes paro à margem e me imagino *afundando e afundando e afundando* naquela água escura, e sinto ao mesmo tempo um pavor e uma estranha adrenalina de curiosidade. *O que aguarda lá embaixo, onde a luz do sol nunca brilhou? O que espreita no ponto mais profundo?* Que monstros se escondem onde ninguém consegue enxergar?

— Então você acha que é verdade? — ele pergunta, parando para observar o lago. Sua voz é forte, uma gravidade que não estava lá ontem à noite. Talvez as ervas estejam surtindo efeito.

Mordo o lábio e ergo os ombros.

— Quando você mora aqui por muito tempo, começa a acreditar em coisas que não acreditaria no mundo lá fora — respondo, certa de que ele não vai entender o que quero dizer.

Sinto seu olhar sobre mim, o verde de seus olhos verdes demais, e então ele ergue a mão na minha direção. Seus dedos mal encostam no meu cabelo, fazendo cócegas no ponto macio atrás da minha orelha.

— Uma folha — ele explica, tirando-a e a mostrando para mim. Uma folha amarela de três pontas com as bordas douradas repousa em sua mão. — Estava enroscada no seu cabelo.

A proximidade dele me deixa tensa, e passo os dedos rapidamente por entre as mechas do meu cabelo.

— Acontece muito — respondo baixinho, desviando os olhos e sentindo minhas bochechas corarem. — A floresta gruda em mim.

O sorriso dele é grande e cheio, e é a primeira vez que o vejo — a leve curva de seus lábios, a inclinação oblíqua para um lado, o piscar de seus olhos como se ele fosse gargalhar.

Não deixo que ele veja um sorriso tentando atravessar meus lábios. Sei que ele me acha esquisita. A garota que faz poções e cujo cabelo é emaranhado de folhas. *Com certeza uma bruxa.* Não poderia ser outra coisa.

Dou as costas para ele e seguimos em frente. Depois de cerca de um quilômetro em volta da extremidade norte do lago, chegamos ao acampamento.

O primeiro posto avançado construído nestas montanhas.

As primeiras estruturas a serem erguidas em meio às árvores.

O Acampamento Jackjaw para Rapazes Rebeldes foi fundado há cinquenta anos, construído a partir dos resquícios da antiga colônia de mineração de ouro. No início do século XX, mineradores fizeram fortuna nestas montanhas, garimpando ouro ao longo das margens do rio Black. E até o próprio lago concedia grãos de ouro em pó nos primeiros anos.

Mas não mais. O ouro acabou faz tempo.

Agora, duas dezenas de cabanas ficam em meio às árvores cobertas de neve, com vários edifícios menores em formatos estranhos ao longo da margem, incluindo um galpão de manutenção e uma casa de bombas que antes faziam parte da cidade de mineração deserta.

A neve no acampamento está coberta de pegadas: as botas de quatro dezenas de garotos serpenteando de um lado para o outro, indo e vindo de uma cabana à outra. No verão, o acampamento é um caos de garotos jogando Frisbee e futebol, e cruzando a água em canoas e barcos que eles mesmos construíram, a maioria quase sem condições de navegar.

Pingentes de gelo pendem no beiral do refeitório, e subimos os degraus para as duas enormes portas de madeira. Dá para ouvir do outro lado a cacofonia baixa de vozes: o café da manhã do acampamento está sendo servido.

Volto o olhar para Oliver, seus ombros erguidos contra o frio. Tenho o pensamento distinto de que talvez eu devesse levá-lo de volta para casa, escondê-lo no sótão, protegê-lo. Mas eu sei: não posso ficar com ele.

— Você vem? — pergunto, a hesitação na minha voz embargando cada palavra.

Talvez ele esteja se preparando para a punição que vai enfrentar quando os orientadores virem que ele voltou. Talvez preferisse ter continuado no bosque, deitado de costas na neve. Perdido.

Mas não posso levá-lo de volta ao bosque.

Uma coisa encontrada não pode ser desencontrada.

Ele faz que sim com a cabeça, então empurro uma das portas pesadas de madeira e a atravessamos.

O estranho clamor de vozes e o ar denso e esfumaçado nos atingem assim que entramos. É como sair de um mundo onírico, silencioso e abafado pela neve para um mundo desperto, barulhento e movimentado. E meus olhos e ouvidos levam um momento para se acostumar.

O refeitório é amplo, imponente e parece capaz de suportar mil anos de nevasca e vento antes de começar a se deteriorar. Uma chama queima em uma lareira de pedra imensa na parede do lado esquerdo, e o ar tem um cheiro de torrada queimada e um tom fusco e opaco, como se o ar lúgubre do inverno estivesse tentando se infiltrar.

Duas mesas compridas de madeira estão postas com velas que iluminam os rostos dos garotos sentados de cada lado, e o clamor de suas vozes ecoa do teto alto de madeira. A maioria está tomando café da manhã, garfos raspando nos pratos e suco de laranja espirrando nas mesas, mas alguns estão no fundo do salão jogando pingue-pongue perto da lareira.

Já estive aqui algumas vezes.

O acampamento dos garotos dá uma reuniãozinha todo verão e inverno, quando eles convidam moradores de Fir Haven para uma festa despretensiosa com música e passeios pelo antigo entreposto de mineração. São as garotas de Fir Haven que costumam vir — para ver os garotos e beijá-los atrás das árvores da região. Minha mãe insistiu para que eu fosse nos últimos dois anos, disse que seria bom conhecer gente nova. Fazer amigos. Como se faltasse em minha vida um clã de garotas para convidar para festas do pijama na varanda durante o verão, com os sacos de dormir espalhados sob as estrelas. Como se eu não fosse perfeitamente feliz sem essas coisas. Como se o bosque, Fin e um sótão cheio de livros e coisas perdidas não me bastassem.

Eu e Oliver paramos por um momento, esperando alguém olhar em nossa direção, nos notar: Oliver Huntsman voltou.

Mas eles continuam enfiando garfadas de waffle encharcados de xarope na boca, bebendo suco de laranja e rindo tão calorosamente que fico surpresa por eles não se engasgarem.

Oliver encara o cenário cheio de garotos como se estivesse tentando identificar os nomes e rostos das pessoas que conhecia antes de desaparecer, mas que agora não passam de um borrão confuso. Ele descruza os braços e vira o rosto para mim, uma linha rígida de tensão descendo de suas têmporas até o queixo.

— Obrigado — ele diz. — Por me deixar ficar na sua casa ontem à noite. — Não há nenhuma ternura em seu olhar. E uma pedra fria de dúvida se instala em meu peito. Talvez eu o tenha salvado do bosque, mas trazê-lo de volta aqui parece errado, pior do que a escuridão da floresta e a promessa de morte.

Obrigo meus lábios a sorrirem, mas tudo que digo, tudo que sai do meu peito é:

— De nada.

Este é o lugar dele. Em meio a um mar de garotos.

Ele se vira sem dizer mais nenhuma palavra, sem nem mesmo um *tchau*, e avança pela fileira de mesas, se misturando aos outros garotos. Fico esperando que alguém o reconheça, que grite seu nome. Mas nada acontece. O refeitório está escuro demais, difícil discernir um garoto dos outros. *Um garoto que já esqueceram.* Mas tenho certeza de que assim que os orientadores do acampamento descobrirem que ele voltou, vão querer respostas. Vão querer saber por onde ele andou e o que aconteceu. Ele vai falar a verdade, que esteve no Bosque de Vime todo esse tempo? Ele sequer sabe a verdade? Sequer se lembra de como foi parar lá?

Olho para ele, sabendo que pode ser a última vez que o vejo.

Mesmo se ele ficar um ano inteiro no acampamento, ele vai ser só mais um garoto em meio a uma multidão de garotos sem nome. Eles vêm e vão. E logo ele vai embora também, levado de volta para o lugar de onde veio. Para um dos estados planos, ou úmidos, de volta para casa, para seus pais e amigos. Ele logo vai se esquecer deste lugar e da noite em que uma garota o encontrou no bosque e o deixou dormir na casa dela perto do fogo. Uma memória antiga substituída por outras novas.

Ele desaparece em meio à multidão de garotos. Minha primeira coisa encontrada que era feita de carne e um coração palpitante, e agora ele se foi.

Meu coração trai minha cabeça, contraindo-se. Tornando-se côncavo. Como se uma dor profunda e misteriosa o estivesse transformando em um grãozinho minúsculo. Uma sensação que não quero sentir, que me recuso a sentir.

Dou as costas para as portas duplas, afastando esse sentimento, quando, pelo canto dos olhos, vejo uma figura se aproximando. Alta, esguia e se movendo não com o passo estabanado de um jovem, mas com a tranquilidade de uma garota que se sente à vontade na própria pele.

A charmosa Suzy Torrez — com seu cabelo castanho amarrado em um rabo de cavalo na parte de trás da cabeça e cílios tão compridos que parecem asas de beija-flor — vem na minha direção, com os lábios abertos em um sorriso largo.

— Nora! — ela grita.

Sinto minha boca se abrir e meu sorriso se fechar.

— O que você está fazendo aqui? — pergunto quando ela se aproxima.

Suzy mora em Fir Haven e frequenta o colégio Fir Haven. Só a conheço vagamente — nossos armários ficavam perto um do outro no ano passado, mas nunca fomos amigas. Ela tem um grupo de melhores amigas que fazem tudo juntas e uma multidão de garotos que caem de amores por ela, enquanto eu não tenho nenhuma das duas coisas, e tampouco quero tê-las.

Ainda assim, vejo Suzy de tempos em tempos no lago, normalmente no verão, tomando sol perto da margem, deitada em uma toalha de praia com as amigas — besuntadas de óleo de coco e rindo tão alto que suas vozes chegam até o outro lado do lago. Ela normalmente tem um lance de verão com um dos garotos do acampamento, uma paixão sazonal que é trocada quando chega uma nova leva de rapazes. Sempre invejei a leveza com que o coração dela consegue voar de um a outro. Uma coisa fluida e maleável.

— Estou presa aqui desde a tempestade — ela diz, voltando os olhos para o refeitório. — Me esgueirei até aqui para ver Rhett Wilkes. Não imaginava que nunca mais sairia destas montanhas. Os orientadores do acampamento não ficaram nem um pouco contentes quando me encontraram escondida na cabana do Rhett, mas o que eles vão fazer? — Ela dá de ombros. — Eles não têm como me mandar para casa. — Ela desvia o olhar e os volta para mim, as sobrancelhas erguidas. — Nunca, em toda a minha vida, odiei tanto os garotos como odeio agora. — Seu nariz se franze como se ela não conseguisse se livrar do cheiro ruim de todos aqueles garotos, aglomerados, fedendo a fumaça de lenha e suor, presos na floresta. Então seus olhos se estreitam.

— Você mora do outro lado do lago, certo?

Confirmo com a cabeça. É claro que ela sabe. Todos sabem onde as Walker vivem: a casa onde, segundo os boatos, as bruxas praticam uma magia sórdida, onde as Walker lançam feitiços e bebem o sangue dos inimigos. A casa que a maioria dos moradores evita.

— O que você está fazendo no acampamento? — ela pergunta, com seus dentes brancos e brilhantes, e a voz toda boba e animada. Como se eu fosse só mais uma garota da escola. Como se fôssemos amigas. Do tipo que ficam conversando até tarde ao telefone, dando risadinhas com os lençóis sobre a cabeça para abafar o som. Algo que nunca tive. Talvez nunca venha a ter. Uma pontada de dor acerta meu estômago como uma pedra lançada em um lago profundo. Afundando, *afundando* até desaparecer.

— Encontrei aquele menino desaparecido — digo a ela. — Eu o trouxe de volta.

Ela franze a testa, como se a memória de um menino desaparecido a fizesse sentir estranhas pontadas de dor no peito.

— Pensei que ele estivesse morto — ela responde, com a voz tensa. — Congelado em algum lugar no meio da neve, e que o encontrariam na primavera. — Com isso, ela estremece, mas sua descrição soa estranhamente insensível, como se morrer no bosque fosse comum por essas bandas. *Um garoto morto, facilmente substituído por tantos outros.*

Ergo uma sobrancelha, e ela enrola o cabelo comprido e escuro sobre um ombro, batendo um pé no chão como se estivesse ficando impaciente. Nossa conversa começou a entediá-la.

As velas ao longo das duas mesas compridas bruxuleiam por um breve momento, fazendo sombras dançarem nas paredes, e Suzy cruza os braços, aproximando-se de mim. Ela abaixa o queixo como se não quisesse que ninguém ouvisse o que está prestes a dizer.

— Este lugar me dá arrepios.

— Dá arrepios em todo mundo — respondo, observando as formas estranhas que a luz das velas forma no teto alto. Mãos, rostos e ossos que se contorcem em ângulos estranhos. Os garotos sempre se queixaram que o acampamento é mal-assombrado, que os fantasmas dos garimpeiros fazem barulhos pelos corredores e se balançam nas árvores à noite. Eles não estão acostumados a viver na floresta, com o constante arranhar de galhos contra as janelas e o vento no pescoço nu enquanto dormem.

— Pois é — ela concorda suavemente. Mas dá para ver que sua mente já está mudando de assunto, uma inquietação percorrendo sua pele. Ela esfrega as palmas das mãos nos braços e desvia os olhos, mordendo o lábio. — Não aguento mais ficar aqui — murmura, mais para si mesma. Ela abaixa o queixo junto ao peito e respira devagar, como se estivesse tentando fingir que está em outro lugar (*três batidas com o calcanhar e puf, ela estará de volta em casa*) em vez de presa nestas montanhas, convivendo com todos esses garotos horríveis.

A luz das velas tremula novamente e o vento balança as paredes robustas. Mais uma forte tempestade se aproxima. Escuto a lufada de ar logo antes de as portas duplas atrás de nós se abrirem, empurradas pelo vento, e baterem contra a parede com um estrondo alto.

Em um instante, todo o refeitório é mergulhado na escuridão — todas as velas se apagam, a chama na outra extremidade reduzida a brasas. Cadeiras raspam pelo piso de madeira, pratos são empurrados para o lado, talheres caem. A luz tênue e cinza do dia atravessa a porta aberta, mas está longe de ser suficiente para iluminar o refeitório escuro.

— Certo, pessoal, se acalmem — ressoa uma voz do outro lado da escuridão: um dos orientadores do acampamento. — Sentem-se e vamos fazer a contagem. — Uma lanterna se acende do outro lado do refeitório, e depois mais algumas, os feixes de luz sinistros iluminando os rostos e as paredes altas.

— Por favor — Suzy diz furtivamente, como se cada palavra fosse um segredo. — Posso ficar com você, só até a estrada ser liberada?

Sinto minhas duas sobrancelhas se erguerem. Suzy Torrez nunca pôs os pés dentro da minha casa. Suzy Torrez nunca seria pega conversando comigo nos corredores do colégio Fir Haven. Nunca me convidou para se sentar com ela no refeitório durante o almoço nem me chamou para nenhuma de suas festas de aniversário, e agora quer passar a noite comigo. Na minha casa.

— Estou dormindo numa cama dobrável em um quarto perto da cozinha. É o único lugar que não é compartilhado com os garotos. Não aguento mais — ela insiste, pressiona. Os brancos de seus olhos brancos demais.

Uma lanterna é acesa e lança mais luz pelo refeitório enquanto os garotos voltam às mesas compridas de madeira.

— Eu... — começo a abrir a boca, mas Suzy me interrompe.

— Pelo menos até os telefones voltarem, daí posso ligar para os meus pais. Eles vão dar um jeito de me buscar. — Seus olhos encaram os meus agora, suplicantes. Seu cabelo está caído sobre o rosto e seus dedos se contraem como se houvesse uma coceira em algum lugar que ela não consegue alcançar.

Sinto pena dela, vendo a curva desesperada de sua boca, as bordas lacrimejantes de seus olhos. Também não gostaria de dormir aqui neste lugar frio e úmido. E uma parte de mim — uma parte que prefiro ignorar — acha que pode ser bom ter outra pessoa em casa. Para preencher o silêncio. Ontem à noite, dormir no meu quarto com Oliver no sofá no andar de baixo pareceu estranhamente reconfortante. Mais um corpo quente e um coração batendo dentro das paredes.

— Está bem — digo, por fim.

Um sorriso se abre no rosto dela, revelando seus dentes perfeitamente alinhados.

— Vou pegar minha mochila. Te encontro lá fora?

Faço que sim com a cabeça e ela dá meia-volta, cruzando o salão imenso e desaparecendo por um vão escuro que deve levar de volta à cozinha.

As velas voltam a ser acesas sobre as mesas grossas de madeira, chamas se tornando pontinhos de luz na escuridão, iluminando as paredes. Mas antes que eu consiga sair pela porta aberta, noto algo descendo do teto, algo que eu não conseguia ver antes na escuridão.

Uma mariposa.

Devia estar pairando sobre as vigas, e agora tremula pelo ar, atraída pela luz das velas. Seu corpo branco acinzentado é mais pálido do que deveria ser. Suas antenas, longas demais e esbranquiçadas. *Não é uma mariposa comum.*

É do mesmo tipo que vi no Bosque de Vime.

Uma mariposa-de-ossos.

Vê-la novamente é como uma faísca contra minhas pálpebras, fria como uma geada em janeiro. Impetuosa como um vento de fevereiro. Como uma premonição. Mas nunca consegui prever o que está por vir. Ao contrário de Georgette Walker, minha tia-bisavó cuja dádiva noturna lhe permitia ver o futuro em gotas de orvalho suspensas na relva. *Esta* sensação é outra coisa. Uma certeza resistindo no fundo da minha garganta. Uma dor surda e estagnada. Um zumbido em meus ouvidos.

Viro as costas, com um calafrio descendo pela minha espinha, e corro para fora — antes que os instrutores decidam que preciso ser contada junto com os outros —, cerrando os dentes contra o ar frio de inverno.

Minhas mãos tremem ao lado do corpo, e meu coração bate forte contra os ossos delicados das minhas costelas. Apoio o ombro em uma das colunas grandes que sustentam a varanda tentando recuperar o fôlego, piscando para tirar a neve dos olhos. Piscando para tirar a imagem residual de asas gravadas em minhas pálpebras. Eu disse a mim mesma que a mariposa que vi no bosque era apenas uma mariposa noturna comum, *uma mariposa de inverno da cor da neve*, nada além disso. Mas eu estava enganada. É do tipo que devo temer. Do tipo que é mencionado inúmeras vezes no livro de feitiços. Desenhos a carvão de asas rasgadas em forma de fitas nas pontas, patas lanosas, pequenos olhos pretos e redondos que buscam apenas uma coisa: morte.

Meus olhos estão lacrimejando por conta do frio, e minha cabeça lateja.

Uma névoa cai sobre o lago, um manto tão denso quanto a fumaça úmida de amieiro, e faz eu me lembrar do dia em que enterramos minha avó no pequeno cemitério a oeste do lago —

o lugar onde os antigos garimpeiros jazem debaixo da terra, as lápides desgastadas e corroídas se afundando na terra escura.

Névoa fúnebre, minha mãe disse naquele dia. Um clima que só é adequado durante um enterro: para o luto, para esconder as lágrimas que escorrem pelas bochechas, para anestesiar os corações partidos. Mas agora a névoa fúnebre caiu sobre o lago, descendo das montanhas em ondas infinitas. Um lembrete. Ou talvez um aviso.

É um bom dia para enterrar os mortos.

OLIVER

Quando eu tinha dez anos, meu pai me levou para acampar no meio das montanhas Blue Mile. Passamos a noite dormindo em uma tenda enquanto a chuva batia lá fora e pingava por um buraco no tecido fino de nylon. A chuva fez uma poça em torno de nossos sacos de dormir, e eu tremi a noite toda.

Eu nunca havia sentido tanto frio em toda a minha vida.

Até agora.

Esse bosque tem um tipo implacável de frio. Do tipo que entra em você, por baixo das roupas, das meias e da pele, e desce até a medula de seus ossos. Saio do refeitório por uma porta dos fundos antes que algum dos orientadores possa me ver — antes que *qualquer um* possa me ver. A luz das velas é fraca e sou apenas mais uma sombra passando.

A névoa paira pesada sobre as árvores e corto caminho através da neve, passando por cabanas escondidas entre os pinheiros. Os números das cabanas estão fora de ordem. A cabana quatro, depois a 26, depois a 11. Não faz nenhum sentido. Mas chego à cabana 14 — onde fui colocado quando cheguei, semanas atrás — e, abrindo a pequena porta, entro.

A maioria das pessoas nunca ouviu falar do lago Jackjaw, nem de um acampamento para garotos que fica escondido no alto das montanhas. Até mesmo a cidade mais próxima fica a uma hora de carro por uma estrada íngreme e sinuosa. É um lugar que não está marcado na maioria dos mapas. Um lugar fácil para se perder, para ser esquecido.

Mas nunca tive a intenção de desaparecer.

Dentro da cabana, dois beliches estão encostados um em cada parede — quatro garotos por cabana — e o ar cheira a madeira molhada e fumaça de fogueira. É um cheiro que se instalou nos lençóis, nos travesseiros brancos engomados e no tapete verde puído no centro da cabana, em tudo.

Eu me agacho ao lado da lareira sobressalente instalada no canto.

Os orientadores falam para não deixarmos a chama se apagar nas lareiras — para mantê-las acesas dia e noite, e manter as cabanas aquecidas. Mas a maioria dos meninos esquece. E nossa lareira se apagou.

Coloco lenha seca nas brasas, reacendendo o fogo, mas a cabana continua fria, o vento uivando nas janelas, chacoalhando o vidro fino. Descalço as botas e vou até a cômoda de madeira na parede à direita. Eu me ajoelho e abro a última gaveta — a gaveta que era minha. Mas está vazia. Minhas roupas, a mochila que trouxe comigo, a meia dúzia de livros, o celular sem bateria... Tudo se foi.

Os orientadores devem ter retirado tudo. Encaixotado meus poucos pertences quando desapareci, prontos para mandar tudo de volta para o meu tio depois que a estrada fosse desobstruída. *Lamentamos informar que seu sobrinho, Oliver Huntsman, desapareceu do Acampamento Jackjaw para Rapazes Rebeldes. Se ele aparecer, avisaremos o senhor. Enquanto isso, aqui estão as coisas dele.*

Fecho a gaveta, com um estranho vazio afundando no estômago. Minhas coisas sumiram. Estavam longe de ser o suficiente para representar uma vida, mas era tudo que eu tinha. Tudo que me restava com algum significado. Da minha vida de antes. Dos meus pais. Contenho as lágrimas que ameaçam cair. O maldito nó na garganta. Talvez os orientadores já estivessem liberando espaço para mais um garoto. Minha única gaveta, meu beliche, esvaziados de qualquer memória do menino que desapareceu.

Oliver Huntsman, varrido à inexistência.

Subo a escada para a cama de cima — meu velho beliche — e o colchão afundado e miserável se acomoda sob o meu peso. Fico olhando para o teto baixo, a um braço de distância, a madeira entalhada com nomes de garotos, símbolos e desenhos grosseiros. Nas noites em que os garotos não conseguiam dormir, estavam entediados ou não queriam ser esquecidos, eles enfiavam a lâmina de uma faca na madeira. Prova de que estiveram aqui.

Dentro do bolso do casaco, encontro o saquinho de ervas que *ela* me deu. Cheira ao jardim da minha mãe, onde ela cultivava tomilho, batatas e cenouras, que comíamos direto da terra. Aperto a bolsinha contra o peito, contra as costelas, tentando afastar o frio. Afastar a memória de minha mãe, que é como uma lâmina fria na minha garganta. Que faz eu me sentir sozinho. Terrível e desesperadamente sozinho.

Os garotos chamam Nora de bruxa. *A garota da lua, cheia de pensamentos esquisitos e palavras estranhas. Que vive numa casa estranha entre as árvores, cheia de coisas estranhas.*

Talvez eles estejam certos. Ou talvez só contem histórias para passar o tempo. Eles contam histórias sobre ela para que ninguém conte histórias sobre eles.

Talvez ela também se sinta sozinha. Incompreendida. Um vazio dentro dela que nunca será preenchido.

Assim como eu.

O fogo crepita e fecho os olhos, puxando o cobertor sobre a cabeça para evitar o frio. Tento dormir, deixar o dia se desfazer ao meu redor. E por um tempo consigo, mas meus sonhos são pretos e desoladores. Estou correndo por entre árvores, olhando para cima, buscando o céu estrelado da noite, mas estou perdido, e me afundo na neve e no frio até ela encostar em minha mão e eu acordar de repente.

Meus olhos se abrem e ainda estou no beliche, encarando o teto.

Mas não estou sozinho.

Vozes percorrem a cabana. Ouço o arrastar de botas no chão.

Os outros voltaram.

Continuo imóvel, ouvindo seus movimentos pesados, a porta se fechando atrás deles. A cabana está escura, o sol se pôs faz tempo, e eles não sabem que estou aqui, escondido no beliche de cima. *Não sabem que estou de volta.*

— Falei que o fogo não ia apagar — diz um deles. Reconheço a voz, assim como as dos outros garotos com quem eu dividia a cabana antes de minha mente se apagar. Antes de eu desaparecer. É a voz de Jasper, suas palavras mais agudas que as dos outros.

Escuto alguém alimentar a lareira, o descalçar de botas, o abrir e fechar de gavetas da cômoda. O beliche abaixo de mim range quando Lin se joga em seu colchão e começa a bater o pé na estrutura de madeira.

Jasper, cujo beliche fica em frente ao meu, diz:

— Não sei por que preciso aprender essas merdas. Quando vou precisar de uma bússola? Depois que sair daqui, nunca mais vou para a mata de novo.

— Você poderia arranjar trabalho como um dos orientadores — Lin sugere abaixo de mim, e desata a rir.

— Deus me livre — responde Jasper.

Um longo silêncio se instala entre eles, e o vento fica mais forte lá fora, fazendo a chama na lareira estalar e crepitar. Gotas de chuva começam a bater contra o teto.

Acho que eles pegaram no sono, mas então Jasper diz:

— Faz duas semanas.

Embaixo dele, no beliche inferior, Rhett retruca:

— Cala a boca, cara.

— Só fico pensando onde será que ele está — Jasper acrescenta rápido.

— Ele vai aparecer — responde Rhett, a voz cortante. Afiada como tachinhas.

Talvez eu devesse falar alguma coisa, revelar que estou aqui, mas fico em silêncio. Um nó aperta meu estômago.

— Como culpá-lo por não querer voltar? — Lin pergunta abaixo de mim. O quarto fica em silêncio. — Eu também me esconderia.

Jasper emite um som.

— Nem brinca.

Alguém resmunga, outra pessoa tosse, mas ninguém fala mais nada. E, em pouco tempo, a cabana se enche dos sons de sono. De murmúrios e roncos, pés batendo nas tábuas da cama, cobertas puxadas sob o queixo para afugentar o frio.

O vento chia através das frestas entre as paredes de madeira grossa. Um grito sem fim. Longo e oco. Um som desesperado.

A chuva volta a cair, e depois a neve se acumula nos parapeitos das janelas. A escuridão lá fora fica mais densa.

Mas eu continuo completamente imóvel, ouvindo a respiração deles. Eles não sabem que voltei. Que retornei do bosque. *Eu também me esconderia*, disse Lin.

O que aconteceu naquela noite, quando a tempestade agitou as paredes da cabana, quando minha memória se apagou?

Tiro a coberta e desço a escada estreita em silêncio, depois atravesso o quarto. Nenhum deles se mexe. Eu poderia acordá-los, dizer que estou de volta, perguntar o que aconteceu naquela noite, pedir para preencherem as lacunas do que não consigo me lembrar. Mas o nó na minha garganta não me permite. A farpa de dor palpitando em meu peito me diz que eu não deveria confiar neles.

Aconteceu alguma coisa que minha mente não me deixa lembrar.

Algo que é mais escuridão do que luz.

Não posso ficar aqui com eles. Só existem memórias ruins neste lugar.

Calço as botas e abro a porta apenas o bastante para sair. Olho para trás e vejo alguém se mexer, acho que Rhett, erguendo a cabeça. Fecho a porta antes que ele consiga focar na escuridão.

Antes que consiga me ver escapulindo.

NORA

A noite cai rápido nas montanhas.

    O sol poente é devorado pelos picos cobertos de neve, tragado completamente.

Carrego para dentro lenha recém-cortada do depósito de madeira, o suficiente para nos manter aquecidas durante a noite. Isso se o fogo pegar.

— Você encontrou todas essas coisas no bosque? — Suzy pergunta, parada em frente à janela escura, passando o dedo pelos objetos que a fascinam sobre o parapeito: castiçais de prata e uma pequena estatueta que cabe na palma da mão no formato de um menino e uma menina dançando, o rosto coberto de sardas da menina inclinado como se ela estivesse admirando um céu imaginário. Esses objetos, que eu conheço de cor, enchem a casa e fazem com que ela não pareça tão vazia.

Suzy passou a maior parte do dia com o celular na mão, perto das janelas, procurando sinal, mesmo depois de eu dizer que ela nunca encontraria recepção de sinal aqui. Então ela ia até a cozinha e pegava o telefone fixo para ver se tinha linha. Mas nunca havia nada. Apenas o silêncio monótono. Finalmente ela voltou a desligar o celular para economizar bateria.

Agora, depois que a noite caiu, ela parece derrotada, a voz baixa e desmotivada.

— Sim — respondo. — Durante uma lua cheia.

Ela observa o redemoinho de neve cair contra a janela.

—As pessoas na escola falam de você—ela diz distraidamente, como se eu não estivesse ouvindo de verdade. — Dizem que você fala com as árvores. E com os mortos. — Ela diz isso de uma maneira que me faz pensar que ela quer acreditar que seja verdade, para que possa voltar à escola quando tudo isso acabar e dizer: *Fiquei hospedada na casa de Nora Walker e é tudo verdade.*

E talvez eu devesse me sentir magoada, ferida pelo comentário, mas sei o que as pessoas falam sobre mim, sobre minha família, e suas palavras caem como gotas de chuva na minha pele, sem nunca me afetarem. Sei o que sou, e o que não sou. E entendo a curiosidade deles. Às vezes penso que apenas sentem inveja, um desejo de serem mais do que são, de escapar da futilidade de suas vidinhas comuns.

Entro na cozinha e acendo duas velas com um fósforo, uma para Suzy e uma para mim.

— Nunca falei com os mortos — admito. É verdade. Embora as Walker normalmente consigam ver as sombras, vislumbres de fantasmas vagando pelo velho cemitério do outro lado do lago. Vemos centelhas do mundo intermediário, fantasmas se movendo de um canto para o outro da casa. Nossos olhos veem o que os outros não conseguem ver. Mas não digo isso a Suzy. É uma prova de que eu realmente poderia ser o que dizem.

As pálpebras de Suzy tremulam e ela bate no antebraço oposto, estreitando os olhos como se não acreditasse em mim, como se tivesse certeza de que devo estar escondendo alguma coisa — uma dezena de gatos pretos no sótão, uma vassoura escondida atrás dos casacos de inverno no armário do corredor, potes cheios dos corações das minhas vítimas atrás das tábuas do assoalho. Mas não existe nada de tão horrendo dentro da casa. Apenas ervas, fuligem de chaminé e histórias nas paredes.

— Vou fazer uma cama para você no sofá — digo.

As cobertas e o travesseiro de quando Oliver dormiu aqui ontem à noite ainda estão amarrotados no canto.

Mas Suzy olha para o sofá, com suas almofadas afundadas, braços desfiados e estofado rasgado e franze a testa. Ela abaixa os braços, e faz um beicinho com a boca.

— Não tem uma cama em que eu possa dormir?

— Desculpe.

Ela desvia os olhos e avalia a sala de estar. Ela devia estar torcendo para que eu vivesse num daqueles casarões no lago, aquelas casas de madeira com cinco quartos, salas de jogos no porão e banheiros-spas onde ela pudesse tomar um banho de espuma para amenizar o frio constante.

— Será que eu poderia...? — Suas palavras se perdem. — Será que eu poderia dormir com você, no seu quarto?

Sinto mais um calafrio de compaixão.

Não quero dizer que sim, não quero dividir a cama com uma garota que sem dúvida fala de mim na escola, que não vai parar de encarar todas as coisas estranhas no meu quarto e espalhar mais boatos sobre mim no colégio Fir Haven. Mas parte de mim também quer se sentir normal, uma garota comum que consegue receber amigos e ficar acordada até tarde sem se preocupar com o que Suzy vai falar de mim na escola.

As palavras escapam de mim antes que eu consiga impedir:

— Pode ser.

Tranco as duas portas e subo a escada para o sótão, seguida por Fin.

Suzy caminha até a parede das janelas, e divido os travesseiros na minha cama: um para Suzy, um para mim. A neve está mais pesada agora, caindo em ondas densas contra o vidro. Me pergunto se a mariposa está lá fora, à minha espreita, esperando entre as árvores. Na semana antes de a minha avó falecer, uma mariposa-de-ossos tinha ficado se batendo contra as janelas da casa durante toda a manhã, *tap tap tap; flap, flap, flap*. Achei que ela fosse quebrar o vidro, suas asas delicadas batendo de maneira tão frenética, sua cabecinha minúscula contra as janelas. Era a primeira vez que eu via uma, o tipo de mariposa sobre a qual minha avó havia alertado, e observei minha mãe andar de um lado para o outro da casa, torcendo as mãos, trançando e destrançando o cabelo metodicamente, como se a solução para a mariposa estivesse nos nós do seu cabelo escuro.

Ela sabia que a morte estava chegando, que a mariposa-de-ossos era um sinal.

E quando acordamos e vimos que vovó tinha descido para o lago no meio da noite, dado seu último suspiro na margem, com folhas de outono espalhadas ao redor dela em tons tristes de laranja e amarelo-ouro, vimos que a mariposa tinha razão. A morte estava chegando. Como temíamos.

E agora uma me persegue.

— Por que você continua aqui no inverno? — Suzy pergunta, encostando a ponta do dedo na janela.

Aperto os olhos, afastando a memória da mariposa e da minha avó.

— É a minha casa.

— Eu sei, mas você poderia ir embora no inverno, como todo mundo.

— Eu gosto dos invernos — digo. *Gosto da calma. Do frio, do silêncio infinito.* Mas é mais do que isso. *Aqui é o meu lugar.*

Todas as Walker viveram nesta floresta por gerações. Entre estes pinheiros antigos. É como sempre foi.

Não sabemos viver em outro lugar.

— Sua casa é mais antiga do que as outras — Suzy comenta, ainda espiando pela janela, de onde consegue ver o contorno vago das outras casas em volta do lago.

— Foi meu tataravô quem a construiu — digo. — Muito antes de qualquer outra casa à beira do lago. — Seu olhar é suave, e a luz da vela que ela segura bruxuleia sobre suas maçãs do rosto e seu cabelo castanho. — Ele era um minerador — continuo. — Fez fortuna no rio Black. — Mas, como a maioria dos homens da minha família, veio e foi embora tão rapidamente quanto o cair da noite. Não era culpa deles: as mulheres Walker são famosas por serem volúveis, incertas quando se trata de amor. E os homens nunca eram nada mais do que um fascínio passageiro. Assim como o homem que era meu pai. Seja por má sorte ou decisão nossa, os homens nunca ficaram por muito tempo em nossas vidas.

Vou até o guarda-roupa e coloco uma calça de moletom preto e um suéter grosso e rugoso. Mas Suzy permanece na janela, apertando a palma da mão no vidro.

— Você comentou que encontrou aquele garoto desaparecido? — ela pergunta.

Fecho a porta do guarda-roupa, vendo meu reflexo no espelho por um breve momento — os olhos sonolentos e um cabelo que precisa ser escovado.

— No bosque — digo com cautela.

Os moradores conhecem o Bosque de Vime. Falam sobre ele em segredo, em um tom que nunca ultrapassa um sussurro. Como se falar em voz alta atraísse a escuridão. *Nunca fale sobre o*

Bosque de Vime pelas costas, alerta uma anotação dentro do livro de feitiços.

— Ele sobreviveu lá todo esse tempo? — pergunta ela, abaixando a mão da janela.

— Ele teve sorte — respondo. Ou talvez seja o contrário. Ficar perdido dentro do Bosque de Vime é um azar catastrófico. *Um dos desafortunados*, diria minha avó, se estivesse aqui. *Condenado. Um garoto do qual se deve manter distância.*

Um arrepio desce pelas minhas vértebras, frio como gelo, alojando-se como cimento em meu peito.

— Ele poderia ter acabado como o outro garoto — Suzy diz.

Meu olhar se fixa no dela, sua silhueta recortada contra os janelões, a neve rodopiando contra o vidro.

— Que outro garoto?

Ela ergue um ombro.

— O que morreu. — Ela se vira de frente para mim. — Na mesma noite em que seu garoto desapareceu.

Ele não é o meu garoto, tenho vontade de dizer. Mas, em vez disso, pergunto:

— Um garoto morreu?

Sua boca se aperta, tensa.

— Sim, na noite da tempestade.

— O que houve?

— Sei lá. Só ouvi os outros garotos comentando. Queriam ligar para a polícia, mas os telefones estavam sem linha.

Dou um passo para perto dela.

— Quem era ele?

— Não tenho certeza. — Ela torce alguns fios de cabelo entre os dedos. Não por nervosismo, apenas por hábito. — Eles guardaram segredo, não queriam falar sobre isso. Mas ouvi os sussurros no refeitório quando achavam que eu não estava escutando.

— Eles disseram como ele morreu? — pergunto. Meus pulmões se contraem no peito, a respiração presa no fundo da garganta.

Ela abana a cabeça, as sobrancelhas franzidas, estremecendo com a ideia de uma pessoa encontrando seu fim aqui, no meio da floresta, nesse frio cortante.

— Só ouvi que um menino desapareceu e outro morreu.

Eu me deixo cair na beira da cama, olhando para além de Suzy na janela.

— Alguém morreu — digo baixinho, mais para mim mesma, e passo o dedo sobre o anel da minha avó, sentindo a forma oval da pedra da lua cinza. Como se pudesse invocá-la, ouvir o teor tranquilizante de suas palavras quando ela me contava suas histórias. Mas ela não aparece.

Eu e Suzy ficamos em silêncio por um tempo, o frio atravessando as paredes conforme o fogo no andar de baixo começa a se apagar. O quarto parece estranhamente vazio, um zumbido começa nos meus ouvidos e, quando pisco, penso ver as paredes vibrarem antes de voltarem ao lugar.

Devo estar cansada. Deve ser pela falta de sono.

Suzy finalmente solta um suspiro como se estivesse exasperada ou exausta.

— Não quero falar sobre isso — ela diz. — É horrível demais. — E se arrasta pelo quarto até o outro lado da cama, entrando rapidamente embaixo das cobertas, ainda de moletom e calça jeans. Como se ela pudesse se esconder disso, da morte de um garoto. Uma coisa facilmente afastada com uma camada de cobertores quentes de lã.

Suas pálpebras se fecham, e seu cabelo macio e farto se espalha sobre o travesseiro. Ela tem cheiro de água de rosas, como uma velha fragrância francesa que não é mais usada, exceto por senhoras em casas de repouso que fumam cigarros finos e ainda pintam as unhas de vermelho-cereja.

E, por um momento, quase consigo me fazer acreditar que estamos tendo uma festa do pijama, duas melhores amigas que ficaram acordadas até tarde comendo pipoca com manteiga e assistindo a filmes de terror, encaracolando o cabelo uma da outra e rindo sobre os meninos que beijamos na escola. Uma noite inteiramente diferente. Uma vida diferente.

Os outros olham para mim e veem uma bruxa. Uma garota que é perigosa, destemida e cheia de pensamentos sombrios. Mas eles não veem as partes de mim que mantenho escondidas. A perda, o sentimento de solidão, agora que a única pessoa que realmente me entendia, minha avó, se foi. Que carrego comigo um sentimento de não ser boa o suficiente. Um tijolo vazio alojado em minhas costelas.

Ninguém vê que tenho tantas feridas quanto os outros.

Que também sou um pouco quebrada.

Relutante, eu me deito na cama.

Os joelhos de Suzy batem nos meus. Sinto um cotovelo na minha cabeça, e quando ela finalmente pega no sono, ronca contra o travesseiro, um murmúrio baixo que é quase relaxante.

Mas eu fico acordada, a mente alerta.

Um garoto está morto. E me sinto enjoada. *Um garoto está morto.* E estamos presos nestas montanhas. *Um garoto está morto.* Eu não sei como me sentir. Se fosse verão e a estrada estivesse livre, a polícia viria. Eles fariam perguntas. Determinariam a causa. Mas nada disso vai acontecer até a estrada ser liberada, e não sei se devo ter medo ou não. *Como ele morreu? Acidente ou alguma outra coisa?* Suzy comentou isso como se fosse uma simples nota de rodapé, algo de que ela mal se lembraria daqui a um ano. *Ah, claro, um garoto morreu naquele inverno, como foi que aconteceu mesmo?*

Mas nunca conheci ninguém que tivesse morrido, além da minha avó. E talvez, se não fosse pela mariposa, ou pelo garoto que encontrei no bosque, eu me sentiria menos inquieta. Sentiria minha mente menos saltitante e agitada como os gafanhotos que se contorcem na relva alta sob a lua de outono. Talvez.

Mas, em vez disso, meus pensamentos se contorcem em círculos: Oliver sabia o que aconteceu com o garoto que morreu? Ele estava lá quando aconteceu? Ele se lembra?

Uma hora se passa e a neve bate contra a janela. Uma tempestade cai das montanhas. Fin arranha o piso de madeira, contraindo as patas e sonhando que persegue coelhos ou camundongos.

Forço minhas pálpebras a se fecharem. Imploro que o sono caia sobre mim.

Mas em vez disso fico encarando o teto.

Até que, quando a noite parece mais escura e minha mente mais inquieta, ouço um baque na casa. E depois batidas no vidro.

Tem alguém aqui. Lá fora.

— O que foi? — Suzy resmunga, os olhos ainda fechados. Talvez ela só esteja falando durante o sono, sem ter acordado de verdade.

— Ouvi alguma coisa lá embaixo — sussurro baixinho, me levantando da cama. — Na porta. — Volto os olhos para a escada, ouvindo com atenção.

— Hum — ela responde, se enrolando nas cobertas e enfiando a cabeça no travesseiro.

O vento bate contra a janela, e meu coração dispara dentro do peito. Desço a escada, um degrau de cada vez, com cuidado e em silêncio. *Um garoto está morto*, minha mente repete a cada batida do meu coração.

Ouço a batida de novo, distinta e rápida, vinda do outro lado da porta. Pode ser apenas o Sr. Perkins, ou um dos orientadores do acampamento, vindo me alertar que há um assassino entre nós. Vindo me aconselhar a fechar as portas e permanecer dentro de casa. Antes eu era a pessoa a se temer nessa floresta, mas talvez não mais.

Caminho até a janela da frente, respirando devagar, tentando acalmar a adrenalina que lateja em minhas têmporas, e abro a cortina. Tem alguém na varanda, com as mãos nos bolsos e os ombros curvados por causa do frio.

Alguém que eu conheço.

Puxo a tranca e abro a porta. A neve cai ao meu redor, o vento chicoteando na sala de estar, e ele levanta a cabeça.

Oliver.

— Não sabia mais para onde ir — ele diz, com uma linha franzida entre as sobrancelhas.

O ar volta aos meus pulmões e dou um passo para trás, deixando que ele entre rapidamente.

— O que está fazendo aqui?

Ele puxa o capuz do moletom que cobria a cabeça, e volta os olhos para os meus. Pupilas escuras que estavam ainda mais escuras na casa pouco iluminada.

— Preciso de um lugar para ficar.

Cruzo os braços sobre o peito, com os pensamentos ainda rodeando sobre as palavras que não consigo me livrar, uma melodia que se repete: *Um garoto está morto.*

— Por que você não fica no acampamento? — pergunto.

Eu o observo, tentando identificar todas as razões pelas quais não deveria permitir que esse garoto que mal conheço fique na minha casa, por que deveria falar para ele ir embora, mas vejo apenas o menino que encontrei no Bosque de Vime: com frio, tremendo e sozinho. O peito nu de frente para o fogo quando o trouxe de volta. Como suas mãos pareciam gelo, como seu rosto estava sério, como seus músculos só relaxaram quando encostei nele.

— Não confio em ninguém de lá — ele responde.

— Por que não?

Seus olhos se fixam nos meus antes de se desviarem. E depois de uma longa pausa silenciosa, ele diz simplesmente:

— Não tenho mais para onde ir.

Penso ouvir movimentos lá em cima, Suzy acordando, ou talvez só se revirando na cama. O som para. *Um garoto está morto*, penso de novo. As palavras se repetindo, ecoando. Engulo em seco e volto a olhar para Oliver, falando em voz alta aquilo de que não consigo escapar.

— Um garoto morreu na noite em que você desapareceu — digo, as palavras saindo contra a minha vontade, causando uma estranha dor dentro das minhas costelas, como se tivesse sido fisgada por um anzol de pesca.

Oliver franze a testa.

— O quê?

Sinto minha mandíbula se contrair, e tenho medo de desviar os olhos dele, de perder um tremular de suas pálpebras que possa significar alguma coisa. Revelar alguma pista que Oliver esteja tentando esconder.

— Um garoto morreu — digo, com mais firmeza dessa vez.

Mas a expressão de Oliver fica tensa, como se ele não entendesse.

— Você não sabia? — pergunto.

— Não. Eu não... — Suas palavras se perdem. Ele cambaleia um pouco e vejo como ele está pálido: o frio ainda não o abandonou por completo. — Eu não me lembro de nada. Não consigo... — Sua voz falha novamente.

Quero tocá-lo, tranquilizá-lo, mas mantenho as mãos ao lado do corpo, examinando cada linha de seu rosto, as curvas de seus maxilares. Estou procurando uma mentira, algo que ele esteja escondendo. Mas só há uma confusão muda.

— Não posso voltar para o acampamento — ele diz por fim. — Se a estrada não estivesse coberta de neve, eu iria embora, mas... — ele solta o ar com força — estou preso aqui.

Oliver respira e juro que o vento se acalma. Ele fecha os olhos e a floresta estremece contra a casa.

Minha coisa perdida encontrada no bosque. Que agora é mais floresta do que garoto.

O que digo a seguir sai antes que eu consiga me conter, antes que possa dizer a mim mesma que é uma má ideia.

— Tudo bem. — Um arrepio de apreensão me percorre. — Pode ficar aqui esta noite.

Uma noite, digo a mim mesma. Mais uma noite, vou deixar que ele durma aqui, esse garoto que fala como se uma brisa leve se agitasse dentro dele, que não consegue se lembrar do que aconteceu com ele na noite em que o outro garoto morreu. Cujos olhos fazem eu me sentir tão desorientada que quero gritar. As Walker não podem confiar nos próprios corações — nossos corações escorregadios, descuidados, sangrentos. Coisas imprudentes e estúpidas. Músculos que batem rápido demais, que se fecham dentro de si quando se partem. Frágeis demais para serem confiáveis. Mesmo assim, deixo que ele fique.

Tranco a porta da frente e coloco mais lenha na lareira. E quando Oliver se acomoda no sofá, vejo que ele ainda está com a bolsinha de ervas que dei para ele, apertada em sua mão. Eu tinha certeza de que ele não a guardaria, mas ele guardou.

— Obrigado — ele diz, e paro ao pé da escada, mordendo o lábio, girando o anel de pedra da lua no dedo.

— Posso confiar em você? — pergunto. *Tarde demais agora*, penso. Já deixei que ele ficasse. Já deixei que meu coração escorregasse dois graus para longe do centro, me permiti acreditar que ele poderia ser diferente. Que ele não é igual aos outros. Que podemos ter o mesmo vazio dentro de nós. E se ele disser que não, vou obrigá-lo a sair? *Provavelmente não.*

Ele me observa com seus olhos profundos como a lua, e minha cabeça parece efervescente e leve, cheia de penas e poeira, sem nenhum pensamento racional passando por ela. Apenas pensamentos mareados. Nenhuma bússola ou estrela para me guiar de volta à costa.

— Não sei — ele responde finalmente, e sinto a garganta seca.

Um garoto está morto. Morto, morto, morto. As palavras agora se alojam rígidas em minha mente — plantadas ali, onde vão criar raízes, espinhos e flores, cavando em meus pensamentos, tornando-se verdade.

Há uma tempestade crescendo dentro de mim, dentro desta casa, escurecendo as soleiras das portas — a escuridão se espalhando pelos cantos e por baixo dos estrados velhos e rangentes das camas.

De volta ao meu quarto, me sinto sozinha, deslocada nas minhas próprias cobertas. O teto do sótão parece muito íngreme e irregular, como ossos frágeis que podem partir e se despedaçar. Forço meus olhos a se fecharem, mas vejo apenas a mariposa, a memória de asas brancas acinzentadas se movimentando na minha direção no escuro. Me caçando.

Oliver voltou do bosque.

E algo aconteceu na noite da tempestade. *Algo ruim.*

Quando vir uma mariposa pálida, dizia minha avó, vezes e mais vezes, com seus olhos como luas escuras, *a morte não está muito longe.*

Livro de Feitiços
do Luar &
Remédios da Floresta

WILLA WALKER chorava e chorava e chorava.

Ela nasceu em 1894 durante o inverno de uma lua de touro. Uma bebê agitada, chorava mesmo quando as estrelas de verão se reconfiguravam no céu, dançando sobre seu berço entalhado à mão. Sua mãe, Adaline Walker, achava que havia algo de errado com a criança pequena, um presságio de doença ou má sorte.

Quando Willa tinha dezesseis anos, ela parou à margem do lago Jackjaw e chorou na água rasa. Suas lágrimas encheram o lago até ele transbordar — enlameando as ribanceiras e tornando-o sem fundo.

A dádiva noturna de Willa era mais perigosa do que a maioria. Suas lágrimas poderiam encher oceanos se ela deixasse. Poderiam afogar homens, transbordar rios e transformar a floresta em água.

A profundidade do lago Jackjaw ficou para sempre desconhecida a partir daquele dia, e a mãe de Willa a fez carregar um lenço aonde quer que ela fosse, o algodão fino com a intenção de segurar todas as lágrimas que caíssem de suas bochechas. Para impedir que o mundo fosse inundado.

Willa se apaixonou duas vezes, e duas vezes teve seu coração partido.

Ela morreu na segunda noite de Beltane, depois de seu vigésimo terceiro aniversário. Causa desconhecida.

Cura para a Melancolia & Crises de Choro Inexplicáveis

Duas pitadas de *skullcap*

Pó de erva-cidreira e erva-de-são-joão

Néctar de abelha de cardo-leiteiro

Um fio de crina de cavalo, queimado nas duas pontas

Misturar em um pilão de madeira. Beber ou colocar embaixo da língua.

NORA

Eu não deveria me importar.

Não deveria importar que Oliver tenha sumido do sofá quando acordei e desci a escada — assim como na manhã seguinte à noite em que o encontrei no bosque.

Mesmo assim, paro na varanda olhando para um rastro de pegadas fundas através da nova camada de neve, dando a volta por dois pinheiros que montam guarda ao lado da minha casa, depois descendo em direção ao lago. Um *déjà-vu* me perpassa, assim como da outra vez — a neve caindo em ondas familiares, cada piscar de olhos é um segundo que já senti *uma, duas* vezes antes. O tempo gira e então volta ao lugar.

Tique-taque, tum.

Eu me apoio no corrimão da varanda, as mãos apertando a madeira fria, e volto a me concentrar nas pegadas na neve.

É a segunda vez que ele sai de casa enquanto durmo, e talvez eu devesse ficar com raiva por isso. Mas é outra coisa que me incomoda, uma inquietação que não passa — uma curiosidade pulsante logo atrás dos meus olhos que quer seguir esse caminho, ver aonde isso leva. Não sei ao certo a que horas ele saiu da casa, mas quando encostei em seu travesseiro, o cheiro de lenha e terra ainda estava no algodão. Mas o calor de sua pele já havia sumido fazia tempo.

Fin desce os degraus da varanda e sai para a neve, farejando o chão.

O nascer do sol tem um brilho pálido doentio no horizonte, e talvez eu não devesse seguir as pegadas dele, talvez eu não queira saber aonde ele foi. Mas enfio as mãos nos bolsos do casaco e desço os degraus para a neve mesmo assim.

Um garoto está morto. E talvez Oliver tenha decidido sair no meio da noite, tentar descer a estrada para a cidade. Ele nunca vai conseguir se for o caso. Ou talvez tenha ido a outro lugar. Talvez tenha outros segredos que esteja tentando esconder. Talvez ele seja um poço fundo de segredos.

Fin saltita alegremente pela neve, seguindo as pegadas de Oliver e, quando chegamos ao lago, as pegadas viram para a esquerda, em direção à margem sul.

O ar rodopia com flocos de gelo. O céu matinal é aveludado, como um tecido feito à mão marcado por nuvens profundas e imperfeições, não feito à máquina. E o caminho de Oliver em volta do lago me leva à pequena marina, onde as docas estão congeladas à espera da primavera. Canoas descansam com a barriga para o céu.

No verão, os turistas convergem neste lado do lago, as crianças correm pelas docas para se atirar na água, picolés de laranja, cereja e melancia pingando nos pés e pelos braços queimados de sol. Crianças normais com vidas normais, algo que nunca tive. O ar sempre cheirando a protetor solar e fumaça de acampamento, as tardes tão iluminadas que nada escuro ou sombrio poderia sobreviver.

Mas agora o ancoradouro está trancado para o inverno. Uma placa de FECHADO está pendurada de forma torta na porta azul-turquesa e o vento bate forte contra a madeira, um *tap tap tap* que me faz pensar em um pica-pau buscando insetos nos troncos de abetos.

— Olá! — grita alguém, e viro para encarar o lago.

O velho Sr. Perkins está em uma das docas, com as galochas verdes chutando uma camada de neve, e o capuz de sua capa de chuva amarela erguido sobre a cabeça — como se fosse primavera, como se o ar estivesse ameno e chuviscando.

— Bom dia — respondo.

Quando minha vó ainda estava viva, ela e o Sr. Perkins ficavam sentados nas docas durante o pôr do sol, conversando sobre o passado — muito antes de os turistas chegarem, quando dava para encontrar ouro na sola das botas só de caminhar pela margem, e cardumes densos como lama enchiam o lago. Agora, de tempos em tempos, eu e minha mãe descemos para a marina para ver como o Sr. Perkins está, especialmente no inverno. Levamos uma garrafa térmica de chá de maçã com canela, uma torta doce de abóbora recém-saída do forno e potes de mel recém-tampados.

Mas, desta vez, eu não trouxe nenhuma torta.

O Sr. Perkins me cumprimenta com a cabeça, e, diante dele, está uma vassoura com a qual ele varre de um lado para o outro, tirando a neve do cais. Algo estranho para se fazer no inverno. Mas Floyd Perkins nunca foi um homem comum.

— As docas estavam começando a afundar — ele diz, a título de explicação. — E minha pá de neve quebrou. — Ele aponta para a vassoura, como se a solução fosse óbvia, depois ergue os olhos estreitados para o céu. — Essa maldita neve não acaba.

Está quase tão ruim quanto o ano em que sua tia-avó Helena começou a jogar cubos de gelo pela janela.

O Sr. Perkins conhece a maioria das histórias das Walker. Ele estava aqui no inverno em que Helena Walker atirou cubos de gelo pela janela durante uma manhã inteira — um feitiço peculiar para invocar neve. Um feitiço que só Helena conseguia realizar. O inverno durou oito meses naquele ano e depois, a mãe de Helena, Isolde, a proibiu de invocar neve novamente, colocando um cadeado no congelador. Essa ideia ainda me faz sorrir: o cabelo ruivo desgrenhado de Helena espiralando ao seu redor enquanto flocos de neve caíam do céu.

— A floresta parece zangada — digo, apontando com a cabeça para as montanhas, onde nuvens se acumulam nas encostas escarpadas para o norte. Não é Helena Walker a responsável por essas tempestades de inverno, é outra coisa. Uma escuridão sobre o lago, uma profecia de algo que está por vir. Coloco as mãos nos bolsos do casaco e enterro meus pés na neve para manter o sangue circulando.

— Essa floresta tem um gênio ruim — ele concorda, com os cantos da boca se erguendo. — É melhor não a irritar.

Uma árvore solitária pode cultivar o ódio em sua casca e suas folhas carcomidas por traças, diz uma anotação feita à mão nas margens do livro de feitiços. *Mas uma floresta inteira consegue tecer uma maldade tão profunda e enraizada que pode não haver nenhuma passagem segura por tal lugar.* A observação foi escrita como um adendo, mas sempre me chamou a atenção. A gravidade dela. O aviso de que não se pode confiar numa floresta. As árvores conspiram. Observam. Estão *despertas*.

Dou as costas para as montanhas e pergunto:

— Você viu alguém caminhando pelo lago hoje cedo?

O Sr. Perkins seca a testa, depois ergue a mão sobre os olhos, como se estivesse olhando para um mar azul infinito em busca de terra.

— Quem você está procurando?

Não sei bem se quero falar, explicar sobre Oliver. Sobre tudo isso. Então digo apenas:

— Um garoto do acampamento.

O Sr. Perkins se apoia pesadamente no cabo da velha vassoura, como se ela fosse uma muleta ou uma bengala.

— Aqueles garotos andam incomodando você? — ele pergunta. Seu rosto se enrijece em uma expressão protetora. O arco preocupado de suas sobrancelhas grisalhas, a curva para baixo de seu lábio superior. Ele é a coisa mais próxima que já tive de um avô, e às vezes acho que ele se preocupa mais comigo do que minha própria mãe. — Se aqueles meninos falarem alguma coisa feia para você, me avise.

Ele teme que me chamem de bruxa na minha cara. Que me atirem pedras como os moradores da região faziam quando viam uma Walker vagando em volta do lago. Ele teme que eu seja frágil como gelo — facilmente quebrável por uma palavra dura.

Mas puxei mais à minha avó do que ele imagina.

— Os garotos não fizeram nada — eu o tranquilizo, abrindo um sorriso tímido.

Ele ergue o queixo e diz:

— Acho bom — disse, antes de jogar os ombros para trás, corrigindo a postura de sua espinha cansada e torta. Sua mão esquerda começa a tremer, como vem acontecendo com frequência nos últimos anos, e ele a segura com a mão direita, para firmá-la. — Não vi ninguém andando de manhã, nem menino, nem cervo, nem alma penada.

— Pode ter sido mais cedo. — Meus lábios se fecham, me sentindo boba por perguntar. Por seguir as pegadas de Oliver na neve. — Talvez antes de o sol nascer. — Tento imaginar Oliver saindo da casa no escuro, sem se despedir, e vagando por entre as árvores como se estivesse escondendo alguma coisa. Como se não quisesse ser seguido.

Ele partiu, e uma fina pontada de mágoa percorre minha pele. Uma sensação que não quero sentir. Uma dor que não vou permitir que se afunde em minha carne. Não vou permitir que esse garoto desarranje todas as partes de mim.

O Sr. Perkins abana a cabeça.

— Desculpe, mas nem mesmo uma lebre passou por aqui. — Seus olhos se voltam para o lago, como se ele se lembrasse de algo, e coça o gorro de lá revelando os tufos de cabelo grisalho embaixo dele. — Pode ser difícil encontrar alguém nessa floresta — ele acrescenta, cerrando a mandíbula — se a pessoa não quiser ser encontrada.

Fin corre à frente pela neve, passando pela doca, de volta ao rastro de Oliver.

Talvez o Sr. Perkins esteja certo. Se Oliver não quiser ser encontrado, talvez eu devesse deixá-lo em paz. Voltar para casa. Olho para as montanhas, onde uma muralha escura de nuvens se debruça sobre o lago.

— Deve cair mais uma tempestade na próxima hora — digo ao Sr. Perkins. — Talvez seja melhor o senhor voltar para dentro.

Um risinho escapa de sua garganta, como se o som começasse em seus pés e tivesse tempo de ganhar impulso.

— Exatamente igual a sua avó — ele diz, estalando a língua. — Sempre se preocupando comigo. — Ele me ignora e volta a varrer a doca. — Na minha idade, uma hora parece uma eternidade. — Ele joga a neve da doca sobre o lago congelado. — Tempo de sobra. — Em vez de se despedir, ele cantarola baixinho uma melodia familiar, uma melodia que minha avó cantava. Algo sobre tentilhões perdidos voando para o leste longínquo, levando bagas venenosas nas patas, em busca de pessoas cansadas e de coração partido. Uma fábula sobre o tempo interrompido, escorregando pelas pontas dos dedos. Ouvi-la faz meu peito doer. Uma tristeza estranha da qual nunca vou me livrar.

Isso faz eu me sentir terrivelmente sozinha.

Fin dá a volta pela margem, e penso novamente que talvez eu não devesse segui-lo. Mas a curiosidade é uma pontada incômoda na minha mente, me encorajando a seguir em frente.

* ✳ *

Atravesso a neve funda, sob o céu tempestuoso, até chegarmos a um lugar onde as pegadas de Oliver desviam do lago, nos conduzindo para as árvores — um lugar que eu raramente visito. Um lugar que a escuridão nunca abandona. Onde costumo ver sombras humanas vagando no crepúsculo: espectros que ainda não sabem que estão mortos. Um lugar que as Walker preferem evitar.

O Cemitério Jackjaw.

O cemitério fica entre a costa rochosa e a floresta — visível de todos os lados do lago. Cem anos atrás, quando o primeiro colono morreu, os enlutados desceram alguns metros pela costa e decidiram que esse era um lugar tão bom quanto qualquer outro. Cavaram um buraco onde estavam, e esse se tornou o lugar onde os mortos eram colocados debaixo da terra.

Fin entra no cemitério, depois passa por uma fileira de lápides antigas, enfiando o focinho na neve, dando patadas no chão brevemente. Não quero estar aqui, entre os mortos, mas sigo as pegadas de Oliver até onde elas terminam.

Fico arrepiada. Minhas têmporas coçam como se insetos rastejassem sobre a minha pele. Eu me ajoelho ao lado da lápide onde as pegadas de Oliver pararam e passo a mão pela superfície dela, limpando a camada de neve. Eu conheço essa sepultura — conheço a maioria das que pertencem à minha família.

Willa Walker jaz aqui, a vários palmos do chão de terra compacta e argila.

Os garotos do acampamento costumam vir aqui para ver as sepulturas das Walker. Bebem cerveja, uivam para a lua e esfregam as palmas das mãos sobre as lápides, fazendo pedidos. É um lugar para se reunir, tentar assustar alguém. Na noite de Halloween, os adolescentes de Fir Haven dirigem até aqui e acampam em meio às sepulturas, contando histórias sobre as Walker, lançando seus próprios feitiços inventados e amaldiçoando uns aos outros.

Mas por que Oliver veio aqui agora, até o túmulo de Willa Walker — uma Walker que chorou sobre o lago e o tornou sem fundo? Que chorou mais do que todas as Walker que já viveram. Cujas lágrimas diziam ser tão salgadas quanto o mar. Cuja dádiva noturna poderia alagar o mundo.

Mantenho a palma da mão em cima da lápide, como se pudesse sentir o passado dentro da superfície desgastada. Como se pudesse ver Oliver parado diante da sepultura e evocar o que ele sentiu, conjurar os pensamentos que passaram por sua cabeça. Se ao menos essa fosse a minha dádiva noturna, invocar memórias a partir de objetos. Então eu sempre saberia a verdade.

Mas nenhuma memória passa por mim, e tiro a mão, baixando-a ao lado do corpo. Se eu fosse como qualquer outra Walker, seria capaz recolher alguma pista do passado, invocar alguma partícula de luar para me mostrar o que não consigo ver. Mas, em vez disso, sinto apenas o ar frio no pescoço. A neve sob meus pés. Nada de valor.

Mesmo assim, me pergunto, por que Oliver veio aqui? O que ele estava procurando?

Do que ele se lembra?

Minhas mãos tremem, e sinto uma estranha sensação em meu peito, como se as árvores e o céu cor de carvão oscilassem, balançando como um navio prestes a emborcar. Aconteceu ontem à noite no meu quarto, e hoje de manhã na varanda. E agora de novo. Como se o mundo estivesse tremulando nos cantos da minha visão prestes a se desfazer.

Pisco e me obrigo a afastar a sensação.

Ao meu lado, o focinho de Fin se franze no ar e ele passa por minhas pernas, voltando ao portão do cemitério, seguindo as pegadas que circulam de volta para o lago. Oliver não vagou pelo cemitério adentro. Ele não se demorou aqui. Veio até a sepultura de Willa e foi embora.

Talvez ele tenha odiado este lugar tanto quanto eu.

As sepulturas tristes e os ossos que repousam sob a terra. O vento constante serpenteando em torno do meu pescoço. O medo de que eu possa ver um dos mortos, rodeando as árvores moribundas, sem saber o que são. Dedos cinzentos e podres se estendendo em minha direção, suplicantes, tentando me puxar mais para dentro do cemitério. *Não tenha medo*, dizia minha avó sempre que passávamos por aqui. *Todas as Walker conseguem ver os mortos.*

Mas eu não quero ver um hoje, então me levanto e afasto a sensação, a memória das palavras da minha avó.

Fin começa a subir a costa novamente, na direção do acampamento dos garotos, mas eu o chamo de volta.

Oliver não tentou descer a montanha até a cidade. Ele veio para o cemitério e depois voltou para o acampamento. Parte de mim se questiona se isso tudo fazia parte de alguma travessura idiota. Alguma pegadinha. Talvez ele só tenha fingido que precisava de algum lugar para passar a noite. Talvez os outros meninos o tenham desafiado a *ficar na casa da garota bruxa* para ver se ele sobreviveria a mais uma noite. Normalmente, os garotos do acampamento me deixam em paz — são cautelosos a ponto de evitar a casa das Walker. Mas talvez pensassem que Oliver conseguiria me convencer a deixar que ele ficasse. Que eu seria tonta o suficiente para permitir que ele entrasse. E fui.

Esse pensamento me enfureceu, a sensação de estar sendo usada. Que talvez nada do que ele me disse seja verdade. Que se lembra mais daquela noite do que admite.

Saio do cemitério antes que eu veja alguma sombra, alguma figura entre as lápides. Fantasmas presos entre mundos.

Mas Oliver esteve aqui. Ele esteve aqui, na lápide de Willa Walker, e não entendo o porquê.

OLIVER

Dou a volta no lago, passando pela marina.

A fumaça sobe da chaminé de uma pequena cabana afastada do lago, e há um movimento em uma das janelas — um homem espiando pelo lado de dentro. Por um momento, acho que ele me viu, mas então ele sai e a cortina volta ao lugar.

A linha da costa vira bruscamente para a direita, as margens tornando-se mais íngremes e rochas grandes erguendo-se da beira do lago congelado. É enganadora a superfície calma, a camada de gelo que parece sólida e segura. *Nada a temer aqui.* Fico pensando em como deve ser o lago na primavera, descongelado e cintilante sob o sol amarelo-limão. Dócil e convidativo. Um lugar para refrescar o suor da pele.

Cheguei ao Acampamento Jackjaw para Rapazes Rebeldes assim que o outono caiu sobre as montanhas, quando a temperatura começou a despencar e o lago, congelar. Vim depois da maioria dos garotos, que estiveram aqui durante todo o verão — ou até mais. Eu era o novato.

Era aquele que não se encaixava.

Mas, na verdade, não me encaixo em nenhum lugar. Não tem um quarto esperando por mim quando eu sair destas montanhas.

Ninguém para quem escrever cartas. Nenhuma varanda ou portão de jardim com cheiro de hortelã e roupa secando no varal.

E sem um lugar para chamar de casa, para chamar de meu, percebo que não tenho nada a perder. Ninguém para desapontar. Nenhum motivo para temer o que pode estar por vir. Estou por conta própria. E nos livros, aqueles que não têm nada a perder normalmente se tornam os vilões. É assim que suas histórias começam, com uma perda e tristeza que rapidamente se transformam em raiva e rancor e um caminho sem volta.

Queria poder ver as memórias perdidas em algum lugar dentro de mim. Queria não me sentir amargurado e frustrado. Sozinho. Queria que esse zumbido parasse de me atormentar.

Nunca quis ser o vilão, nunca quis acordar no bosque com o frio entrando em meus ossos e a certeza de que algo ruim aconteceu, um *click, click* em meus ouvidos. Algo que não consigo desfazer.

Mas tornar-se o vilão nem sempre é algo que você escolhe. Às vezes é algo que acontece com você.

Uma série de circunstâncias que te levam a um destino do qual não se pode escapar.

À minha frente, escondido entre as árvores, está o cemitério com suas lápides em ruínas, vegetação alta e árvores moribundas. É um cemitério antigo, e me pergunto se ainda é usado. Se os habitantes ainda enterram seus entes queridos aqui.

Atravesso o pequeno portão de metal, que está torto nas dobradiças, para entrar no terreno, e sei que já estive aqui antes. A memória não me vem de forma clara e nítida. Em vez disso, é um nó que se aperta em meu estômago — a sensação do solo duro e oco sob meus pés. O choque de ar, como se entrasse em um frigorífico. Em uma tumba. Já senti tudo isso antes.

Caminho alguns passos, ouvindo os pássaros da manhã crocitarem nos pinheiros próximos, e então meus pés param, minhas pernas se recusando a ir além. Já estive ao lado dessa fileira de sepulturas antes, onde o solo é irregular, e as lápides se deterioram sob o vento invernal. Meus ouvidos começam a zumbir, como uma memória querendo emergir à superfície, e me lembro do nome no túmulo aos meus pés sem nem precisar ler: Willa Walker.

Paro no escuro, com a neve sob meus pés, as estrelas manchadas por uma camada baixa de nuvens, e abaixo os olhos para esse mesmo túmulo.

Vozes surgem no fundo da minha mente, na minha garganta. Memórias me arranham como garras, arrancando sangue, explosões violentas como um soco no peito.

Pressiono as mãos sobre os olhos e tento apagá-las. Mas as escuto mesmo assim. E sei que não estava sozinho naquela noite.

Os outros também estavam aqui — os garotos da minha cabana. Rhett, Jasper e Lin. Estavam todos aqui. A neve caía ao nosso redor, uma tempestade se aproximando. Consigo sentir o gosto de uísque na garganta, sentir o calor no estômago, ouvir a risada dura e aguda.

Estávamos aqui naquela noite. *Eu estava aqui.* Meu coração batia rápido demais, as pernas ansiavam por correr — eu não queria ficar neste cemitério com uma tempestade se aproximando.

Mas não éramos só nós quatro.

Havia mais alguém. *Outro garoto.*

A risada deles ecoa em meu peito, no fundo da minha garganta, e dou um passo para trás. Depois outro. Não quero ficar aqui — as memórias ameaçam me dilacerar. Afiadas e brutais.

Chego ao portão, empurrando-o com os calcanhares, as botas se afundando na neve.

Cambaleio pela abertura e pressiono as têmporas com as mãos. *Um garoto morreu naquela noite*, Nora me disse. Um garoto morreu e eu desapareci na floresta.

O vento uiva em meus ouvidos, um grito que soa como um alerta, como se as árvores se lembrassem, soubessem quem eu sou. Tropeço em direção ao lago, para longe do cemitério, deixando minhas pernas me guiarem em direção ao acampamento. Qualquer lugar que não seja aqui.

Um garoto está morto, minha cabeça repete, o vento ecoa.

E um de nós que esteve neste cemitério naquela noite é o culpado.

NORA

A velha casa em frente ao lago abrigou quase todas as Walker que já viveram. Exceto as primeiras, sobre quem conheço pouco — aquelas que dizem terem surgido da floresta, com os cabelos enrolados com bagas de zimbro e dedaleiras, os pés cobertos de musgo e os olhos tão alertas quanto as aves noturnas.

A lenda diz que surgimos como se saídas de um sonho.

Os primeiros colonos diziam ter visto as Walker tecendo feitiços nas fibras de seus vestidos: paisagens lunares, estrelas de cinco pontas e coelhos brancos para proteção. Diziam que Josephine Walker costurou a estampa de um coração partido no tecido de seu vestido azul-marinho, com uma adaga cortando-o ao meio, e sangue pingando na barra da saia. E dois dias depois, o rapaz que ela amava, mas que amava outra, caiu da escada de sua varanda sobre a faca de caça que mantinha embainhada ao lado do corpo. Dizem que ela atravessou suas costelas, perfurando seu coração.

E o sangue no vestido de Josephine escorreu pelo tecido e formou gotas perfeitamente redondas no piso da casa antiga. O feitiço havia funcionado.

Depois disso, os habitantes tiveram certeza de que éramos bruxas.

Se a história é verdadeira, se Josephine Walker realmente costurou um feitiço nas dobras de seu vestido ou não, isso não importa. As Walker ficariam para sempre conhecidas como feiticeiras nas quais nunca se deve confiar.

E nesta cidade, nunca seríamos nada além disso.

Pode ser um fardo conhecer a história da própria família — pertencer tão completamente a um lugar a ponto de entender cada silvo das árvores, o movimento espiralado das samambaias, o som do lago estalando no inverno. A certeza de que algo não está certo, mesmo que você não saiba ao certo o quê.

— É frio para cacete aqui — Suzy diz quando entro pela porta de casa.

Ela está sentada na ponta do sofá, com uma coberta sobre os ombros e as pernas tremendo.

— O fogo apagou ontem à noite — digo, tirando o casaco e as botas para me ajoelhar ao lado da lareira.

— Onde você estava? — ela pergunta.

Mordo o lábio, sem encará-la. Não quero dizer a verdade, mas não consigo pensar em uma mentira rápido o suficiente.

— Procurando por Oliver.

— O garoto que você encontrou no bosque? — Ela ergue as sobrancelhas e o lábio superior, formando um sorriso irônico.

— Ele havia sumido quando acordei. Eu só... não sabia o que tinha acontecido. Achei que tinha alguma coisa errada.

— Você estava preocupada com ele? — ela pergunta, com o sorriso se abrindo mais.

— Não. — Abano a cabeça. — Só achei estranho que ele tenha saído antes de o sol nascer.

Suzy parou de tremer e se inclinou para a frente, a curiosidade curando seu frio.

Risco um fósforo na borda da lareira e ela ganha vida, a coisa mais iluminada na casa. Então espero o fogo alcançar os gravetos menores espalhados no fundo. O brilho da chama logo se espalha sobre os troncos maiores e fecho a portinhola, deixando o calor crescer ali dentro.

— Ele passou a noite aqui? — ela pergunta.

Eu me levanto e entro na cozinha, me sentindo nervosa. Não quero falar sobre isso, sobre ele.

— Ele não tinha mais para onde ir — digo. *Ou então era tudo uma brincadeira*, penso. Uma pegadinha idiota em que caí. Um desafio dos outros garotos, que nunca viram o interior da minha casa. Talvez eles o tenham desafiado a roubar um dos objetos perdidos enquanto eu dormia, mas quando faço uma inspeção rápida, não parece estar faltando nada.

Está acontecendo alguma outra coisa que não entendo.

Ele foi ao túmulo de Willa Walker.

E um garoto está morto, o retumbar dos meus pensamentos não me deixa esquecer.

Mas o sorriso de Suzy é tão largo que até suas orelhas se erguem um pouco.

— Por que ele não quer ficar no acampamento? — ela pergunta.

— Não sei. — *De nada.*

— Acho que ele só queria ficar aqui com você — ela sugere, com um sorriso largo.

— Não — respondo, balançando a cabeça —, eu duvido. — E pego a caixa de mingau de aveia do armário.

— Espera. — Suzy se endireita. — Ele sabe o que aconteceu com o garoto que morreu?

Meus dedos tocam a borda do balcão, sentindo o azulejo frio, a depressão onde uma vez derrubei um pote de vidro de mel e lasquei a superfície. O vidro se estilhaçou e o mel se derramou por toda parte. Minha mãe ficou furiosa, mas vovó apenas cantarolou uma canção sobre como o mel deixava a casa com um cheiro doce. Acho que ela inventou a música na hora para fazer eu me sentir melhor.

— Ele disse que não — respondo, lembrando-me da expressão atordoada no rosto de Oliver quando contei para ele. Mas talvez eu tenha interpretado mal tudo em seus olhos verdes e frios. Talvez eu tenha sido tola em pensar que o que ele me contou era verdade.

— Deve ter sido só um acidente mesmo — Suzy acrescenta, se afundando de volta nas almofadas do sofá, entediada novamente.

Tiro os dedos do balcão.

— O que você quer dizer?

Ela repuxa o canto da boca, pensativa.

— Aquele garoto deve ter caído de uma árvore ou congelado até a morte durante algum exercício de sobrevivência na floresta.

— Talvez — respondo. — Mas se foi um acidente, por que tanto segredo? Por que os orientadores do acampamento não contam logo para todo mundo o que aconteceu?

— Vai saber. Talvez quisessem ligar para os pais do garoto antes. Ou não queriam assustar ninguém antes de a polícia chegar. Não sei como essas coisas funcionam. — Novamente, seu tom de voz parecia insensível. Como se garotos morressem o tempo todo no acampamento, como se fosse apenas um detalhe.

Mas sua expressão se fecha e percebo que não é bem isso. Ela fica incomodada em falar sobre o assunto. Está fingindo que não é grande coisa para que realmente não seja. Para que não precise pensar que está presa aqui em cima, nestas montanhas implacáveis, com alguém que poder ter matado o garoto.

— A gente pode não falar sobre isso? — ela acrescenta, e vejo que estou certa. *Ela está com medo.* E talvez devesse mesmo estar, talvez nós duas devêssemos estar apavoradas.

— Claro — concordo.

Mas isso não quer dizer que vou parar de pensar nisso. Que a sensação afiada e ácida não esteja abrindo um buraco dentro de mim. Que eu não me sinta inquieta e nervosa. E que não vá confirmar se as fechaduras estão trancadas antes de dormir à noite.

— Nem era para eu estar aqui — Suzy murmura, a voz quase um lamento. Como se estivesse segurando as lágrimas.

O teto da cabana range e geme quando o vento lá fora fica mais forte.

— A estrada vai descongelar eventualmente — digo, uma pequena oferta de esperança. Mas com o inverno em seu ápice sobre as montanhas, pode levar um mês, talvez mais. As tempestades têm caído sobre o lago todos os dias, com a neve se amontoando nos telhados, nas garagens e na única estrada que desce a montanha. Estamos presas. Encurraladas. Em cativeiro.

Suzy passa os dedos pelo cabelo comprido e ondulado, puxando-os do couro cabeludo e enfiando a cabeça entre os joelhos, como se fosse uma menininha brincando de esconde-esconde. Se ela não consegue ver a escuridão, a escuridão não consegue vê-la.

Seu lugar não é aqui.

— Mal posso esperar para sair daqui — ela diz, erguendo a cabeça para olhar pela janela. Não sei se está se referindo ao lago Jackjaw ou a Fir Haven, onde mora. Se quer fugir completamente, escapar desta parte remota do país. — Odeio o frio, estas montanhas, tudo isso. Assim que eu me formar, vou embora. Estou juntando dinheiro. — Ela me lança um olhar, como se estivesse revelando seu segredo mais profundo. — Meus pais não sabem, mas me recuso a acabar como todos os outros que ficam presos aqui.

Já ouvi isso antes. O desespero, os planos de fuga, são comuns no colégio Fir Haven, especialmente entre os alunos do último ano, que estão a poucos meses da formatura. Eles falam em se mudar para o leste ou para a Califórnia, onde nunca neva, ou para o exterior. O mais longe possível. Mas a verdade é que a maioria fica. Arranjam empregos na serraria ou em alguma das fazendas de árvores de Natal próximas que enchem o vale. Eles ficam presos. Esquecem dos sonhos que um dia tiveram, de viajar para longe. Para longe daqui.

Eu deveria falar que acredito nela, mas não sei se acredito.

Em vez disso, coloco uma panela de água para ferver e acrescento mais madeira ao fogo.

— Você vai embora depois do ensino médio? — Suzy pergunta, e isso me pega de surpresa, como se ela se interessasse por mim, mesmo que apenas um pouco, e engulo em seco, sem saber como me sentir. Ninguém nunca me perguntou isso antes. Nem mesmo minha mãe ou minha avó. Porque as Walker nunca deixam o lago Jackjaw. Pelo menos não por muito tempo. Achamos difícil respirar além desta floresta. Quanto mais longe vamos, mais a dor lateja dentro de nós, com nossos pulmões ofegando por ar. Minha mãe foi embora por um ano inteiro quando tinha dezenove anos. Viajou pelo Alasca, conheceu meu pai sem nome, engravidou, e então voltou para casa com arrependimento nos olhos, segundo minha avó me contava. Minha mãe achou que poderia escapar de quem ela era ao deixar esta floresta. Mas as Walker sempre voltam. Acho que é por isso que ela viaja para a costa oceânica para vender seus potes de mel silvestre: é uma maneira de ela escapar, de olhar para o mar aberto e se sentir livre por um momento, antes de voltar para o lago Jackjaw.

Voltar para mim: a filha que a mantém presa aqui. Seu fardo. Uma faca se crava cada vez mais fundo no meu peito toda vez que ela parte, toda vez que ela promete voltar, mas não sei ao certo se vai mesmo. Se desta vez ela vai embora para sempre e nunca mais voltará. E me sinto culpada por querer isso às vezes, por desejar que ela fique longe.

Talvez ficar sozinha seja mais fácil. Construir muralhas, uma vida solitária sem ninguém para perder. Ninguém para partir seu coração.

— Não — respondo finalmente a Suzy. — Não vou embora. — Não preciso escapar. Não sou como ela, minha mãe. Eu não preciso fugir daqui, não preciso ver palmeiras ou vastos desertos áridos ou cidades cintilantes à noite para saber que este é o meu lugar. Saber que eu não sobreviveria fora daqui. Sou uma criatura da floresta. Não posso morar em nenhum outro lugar.

— Mas você poderia — ela diz. — Poderia sair daqui. Poderia vir me visitar onde quer que eu esteja. Paris, talvez. — Seus olhos se arregalam com o pensamento, como se, só de pensar, já estivesse a caminho de lá, sentindo o gosto de um croissant amanteigado.

Sorrio a contragosto e aceno com a cabeça.

— Acho que eu não saberia o que fazer comigo mesma em Paris.

— Por que não? Poderíamos comer doces no café da manhã e *gelato* no jantar e nos apaixonar por quem quisermos. Não teríamos nem que aprender a falar francês, poderíamos só deixar os garotos sussurrarem palavras estrangeiras em nossos ouvidos e perder a noção do tempo. Perder a noção de quem somos.

Dou risada e me afundo no sofá perto dela. Suzy bufa, com as bochechas rosadas. Eu gosto da fantasia dela, seu mundo imaginário em que podemos ir a qualquer lugar e ser quem quisermos.

— Certo — digo, porque gosto demais deste momento. Porque quero acreditar que ela está certa e que podemos fazer tudo isso.

Neste momento, sou uma garota que deixa a floresta para trás. Uma garota com uma amiga que a convence a sair às escondidas pela janela do quarto de madrugada e fugir para longe, muito longe daqui. Uma amizade verdadeira, *eterna*. Com quem se poderia ir a qualquer lugar. Uma amiga que você nunca perderá, aconteça o que acontecer.

— É melhor a gente fazer as malas hoje à noite mesmo — Suzy diz com uma piscadinha, continuando nosso pequeno sonho impossível. — Lembre-se de escolher os chapéus certos, não podemos ir a Paris sem os perfeitos chapéus parisienses.

— Concordo — digo. — E sapatos.

— E óculos de sol.

Concordo com a cabeça e dou risada novamente.

— Também precisamos de novos nomes — ela diz, virando a cabeça para me encarar. — Para combinar com nossos disfarces. Ninguém pode saber que somos duas garotas do interior.

— Obviamente.

— Agatha Valentine — diz Suzy, os olhos começando a lacrimejar de tanto rir. — Esse é meu nome.

Faço que não.

— Parece o nome falso de uma detetive particular — digo.

— Ou da herdeira de uma empresa de cartões de visita.

Dessa vez dou uma gargalhada.

— Você vai ser Penelope Buttercup — ela diz, erguendo uma sobrancelha. — A filha de um magnata de cavalos de corrida, cujo campeão puro-sangue, Buttercup, ganhou a Kentucky Derby. Mas não a Belmont Stakes, o que é sua maior vergonha.

— Meu cenário parece um pouco mais elaborado do que o seu — comento, ainda rindo.

Suzy está chorando de tanto rir agora, e penso que estamos com sintomas de algum tipo de síndrome de isolamento. Aquela sensação de que, uma vez que começa a rir, não consegue mais parar, quando tudo se torna engraçado. Mesmo o que não deveria ser.

— Uma herdeira de cartões de visita e a realeza das corridas de cavalo — ela continua. — Seremos convidadas para todas as melhores festas de Paris. — Ela bufa de novo.

Ficamos ali sentadas, secando as lágrimas, rindo até a última de nossas gargalhadas abafadas. E quando o silêncio finalmente cai sobre nós, a casa parece quieta demais. O ar parado demais. Percebo como é absurdo estar rindo, achando graça em alguma coisa quando estamos ilhadas pela neve, Oliver está desaparecido e um garoto está morto. Me sinto envergonhada e me levanto do sofá, esfregando as mãos nas pernas das calças.

Esquecemos onde estamos, esquecemos que ainda há coisas a serem temidas.

A panela de água começa a ferver e a carrego até a cozinha para fazer um mingau e uma xícara de chá para nós. Suzy abaixa o queixo sobre os joelhos e vejo que seu sorriso se fechou — seus pensamentos voltaram para esta sala, para esta casa na floresta, com o frio sempre procurando uma forma de entrar. Este lugar onde um garoto morreu. Tudo volta com força, e penso ver o medo que se mostra para mim atrás de seus olhos castanho-amarelados, Paris agora impossivelmente distante.

Ficamos em silêncio pelo resto do dia. Com medo de falar, com medo de nos perdermos em fantasias tolas e imaginárias. Em vez disso, me sento ao lado da janela da frente e procuro algum vulto se movendo por entre as árvores lá fora, em busca de algum sinal de Oliver. Mas ele nunca aparece. Apenas um cervo abre caminho através da neve assim que a noite cai sobre a floresta. Ele desce até a margem e dá patadas na superfície do lago congelado, tentando quebrá-lo, mas algo o assusta — um pássaro, talvez — e ele desata a correr de volta para a floresta.

Olho para Suzy, enrolada ao lado do fogo como uma boneca de criança, as mãos cuidadosamente pousadas no colo, e, por um momento, não sei ao certo quanto tempo se passou, quantas horas — quantos dias e meses — desde o dia em que ela veio ficar comigo. Desde que a tempestade bloqueou a estrada. Sinto que estou perdendo a noção dos minutos. O tempo pregando peças em mim desde que encontrei Oliver no bosque, desde que meus olhos encontraram os dele.

Tique-taque, tique-taque.

Eu me levanto da cadeira para afastar a sensação, para fincar os pés no chão. O relógio na parede da cozinha crava *tique-taques* que se entrelaçam no fundo da minha mente, avançando os segundos, *rápido demais.*

Tique-taque, tique-taque.

Fecho os olhos e escuto o relógio oscilar, como se o tempo estivesse preso entre os segundos. Um gemido deixa meus lábios. Um suspiro ofegante por ar.

— Você está bem? — Suzy pergunta.

Minhas pálpebras se abrem e faço que sim com a cabeça.

— Tudo bem — digo, respirando.

— Você estava tremendo.

Cerro os punhos para que ela não os veja e os enfio dentro das mangas.

— Só estou com frio — minto.

Mas sei que é outra coisa. Um *déjà-vu* ou um lapso no tempo. Alguma coisa está acontecendo, algo que nunca senti antes. Vovó diria que preciso descansar, colocaria as mãos na minha testa e me faria um chá de raiz de camomila e folhas de baunilha. Depois, enquanto eu dormisse, entraria em meus sonhos para ver o que realmente havia de errado comigo. Usaria sua dádiva noturna para me curar.

Vou até a lareira e coloco as mãos sobre o calor.

— Talvez devêssemos dormir aqui embaixo esta noite — digo. — Ficaremos mais aquecidas perto do fogo.

Ela concorda com a cabeça, mas sua pele fica pálida, como se mal estivesse me ouvindo. Seus olhos não brilham mais de tanto rir, e ela rói a unha, encarado o chão.

Estamos seguras aqui, tenho vontade de dizer a ela. Mas isso implicaria que nós não estamos seguras lá fora, na floresta, nas montanhas, no escuro.

Mas a verdade é:

Eu não sei mais.

Uma mariposa-de-ossos está me seguindo. Um garoto está morto. E minha mente está zumbindo entre os meus ouvidos, ameaçando rachar.

E talvez... Talvez o pior ainda esteja por vir.

✳ ✳ ✳

— Nora! Nora! — repete uma voz. — Acorda.

— Quê?

— Acorda.

Meus olhos se abrem, com pontos brancos cobrindo minha visão. Estou deitada em uma das pontas do sofá, encarando o fogo, os joelhos puxados junto ao peito — Suzy havia se apoderado do restante do sofá.

Mas agora ela está em pé diante de mim, com os olhos arregalados.

— Qual é o problema? — Eu me apoio nos cotovelos. — Que horas são?

— Quase meia-noite — ela responde.

Limpo a garganta e esfrego os olhos, olhando ao redor da sala escura onde tudo parece exatamente igual a como estava quando pegamos no sono.

— Tem uma fogueira — ela diz, erguendo a sobrancelha. — Perto do lago.

— O quê? — Eu me levanto do sofá, derrubando o cobertor.

— Eu não conseguia dormir — ela acrescenta, como se precisasse se explicar. — Estava de pé ao lado da lareira, tentando me aquecer, quando vi a luz lá fora.

Pressiono a palma da mão contra a janela, onde o gelo se formou na vidraça fina. Intricado e pontiagudo. Atrás da muralha de pinheiros, perto da margem do lago, uma fogueira lança faíscas no céu noturno como confetes. Iluminadas pelas chamas, mal consigo distinguir as silhuetas dos garotos.

— Pode ser Rhett e os outros — ela diz. — Eles devem ter saído escondidos da cabana. — Ela sorri um pouco e se aproxima de mim. — Deveríamos ir até lá — acrescenta, assentindo consigo mesma, olhando para mim como se esperasse que eu concordasse.

Mas faço que não com a cabeça, o zumbido cada vez mais alto em meus ouvidos.

— Eles não podem fazer uma fogueira tão perto das árvores — digo.

Sua expressão se fecha.

— Por que não?

Mas já estou passando por ela a caminho da porta, com o sangue pulsando em cada veia, um ribombar em meu peito já apertado. Fin ergue a cabeça de onde está perto da lareira, com as orelhas apontadas para a frente e o olhar cheio de expectativa.

— Fica — digo para ele e ele abaixa a cabeça.

— Aonde você vai? — Suzy pergunta, me seguindo com os olhos.

— As árvores não gostam de fogo — digo. — Vou lá apagá-lo.

Suas gargalhadas estridentes repercutem entre os galhos das árvores e ecoam pelo lago, agudas e irritantes.

Atravesso a floresta rapidamente, com meus pés furando a neve, a fúria crescendo em meu estômago a cada passo. Não tenho nem tempo para pensar se essa pode ser uma má ideia, quando chego ao círculo de árvores e entro no anel de luz do fogo. Meus braços estão tensos ao lado do corpo, as unhas cravadas nas palmas das mãos. Mas os garotos não me notam, não a princípio — sou um borrão contra o pano de fundo de pinheiros, não muito diferente das sombras. Mas então um deles volta os olhos na minha direção, boquiaberto.

— Merda — ele diz, espantado.

Todos os meninos ficam paralisados ao mesmo tempo.

Os olhos arregalados.

Os cérebros lentos para reagir.

Quase consigo ouvir o ruído das engrenagens girando. O choque de ver uma garota surgir da floresta.

Não reconheço nenhum deles, mas raramente reconheço. Eles vêm e vão com muita frequência no acampamento. *Garotos temporários*. Procuro Oliver, seus olhos excessivamente verdes e seu cabelo ondulado, mas não o vejo, e meu estômago se contrai.

— Quem diabos é você? — pergunta um deles, um garoto usando um gorro de couro sintético com estampa xadrez vermelho e abas felpudas nas orelhas. Ele parece ridículo com aquele gorro pequeno demais enfiado na cabeça. Eu me pergunto se o trouxe consigo ou o desenterrou dos achados e perdidos do acampamento.

— Vocês não podem acender uma fogueira tão perto das árvores — digo, ignorando sua pergunta. Consigo ouvir os pinheiros tremendo de maneira estranha ao nosso redor, as chamas do fogo lambendo os galhos mais baixos, sentindo o gosto da seiva insossa que congelou durante o inverno. — Vocês precisam apagá-la.

Fico esperando os garotos reagirem, falarem alguma coisa, mas eles ficam parados feito bonecos mudos, com os olhos piscando.

Penso em minha mãe, que vai até as casas dos vizinhos no verão, quando eles fazem churrasco perto demais dos galhos caídos, ou quando soltam fogos de artifício em julho perto de um aglomerado de álamos mortos. *Vocês vão queimar toda a maldita floresta*, grita ela. Ela nunca teve medo de criar inimizades com os vizinhos. *Esta floresta é nossa*, ela costuma dizer para mim quando volta para casa, ainda fumegando, com o rosto vermelho de raiva. *Eles são apenas turistas de verão.*

— Vocês vão irritar as árvores — continuo, mais alto desta vez. No inverno, uma fogueira é menos perigosa, os galhos e a vegetação rasteira, menos inflamáveis. Mesmo assim, consigo ouvir a inquietação das árvores. O murmúrio de galhos rangendo. A fúria se acumulando nas raízes sob nossos pés. Jogo os ombros para trás como se pudesse parecer maior, uma fera da selva, como os corvos sombrios que dizem se empoleirar no canto mais distante do Bosque de Vime, algo a se temer.

Mas dois dos garotos dão risada. Gargalhadas profundas e desagradáveis, os rostos corando como se manchados de amoras vermelhas.

Abano a cabeça, irritada. *Eles não acreditam em mim.*

— As árvores têm uma boa memória — aviso, a voz dura como cascalho. A floresta se lembra de quem entalhou seus nomes nos troncos, com coraçõezinhos riscados na madeira; quem jogou um cigarro em um amontoado de folhas secas e chamuscou suas cascas duras. Sabem quem quebrou um galho e arrancou folhas e agulhas de pinheiros apenas para acender uma fogueira.

As árvores se lembram. E guardam rancor. Galhos afiados conseguem tirar sangue. Arbustos podem se agarrar a pés, fazendo uma pessoa tropeçar e rachar a cabeça.

— Você é uma escoteira ou algo do tipo? — pergunta um dos garotos, levantando as sobrancelhas severamente, com um ar zombeteiro. Dá para ver que ele está contendo mais uma gargalhada. Um cabelo loiro-avermelhado cobre sua cabeça, e uma pequena falha entre seus dois dentes da frente me encara. Ele nem está usando casaco, só um suéter feio com uma cabeça de rena gigante costurada na frente. Embora eu desconfie que a garrafa de bebida escura que ele está segurando, já quase vazia, o esteja mantendo aquecido.

— Ela é Nora Walker — responde uma voz de trás de mim, e Suzy entra no círculo de luz lançado pela fogueira.

Suas bochechas estão rosadas pelo frio. Sua boca curvada para o lado, como se tivesse acabado de revelar um segredo no momento perfeito.

Os garotos ficam pálidos, boquiabertos e com as bochechas flácidas. Mas eles não estão olhando para Suzy. Estão olhando para mim.

Sou uma Walker.

Uma *bruxa do inverno*, uma *bruxa da floresta*, uma garota com loucura nas veias que devia estar internada, e todas as outras coisas de que os garotos do acampamento já me chamaram. Palavras que machucam e doem, mas só um pouco.

— Você é a garota da lua — diz finalmente o menino com o gorro de abas.

Mas Suzy dispara um olhar contra ele.

— Não seja idiota, Rhett.

Ele franze a testa para ela. *Rhett*, a razão inicial pela qual ela se esgueirou para o acampamento. Ele é o motivo de ela estar aqui, de estar presa como o resto de nós. Olho para ele, tentando entender por que ela o escolheu. Ele é bonito, obviamente, com um rosto arredondado e uma covinha na bochecha, mas seus olhos não são suaves e calorosos como o resto dele parece ser. Há algo de insensível neles. Cruel até. Um garoto que costuma conseguir o que quer.

— Não liga para eles — Suzy diz, fazendo um gesto de desprezo e arrumando uma mexa do cabelo comprido e ondulado sobre o ombro. — Eles só estão putos por ter que viver nestas montanhas horríveis.

Mas não é por isso que me chamam de garota da lua, por que olham para mim com uma apreensão estampada na testa. É porque eles têm medo de mim. Acham que meu sangue é da cor da noite mais escura e que meu coração é tecido por ervas daninhas e vinagre. Devo ser temida. E o mais importante, evitada.

Eles não sabem que, ao contrário das minhas ancestrais, ao contrário das Walker do passado, não tenho nenhuma dádiva noturna que transborde.

Suzy limpa a garganta e ergue o queixo.

— Aquele é Rhett. — Ela aponta com a cabeça para o garoto de covinhas, e ele olha para mim sem sorrir. Seu olhar é frio e calculista, como se estivesse avaliando se os boatos são verdadeiros. Se consigo congelar seu sangue com um simples movimento de dedo. E, neste momento, bem que eu gostaria. — Aquele é Lin — continua ela, olhando para o menino à esquerda, que me cumprimenta com a cabeça mas não fala nada. O casaco insuflado azul-marinho que está usando me lembra um casulo: o capuz erguido, as mãos enfiadas no fundo dos bolsos. Como se não pretendesse tirá-lo até a primavera, como se nunca tivesse sentido tanto frio na vida. Ele deve ter vindo de algum lugar quente, como Califórnia ou Flórida. Algum lugar onde o céu costuma ser azul-piscina e o ar tem cheiro de coco.

— Eu sou Jasper — intervém o garoto com o suéter de rena, sorrindo para mim do outro lado do fogo e estendendo a garrafa de líquido escuro, com as sobrancelhas erguidas. — Uísque? — pergunta ele, fazendo sinal para eu pegar a garrafa. Eu ignoro.

Não me importo com os nomes deles, não vim aqui para me divertir. Beber, assar marshmallows e contar histórias de terror infantis.

— Vocês precisam apagar o fogo — repito, mais firme desta vez, com o polegar girando o anel de pedra da lua no meu dedo.

Rhett zomba e pega um graveto, cutucando o fogo, fazendo mais faíscas se erguerem para os galhos altos. Provocando as árvores.

— Talvez devêssemos dar ouvidos a ela — Lin diz, erguendo os ombros em seu casaco grande demais. — Depois de tudo o que aconteceu...

Rhett ergue o graveto no ar, de onde uma fina espiral de fumaça subia da ponta queimada.

— Cala a boca, Lin — diz ele, passando o braço livre em volta de Suzy. — Não vamos falar disso.

— Para quem ela vai contar? — Lin retruca, voltando os olhos para mim.

Jasper acena com a garrafa no ar.

— Para quem ela quiser.

— Que merda — Lin murmura, chutando um monte de neve aos seus pés, cavando uma pequena trincheira até o solo avermelhado, a lama grudando em seu sapato.

As coisas que ele quer dizer mas não pode se agitam por trás dos seus olhos.

— Essa história inteira é uma merda — Rhett concorda, cravando o graveto fumegante na neve. E suas sobrancelhas se erguem sob o gorro felpudo, como se estivesse avisando Lin para parar de falar. — Mas já foi.

Eu me dou conta de que esses não são apenas alguns garotos que roubaram uma garrafa de bebida e desceram para o lago para se embebedar. É uma reunião. Vieram aqui para conversar em segredo, em particular. *Sobre o que aconteceu.*

— Eventualmente a estrada vai abrir e então teremos que enfrentar isso — Lin diz, erguendo os olhos.

— Os Brutos não sabem o que aconteceu — Rhett responde com frieza. Já ouvi esse nome antes, *os Brutos*. É como eles às vezes chamam os orientadores do acampamento.

— Os Brutos são um bando de idiotas. Vai ser muito pior quando um detetive começar a fazer perguntas — Jasper diz, com o rosto tenso, a garrafa em sua mão balançando ao lado do corpo, derrubando gotículas na neve. — Ser mandando para este acampamento foi minha última chance. — Suas sobrancelhas se afundam mais e vejo uma fraqueza ali: uma centelha de dúvida, medo e incerteza. Como se realmente temesse o que poderia acontecer com ele. — Se eu fizer merda — continua —, pode ser que meus pais nem me deixem voltar para casa.

Todos ficam em silêncio e as árvores balançam, o vento soprando no lago e circundando a floresta, derrubando a neve dos galhos. A natureza deste lugar não gosta da nossa conversa noturna, das nossas vozes erguidas, da chama bruxuleante e das faíscas que sobem por entre as árvores. Nós a despertamos.

— Vocês estão falando sobre o garoto que morreu? — me atrevo a perguntar.

Todos eles parecem estremecer ao mesmo tempo, recuando diante das minhas palavras. Engulo em seco, sentindo muitos olhos cravados em mim. Sentindo-me subitamente em desvantagem numérica. *Foi uma má ideia vir até aqui.* Até as árvores se inclinam para mais perto, prestando atenção, despertando de seu sono coberto de neve.

Meu coração dispara. Meu estômago se aperta.

Mas então Rhett olha para Suzy, com raiva nos olhos.

— O que você contou para ela?

— Nada — Suzy responde rápido, dando de ombros e erguendo as mãos e as sobrancelhas em uma demonstração de inocência. — Você nunca me contou nada mesmo. É só o que ouvi falar.

— Perfeito — Jasper retruca, com o lábio erguido em um sorriso de desprezo, oscilando atrás do fogo, já bêbado e sem equilíbrio. — Estamos completamente fodidos.

Abano a cabeça.

— Tudo o que sei é que um garoto morreu.

E que Oliver entrou no bosque naquela noite. Que o encontrei na floresta. E que ontem ele rodeou o lago até o cemitério e parou diante da sepultura de Willa Walker. *Que algo ruim aconteceu na noite da tempestade.*

Um garoto sobreviveu. Um garoto morreu.

— Foi um acidente — Jasper insiste, olhando para mim com as sobrancelhas erguidas do outro lado da fogueira, mas sua cabeça pende alguns graus para a esquerda, como se quisesse que eu acreditasse nele. Como se tentasse me convencer. *Apenas um acidente. Nada para ver aqui. Nada a declarar. Vai cuidar da sua vida.*

Mas não deixo para lá.

— Como ele morreu?

Rhett joga o galho meio queimado no fogo, deixando que seja devorado.

— Já falamos que foi um acidente — ele resmunga, tirando o braço em torno de Suzy. De saco cheio. Puto. Ele não me quer aqui, em volta da fogueira, fazendo perguntas.

Um silêncio corta o grupo, e sei que fui longe demais. Rhett me encara como se pudesse passar por Suzy e fechar as mãos em volta da minha garganta para me fazer calar a boca. Ficar quieta. De uma vez por todas. Uma inquietação me invade, querendo que eu dê meia-volta e vá embora. Mas não me mexo.

Jasper limpa a garganta, cambaleando para a esquerda, como se estivesse com dificuldade para se manter de pé.

— Eu voto para continuarmos bebendo até a estrada ser liberada, daí podemos dar o fora daqui. — Ele inclina a cabeça para trás e dá outro gole na bebida, os olhos se revirando. — Mal noto aquelas coisas quando estou bêbado.

Vejo Suzy revirando os olhos. Está na cara que Jasper bebeu demais, e até ela está ficando irritada.

Outro breve silêncio cai sobre o grupo e tento me segurar, me conter, mas a pergunta escapa mesmo assim:

— Nota o quê?

— As vozes — Lin responde rapidamente, praticamente sussurrando, antes que Rhett possa impedi-lo. Ele me olha de esguelha como se eu devesse saber do que ele está falando. Como se a bruxa da lua certamente fosse capaz de ler seus pensamentos. Entender a insinuação de algo escondido atrás de seus lábios cerrados.

E talvez eu saiba mesmo o que ele quer dizer.

Penso nos uivos que eu ouvia quando era pequena, ecoando do cemitério — uivos de lamento, de loucura, dos mortos. Assim como todas as Walker antes de mim, ouvimos o que os outros não conseguem ouvir. Nós vemos.

Meu coração dispara e um calafrio desce pela minha espinha, uma vértebra de cada vez.

— Que tipo de vozes? — pergunto. Preciso saber.

Os olhos de Lin piscam em câmera lenta, refletindo sobre cada palavra antes de soltá-las.

— À noite, em nossa cabana. Ouvimos coisas.

Jasper movimenta algo em sua mão livre e aquilo chama minha atenção. Parece um isqueiro, prateado e reluzente. Ele baixa os olhos para a pequena chama antes de fechá-lo e colocá-lo de volta no bolso. Como se não quisesse que mais ninguém o visse, o admirasse por muito tempo.

— Não é só durante a noite — Jasper diz, tossindo uma vez. — Ouvi durante o dia também. No mato, como se estivesse me seguindo.

Dou um passo à frente, para mais perto do fogo.

— O que está seguindo você?

Lin encolhe os ombros e Jasper dá mais um gole no uísque. Rhett encara as chamas — seu rosto redondo é um forte contraste de luz e sombras —, mas ninguém responde.

Talvez porque eles não saibam. Ou talvez porque estejam com medo de alguma coisa.

De algo que não conseguem ver.

Ou talvez esteja tudo na cabeça deles. *Loucura da neve*, chamava minha vó. O frio consegue se solidificar na mente, com fios de gelo se espalhando por cada vestígio de sanidade. Um zumbido de medo que faz com que os olhos vejam coisas que não estão lá. Ouçam coisas que não existem. A floresta pregando peças em você.

Jasper balança para trás das chamas, o rosto vermelho-vivo.

— O que aconteceu foi culpa do Max — declara, embolando as palavras, uma confusão embriagada de sons.

— Não coloque a culpa em Max. — O rosto de Rhett se contrai e dessa vez seu olhar cortante se foca em Jasper.

Mas meus pensamentos se fixam em uma coisa: Max.

É ele o garoto que morreu?

— Então você acha que deveríamos culpar Oliver? — Lin pergunta, na defensiva, tirando as mãos do bolso do casaco gigante, como se estivesse se preparando para uma briga.

— É culpa de alguém — Jasper rebate, inflando o peito.

Mas Suzy dá um passo à frente, erguendo as duas mãos no ar.

— Parem com isso — intervém ela.

Todos eles estão com os ombros rígidos, como se estivessem sendo esticados por cordas prestes a romper. Eles se entreolham, sem piscar, o ar tenso em suas gargantas.

E me pergunto: Será que eles sabem que *eu* encontrei Oliver, que fui eu quem o trouxe de volta da floresta? Sabem que ele ficou na minha casa, que diz não confiar neles? Parte de mim começa a duvidar de que Oliver ter aparecido à minha porta tenha sido um desafio. Uma pegadinha boba. Se ele fosse amigo desses meninos, não estaria aqui com eles agora? Em volta da fogueira?

— O que Oliver fez? — pergunto rapidamente, os olhos alternando entre Jasper e Lin, torcendo para alguém me contar.

A tensão no ar parece diminuir, mesmo que apenas um pouco. Suzy baixa os braços e os olhos, voltando para o lado de Rhett. O ar entre eles mudou.

Eles se recusam a responder à minha pergunta, a me revelar a verdade. Talvez estejam protegendo Oliver, talvez não queiram que eu saiba o que ele fez. Consigo sentir todos prendendo a respiração, os segundos se estendendo ao nosso redor, esperando alguém falar, admitir alguma verdade que não consigo enxergar. *O que aconteceu naquela noite?*, quero gritar. *O que Oliver fez?*

O fogo se contorce, cuspindo mais fumaça, e racha a madeira úmida.

Jasper joga a cabeça para trás, olhando para as árvores.

— Odeio essa floresta — murmura, cambaleando para o lado, a garrafa em sua mão derrubando um líquido amarelo no suéter de rena. — Merda! — ele grita de repente, os olhos semicerrados se arregalando enquanto ele começa a cambalear para trás, sem equilíbrio. Ele tropeça em alguma coisa, talvez nos próprios pés, e escorrega para longe da fogueira, com os braços balançando no ar, e cai com força ao pé de um grande pinheiro.

Suzy leva uma mão à boca, chocada.

Jasper deixa escapar um arquejo abafado e um gemido ofegante. Sangue escorre de suas bochechas, onde um galho cortou sua pele durante a queda, e observo as gotas caírem, tingindo a neve de vermelho. Meu coração acelera no peito.

— Porra! — Jasper exclama, passando a mão sobre o corte, com sangue manchando a palma da sua mão enquanto pinhas caem da árvore, tombando na neve em volta dele.

— Você está bêbado pra caralho — Lin comenta, balançando a cabeça.

Rhett ri, mas as árvores mais próximas de nós se agitam, as raízes se revirando no solo. Elas não nos querem aqui.

Dou um passo rápido à frente e chuto neve para cima da fogueira, apagando-a com um único movimento rápido. Fumaça e cinzas sobem em espirais para o céu.

— Por que você fez isso? — vocifera Rhett.

— Falei que vocês irritariam as árvores. Não podem acender uma fogueira tão perto da floresta.

Rhett dá um passo em minha direção, cerrando os punhos ao lado do corpo.

— Bruxa idiota — ele murmura com raiva.

Mas Suzy estende a mão e o pega pelo braço, e ele a encara.

— Deixa-a em paz — ela diz.

Rhett franze as sobrancelhas, mas seu braço relaxa, como se o simples toque dela bastasse para acalmar sua raiva.

— Não gosto mesmo daqui — Lin admite, recuando do grupo e se aproximando das árvores, em direção ao lago.

Jasper baixa os olhos para a garrafa vazia caída na neve.

— E eu preciso de mais bebida — ele balbucia, levantando-se com dificuldade.

— Tudo bem — diz Rhett, seu tom áspero e irritado, os olhos me observando por mais um segundo antes de se voltar para Suzy. — Podemos voltar pra cabana. — Ele passa o braço ao redor dos ombros de Suzy. — Você vem?

Ela inclina a cabeça para ele, erguendo os ombros com timidez, como se estivesse considerando suas outras opções para a noite. Outros planos. Ela olha para mim e sai do braço de Rhett, falando baixinho para que só eu possa ouvir:

— Você deveria vir também.

— Não, obrigada — respondo, sacudindo a cabeça. Não tenho o menor interesse em passar mais um minuto com esses garotos.

Rhett dá um tapa no ombro de Jasper quando ele se levanta, rindo, mas Jasper se desvencilha. Como se estivesse envergonhado.

— Talvez você também não devesse ir com eles — sussurro para Suzy.

Seus olhos caem, como se ela estivesse cansada, ou talvez seja apenas compaixão — ela sente pena de mim. *Nora Walker não tem amigos de verdade.*

— Volto antes de o sol nascer — ela diz, como se quisesse me tranquilizar.

Mas não concordo. Sinto apenas uma pontada de apreensão.

— Acho que você não deveria confiar neles. — Talvez eu esteja sendo paranoica, ou talvez seja apenas porque Oliver disse que não confia neles. Mas não quero que ela vá com Rhett, com nenhum deles.

Ela sorri, erguendo uma sobrancelha de forma conspiratória.

— Eles são uns idiotas, eu sei, mas são divertidos, e estou entediada. — Ela me lança uma piscadinha e estende mão para a apertar a minha.

Abro a boca para pedir que não vá, mas a fecho novamente. Ela não vai me dar ouvidos mesmo. E é livre para fazer o que quiser. Pode sair e dormir na cabana de Rhett. Ela não me deve nada. Mas isso não diminui a preocupação que me corrói por dentro.

Eu os observo marcharem pela neve, descerem em direção ao lago, com Jasper cambaleando atrás deles com a garrafa vazia na mão. A fogueira apagada arde sem chamas, o ar tingido pelo cheiro de cinzas, e escuto com atenção as árvores voltando a dormir. As raízes se afundando de volta embaixo do solo, os galhos balançando suavemente.

E me pergunto se talvez sejam apenas os sons das árvores que assustaram os meninos. Se é isso que eles ouvem à noite quando tudo está em silêncio, as vozes que eles pensam que os assombram no acampamento. Ou se é outra coisa. Algo pior.

Algo sobre o qual eles se recusam a falar.

Sinto o peso do frio, das muitas perguntas, e de repente não quero estar sozinha aqui no escuro. Viro e começo a voltar para casa, com a neve soprando em tufos brancos.

Estou a apenas alguns metros da fileira de árvores quando a sensação de estar sendo observada me invade.

Meu sangue lateja em meus ouvidos como estalidos de alerta. *Tem alguém ali.* Paro de repente e espreito a encosta acima, por entre os pinheiros, pronta para correr. De volta para o lago. Para o acampamento dos garotos, se for preciso.

Mas então eu vejo.

Oliver.

Livro de Feitiços
do Luar &
Remédios da Floresta

CeeCee Walker nasceu durante o inverno de uma pálida lua alpina.

Talvez fosse a camada suave de neve abafando todos os sons. Talvez fosse porque sua mãe não chorou nem gritou durante o parto. Talvez fosse porque a parteira era surda de um ouvido.

Mas quando CeeCee abriu seus olhinhos pela primeira vez, ela não chorou. Não deu um lamento, nenhum gemido.

Em nenhum momento CeeCee chorou por uma mamadeira ou por uma fralda a ser trocada. Levaria sete anos para falar sua primeira palavra: *abacus*, para confusão de sua mãe.

Ela nunca mais pronunciou nenhuma palavra em inglês. Quando fez nove anos, falava apenas em alemão, murmurando coisas que sua mãe e suas irmãs não conseguiam entender ou decifrar. Quando fez onze, passou para o francês e depois para o russo. Aos doze, falava árabe, espanhol e hindi. Dos treze até o inverno de seu aniversário de dezessete anos, falava apenas em português.

Sua mãe uma vez se recusou a fazer a barra do vestido de CeeCee a menos que ela pedisse em inglês. A menina se recusou, e passou o resto daquele ano enfiada em vestidos longos demais, as saias se rasgando aonde quer que ela fosse.

CeeCee se apaixonou pelo herói de um livro em vez de um garoto de verdade, e sonhava em navegar ao redor do mundo com ele em seu navio feito de vidro e pérolas. Sua dádiva noturna lhe permitia falar qualquer língua que ela quisesse, mas ela permaneceu na floresta, cercada por pessoas que só falavam uma língua. Aquela de que ela menos gostava.

Mais velha, ela preferia a maneira como as vogais chinesas saíam de sua língua, e falava enquanto caminhava por entre os álamos de outono lendo seu livro favorito.

Mas, em seus momentos finais, ergueu os olhos para o teto do sótão, com sua irmã caçula ao lado da cama, e sussurrou uma última palavra: *abacus*. Os motivos, até hoje, todos desconhecem.

Como invocar um idioma:

Corte uma cebola selvagem em três partes, depois a segure abaixo dos olhos até eles lacrimejarem.

Jogue pólen de tulipa em um pano de algodão branco, depois coloque-o sob o travesseiro na última noite de Lammas.

Antes de dormir, pronuncie três palavras no idioma que deseja aprender enquanto segura a língua com o seu indicador e o polegar.

Coma apenas aveia e rabanetes por uma semana.

Na próxima lua crescente, o idioma habitará sob a sua língua.

OLIVER

— **V**ocê me assustou — Nora diz, entrando na casa e girando nos calcanhares para me encarar. Seu cabelo está escapando da trança, os fios pretos percorrendo seu pescoço, e sua pele está corada pelo frio, suas bochechas vermelhas como morango e os olhos brancos como ossos.

— Desculpe — digo.

Ela ergue as sobrancelhas para mim, como se precisasse de uma explicação melhor, como se a ternura que sentiu por mim na noite em que me encontrou tivesse ficado para trás, substituída por outra coisa: dúvida. Talvez até medo.

Talvez eu esteja me tornando o vilão, afinal.

— O que você estava fazendo lá? — pergunta ela.

Minhas mãos estão tremendo, e cerro os punhos para que ela não perceba.

— Vi Rhett e os outros saírem escondidos do acampamento — respondo. *A verdade. Apenas a verdade.* — Fui atrás deles.

— Por quê? — ela pergunta, com o espaço entre os olhos marcado por linhas finas.

— Não confio neles. — Repito o que disse a ela na noite passada. Uma poça de neve derretida se acumula em meus pés, mas não tiro as botas. Não sei se ela vai me deixar ficar. Se me quer aqui. Se *ela* confia em *mim*. — Vi você e a fogueira, e queria ter certeza de que estava bem — admito.

Seus olhos se estreitam, e ela parece ser atingida por alguma coisa, uma dor que não consigo ver.

— Não precisa me vigiar — ela diz. — Nem me proteger.

— Eu sei. — E sei mesmo. Ela não é frágil ou medrosa. Ela é a tempestade que arranca telhados e derruba árvores. Mesmo assim, eu precisava ter certeza de que ela estava segura. Precisava estar mais perto dela. Ela é a única coisa que abranda o frio e a lembrança da floresta, sempre à espreita. Ela afasta a escuridão que sempre procura uma maneira de entrar.

Nora solta um suspiro e cruza os braços.

— Aonde você foi hoje de manhã? — pergunta ela, com as sobrancelhas franzidas.

— Eu não conseguia dormir.

Sua boca se fecha na forma de um arco, como se ela não acreditasse em mim.

— Segui suas pegadas em volta do lago — ela confessa. O lobo ergue a cabeça no chão e fareja o ar, como se sentisse um cheiro diferente, antes de voltar a colocar o queixo sobre as patas. — Por que você foi até o cemitério?

Desvio os olhos dela pela primeira vez, fugindo do que ela deseja saber. Não sei como explicar o que me lembro, o que senti. São apenas fragmentos de memória que cortam e ardem quando tento me concentrar neles.

— Acho que eu estava lá naquela noite — digo, a única coisa da qual consigo ter certeza.

— E você parou diante da sepultura de Willa Walker?

Uma dor incandescente começa a pulsar atrás dos meus olhos.

— Sim.

— Por que a dela?

— Não sei. — Minha pulsação acelera, latejando entre meus ouvidos, um oceano se derramando por entre as frestas do meu crânio. — Mas acho que eu não estava sozinho.

— Os outros estavam lá, os garotos que estavam na fogueira hoje à noite? — ela pergunta.

Faço que sim.

— E Max? — ela questiona, seu tom afiado como uma faca.

Max.

Sinto meu corpo estremecer ao som desse nome.

— Você se lembra dele? — ela insiste.

Faço que não com a cabeça, e o calor da lareira de repente é quente demais, o ar denso demais, e meus pulmões se contraem no peito.

— Não — digo em voz alta. Uma mentira. *Rápida e fácil.*

— Ele morreu, Oliver — ela diz, abanando a cabeça, e quero contar a ela que eu não estava lá, que não tive nada a ver com aquilo. Mas não consigo porque não tenho certeza, e seu olhar frio machuca mais do que qualquer outra coisa. Machuca porque talvez eu seja o vilão. Um olhar impiedoso, uma gargalhada perversa e segredos ocultos, escondidos bem lá no *fundo.*

Ela está com medo de mim, de quem realmente sou. Do que posso ter feito.

E talvez esteja certa.

— Eu queria... — Minha voz parece uma navalha na minha garganta, o gume entre a verdade e a mentira me partindo ao meio. — Queria conseguir me lembrar — digo por fim.

Mas Nora pressiona as têmporas com as palmas das mãos, seu anel cintilando sob a luz do fogo — ela não sabe em que acreditar.

Eu não deveria estar aqui. Em sua casa. Ela não deveria confiar em mim.

Levo a mão à porta e a abro, deixando o vento bater contra as paredes, as cortinas, o cabelo comprido e farfalhante de Nora. Não me despeço.

Mas, atrás de mim, eu a escuto dizer:

— Espere.

Quando olho para trás, ela atravessou a sala e está a apenas alguns passos de distância.

— Aonde você vai? — ela pergunta.

— Não sei.

Ela morde o lábio e olha para o chão. Não quero que ela me mande ir embora, mas sei que deveria. Ela deveria me botar para fora, trancar a porta e me dizer para nunca mais voltar.

Seus olhos se erguem, escuros como avelã, e embora revelem um quê de incerteza, ela diz:

— Você pode ficar aqui. Pode ficar pelo tempo que quiser.

Balanço a cabeça em negativa, mas ela me interrompe antes que eu consiga protestar.

— A casa é minha. — Ela engole em seco. — E quero que você fique.

As batidas do meu coração são altas demais, altas o bastante para ela escutar.

E quando olho para ela, uma dor se forma dentro de mim, uma agonia persistente que tento ignorar. Eu deveria contar a verdade para ela: que me lembro o suficiente daquela noite para saber que ela está certa em ter medo. Que nada de bom aconteceu naquela noite, no cemitério, à beira do lago. Que há memórias perdidas, enterradas dentro de mim, que me amedrontam e que não quero ver nunca.

Eu deveria dizer essas coisas para ela, mas também quero ficar — mais do que tudo —, quero ficar aqui com ela. Não quero ficar sozinho. Não quero que a fissura dentro de mim aumente e o oceano de solidão me invada. Não quero me afogar.

E não quero que ela se afogue também. Que sufoque na mesma coisa: na dor que nós dois escondemos lá no fundo.

Então fico de boca fechada.

Fecho a porta, e as cortinas voltam a se acomodar na parede. O cabelo dela cai sobre os ombros. Minhas mãos tremem um pouco, e dou um passo em sua direção. Minha respiração *aperta, arranha, esmaga* minhas costelas. Meus dedos querem alcançá-la, tocar a palma de sua mão, a longa linha de seu antebraço, a curva de sua clavícula onde a pele é rosa e corada. Quero desobedecer ao batimento do meu coração, que me manda ir embora.

Quero me permitir sentir essa coisa que não entendo. As asas na minha garganta e o comichão na ponta dos meus dedos.

Não quero ser o vilão.

Mas a porta da frente se abre e alguém entra na casa, cheirando à bebida e perfume de rosas.

NORA

Suzy entra na sala com o casaco fechado até o queixo e flocos de neve pousados em seus ombros e cabelo.

— Está um frio danado — ela anuncia, fechando a porta e passando por Oliver em direção à lareira. Suas bochechas e seu nariz estão vermelhos, e ela estende as mãos, aquecendo-as sobre o fogo.

Olho para Oliver, mas ele não demonstra reação.

— O que aconteceu? — pergunto a Suzy. — Pensei que você fosse ficar no acampamento.

— O Rhett é um babaca — ela resmunga, afastando o cabelo da testa com a mão, e fica evidente que ela andou bebendo. Talvez eles tenham achado mais uma garrafa de bebida alcóolica na cozinha do acampamento, e ficaram tomando shots na cabana dos garotos. — Ele falou que eu não deveria confiar em você. — Seus olhos se voltam para os meus, vermelhos e lacrimejantes. — Disse que vamos nos meter em encrenca por sua causa, porque você sabe demais.

O ar na sala parece rarefeito e ela parece oscilar diante dos meus olhos. Espio Oliver de novo, mas ele dá um passo para trás. Mal olha em minha direção, como se seus pensamentos estivessem turvando sua visão.

— Não sei de nada — digo a Suzy, olhando para ela novamente. Mas ela continua a falar, como se nem me escutasse.

— Falei que ele era um idiota e que ele podia dormir sozinho esta noite. — Ela faz um sinal de desprezo com a mão, a cabeça virando para o lado, como se mal conseguisse se manter em pé. Fico surpresa que ela tenha me defendido... surpresa e grata. Talvez ela pense que somos amigas. E, por um momento, quero estender os braços e abraçá-la. — Os homens são um bando de idiotas — ela solta, e seus olhos rodeiam a sala, passando por Oliver. Me pergunto se ela vai falar alguma coisa para ele, dizer que ele também não presta, que é igual a todos os outros. Mas então ela volta os olhos para a lareira e parece que vai vomitar.

— Talvez seja melhor você se sentar — digo, tocando em seu ombro.

Ela se desvencilha e se dirige para o sofá, se jogando nas almofadas e puxando as cobertas até o pescoço em um movimento rápido. Então fecha os olhos e murmura:

— Canta uma música pra mim, Nora. — Como se fosse uma criancinha pequena que precisa de uma historinha para dormir. Chá, biscoitos e um beijo na testa.

— Suzy? — pergunto suavemente, mas um ronco baixo escapa da sua boca. Ela já está dormindo.

Seu cabelo cai sobre a bochecha e sua boca está entreaberta, e duvido que vá se lembrar disso amanhã de manhã. Que vá se lembrar do que os garotos disseram.

— Sinto muito — Oliver diz. Ele chega perto de mim e sua proximidade é o bastante para fazer meu estômago doer. Uma dor profunda e estranha. Nós apertados na minha barriga.

— Pelo quê?

Sua voz é baixa quando ele fala, como se não quisesse acordar Suzy, mas não acho que ela vá acordar tão cedo.

— Pelo que aqueles caras disseram.

— Estou acostumada com as pessoas falando de mim — respondo, balançando a cabeça e deixando o canto da minha boca formar um sorriso. Quero que ele veja que isso não me incomoda, que sou mais forte do que ele pensa. Mas, ainda assim, toco o anel da minha avó e deixo minha mente repassar tudo que os garotos disseram na fogueira, como falaram sobre as vozes na cabana, como não sabiam ao certo a quem culpar: Oliver ou Max.

Eles só estão paranoicos, penso.

Estão ouvindo coisas que não existem de verdade.

— Não preciso ficar aqui — Oliver diz, a voz cautelosa, como se realmente não quisesse dizer essas palavras. Seus olhos se voltam para Suzy, que agora ocupa o sofá, onde ele dormiu nas duas últimas noites. — Eu posso encontrar outro lugar.

É estranho como é fácil se convencer de que não há nada a temer. Como é fácil olhar para um garoto que você mal conhece e confiar em cada palavra que sai de seus lábios. Talvez eu seja uma tola. Ou talvez a sensação vibrante e tênue no meu peito, o palpitar descompassado meu coração signifique alguma coisa. Talvez haja alguma verdade nesse sentimento.

Um sentimento que não devo ignorar.

Um sentimento que não *quero* ignorar.

— Não — digo por fim, seu olhar pousado por tempo demais sobre mim, tornando difícil respirar. — Você pode dormir no sótão.

Seus olhos se suavizam e a sala parece estremecer, as paredes se derretendo nos cantos da minha visão, o relógio da cozinha tiquetaqueando alto demais. Oliver fica fora de foco, e penso nele entre as árvores, me observando na fogueira. Ele seguiu os garotos do acampamento porque estava preocupado comigo. E não sei bem como me sentir ou o que dizer, mas meu coração está batendo forte contra minhas costelas, causando pontadas de dor.

Tiro os olhos dele, com medo que a casa de despedace à nossa volta, que o relógio na parede pare bater.

— Você está bem? — ele pergunta, tocando meu braço, minha mão.

Mas quando seus olhos encontram os meus, todas as palavras se dissolvem na minha língua, se prendem atrás dos meus dentes, então só faço que sim com a cabeça. *Bem, bem, bem.* Está tudo bem. Minha cabeça não parece prestes a rachar ao meio e deixar todos os meus pensamentos se esparramarem pelo chão. A casa não parece prestes a desabar. O tempo não parece prestes a se estilhaçar.

Estou bem.

Ele solta a minha mão e vou até a porta da frente para trancá-la, sentindo que uma tempestade está se formando lá fora. Não vinda das montanhas, mas de outro lugar.

Uma tempestade feita de fúria e ódio dentro do coração de garotos imprudentes.

Acendo uma vela — um ritual agora — e caminho até a escada. A casa não está mais oscilando. O relógio já não ressoa em meus ouvidos.

Sem dizer uma palavra, Oliver vem atrás de mim.

Talvez ele pertença a este lugar agora, comigo, dentro desta casa.

Ninguém nunca pertenceu a mim antes, não de verdade.

No sótão, minha cama ainda está desfeita, os travesseiros caídos e amarrotados da noite anterior. E Oliver para no topo da escada, observando meu quarto, as pilhas de livros no chão, enquanto Fin passa por ele, uivando baixinho enquanto se acomoda em cima do tapete ao pé da cama.

— Vou dormir no chão — Oliver diz, observando o lugar onde Fin se deitou enrolado como uma bola, com o focinho enfiado embaixo do rabo.

— Não, há espaço suficiente — digo, ajeitando a colcha e os travesseiros rapidamente. Mas Oliver ainda não avança para dentro do quarto, como se fosse se virar e descer a escada a qualquer momento. — Não precisa ficar constrangido — digo, erguendo a sobrancelha. — É uma cama, nada demais. Um lugar para dormir.

Ele sorri um pouco, depois atravessa o quarto e olha pela janela para o lago coberto de neve enquanto tiro o casaco e o suéter. Fico pensando no que minha mãe diria se soubesse que um garoto esteve no meu quarto. Eu nunca cheguei nem perto de ter um namorado, nem mesmo um amigo que tenha dormido em casa. Ela provavelmente sorriria — contente por estar criando uma filha normal afinal, e não a garota que minha avó queria que eu fosse.

— Por que chamam você de bruxa? — ele pergunta, ainda de costas.

Sento-me na beira da cama, um pouco surpresa pela pergunta, e começo a trançar o cabelo, do jeito que minha avó me ensinava todas as noites, até eu acertar.

— Porque não sabem do que mais me chamar.

O brilho opaco da lua mal ilumina sua pele, sua silhueta envolta em sombras.

— E você é? — ele pergunta, voltando a olhar para mim. — Uma bruxa?

Solto o cabelo e toco na ponta da colcha, brincando com a bainha. Ninguém nunca me perguntou isso antes, não na minha cara. Mas não há maldade em seu tom, nem mesmo curiosidade, é outra coisa. Uma calma, como se ele só estivesse me perguntando minha cor favorita. Meu nome do meio. Meu livro preferido.

— Minha família é mais antiga do que as bruxas — respondo, cruzando as mãos no colo, sabendo que estou revelando mais do que nunca disse a ninguém. — Mais antiga do que a própria palavra.

— Mas você consegue fazer coisas — ele diz, a voz ligeiramente tensa, como se essa fosse a verdadeira razão da sua pergunta, o que ele realmente deseja saber. — Você fez aquela bolsinha de ervas para mim.

— Aquilo não era magia — digo, desviando os olhos, sentindo-me estranha em falar sobre isso: *sobre magia, sobre quem eu sou de verdade.* Coisas sobre as quais nunca conversei com ninguém que não fosse uma Walker. — Era só um remédio.

Vovó costumava falar sobre os *velhos costumes.* Como nossas ancestrais falavam com a lua e dormiam sob as árvores e não tinham medo de nada. Como usavam a magia da ponta dos dedos com tanta naturalidade quanto passavam manteiga no pão.

Mas os *velhos costumes* se perderam. Feitiços foram esquecidos — aqueles que não foram escritos no livro. O tipo mais genuíno de magia se foi. Não por nenhum motivo em particular, apenas porque o tempo dilui o que antes havia sido forte. Apenas nossas dádivas noturnas permanecem agora, aquele lampejo de magia dentro de cada uma de nós, nos lembrando do que fomos. A parte de nós que ainda é bruxa.

As Walker começaram usando ervas e pequenas bênçãos, em vez de conjurar feitiços malignos para amaldiçoar aqueles que nos fizeram mal. *Apenas pedimos à lua que faça nossa vontade*, minha vó dizia. *Não a comandamos mais.*

Oliver se afasta do luar e se aproxima da cama.

— Então você consegue desfazer algo que já foi feito?

— Tipo o quê?

— Tipo alguém que está morto.

Engulo em seco e meus dedos agarram a beira da cama, cravando as unhas no tecido. *Eu sei o que ele está pedindo.*

— Como Max? — pergunto. E espero até que ele responda, mas as palavras estão presas como pequenos espinhos em sua garganta. — Não consigo trazer alguém de volta dos mortos — digo. — Ninguém consegue.

Esse tipo de magia era usado por um tipo diferente de bruxa, uma velha forma de feitiçaria que se perdeu quase completamente. E por um bom motivo.

Os mortos nunca devem voltar de onde estão.

Do que viram.

Oliver atravessa o quarto, seus passos erguendo poeira com aroma de lavanda, e se senta na beira da cama, pressionando as mãos contra os ossos em volta dos olhos, e meu coração afunda de maneira inesperada. Ele pensou que talvez eu pudesse resolver isso, trazer de volta o garoto que morreu. E de repente me sinto inútil por não poder. Por não poder desfazer o que está feito. Por não ser *esse* tipo de bruxa, o tipo que ele quer que eu seja.

Um pavor familiar surge dentro de mim, a sensação de que mal sou uma Walker. Carrego o nome, mas nenhuma magia de verdade, nenhuma dádiva noturna.

— Como ele morreu? — pergunto, arrisco. Talvez ele saiba, talvez ele se lembre. Talvez finalmente diga. *E talvez eu não queira ouvir a resposta.*

— Não sei — ele diz. E quando seu queixo se ergue e seus olhos encaram os meus, vejo a floresta refletida neles. Vejo o céu escuro e nublado e a lenta passagem do tempo. — Quero me lembrar — ele diz, e vejo a angústia atravessá-lo. — Mas parece que as memórias foram substituídas por uma coisa fria, como se eu estivesse de volta na floresta e não conseguisse ver nada. — A emoção embarga sua voz e sei que ele está falando a verdade. Talvez ele esteja mentindo sobre outras coisas, mas não a respeito disso.

— Às vezes a nossa mente quer que esqueçamos — digo, com a voz rouca feito o cascalho nas margens do lago. E há uma dor crescendo dentro de mim, se expandindo. *As coisas que eu mesma gostaria de esquecer.* Como o dia em que minha vó morreu e me deixou sozinha. Me deixou com uma mãe que não quer que eu seja o que sou. — É menos doloroso dessa forma.

Ele me encara, e há tristeza em seu olhar — um sentimento que entendo. *Conheço.* Quero estender a mão e tocá-lo, colocar a mão sobre a dele. Em sua bochecha, em seu peito. Quero dizer que vai ficar tudo bem. Mas o momento passa. Se esvai.

— Minha avó costumava dizer que os sonhos limpam o dia — digo, palavras que quase sempre me acalmavam. — Que o sono é o melhor remédio para a maioria das coisas.

Puxo as cobertas e me deito na cama. Oliver dá a volta até o outro lado, depois hesita antes de se deitar junto a mim, e me pergunto em que ele está pensando, com sua respiração se erguendo pesada em seus pulmões, seus olhos fechados como se estivesse tentando não olhar diretamente para mim. Como se eu fosse uma distração em que ele não pode confiar.

Apago a única vela na mesa de cabeceira e, de repente, o quarto parece impossivelmente escuro. Até o luar enfraquece atrás das nuvens densas. O colchão se mexe quando Oliver encosta a cabeça no travesseiro, e ele ergue os olhos para o teto, para a estranha coleção de coisas — samambaias, pedaços de casco de árvore e folhas, fixados e pendurados sobre a minha cama. Sinto-me um pouco envergonhada: são coisas bobas, coisas colecionadas por uma garota que acredita em sorte e em sonhos cheios de musgo.

Eu me dou conta de que minha casa está repleta de estranhos: um garoto que encontrei na floresta e uma menina que até dias atrás teria rido de mim se eu pedisse um lápis emprestado na aula de história. E gosto dessa sensação: uma casa transbordando de gente, movimentada. Repleta de tantos corações batendo.

Pela primeira vez em muito tempo, eu não me sinto sozinha.

O sótão se enche com o som das nossas respirações e do silêncio entre elas, e me sinto completamente à vontade, como se o lugar de Oliver fosse na minha cama, como se ele tivesse dormido aqui centenas de vezes antes e que sempre tivesse sido assim.

Mas então o silêncio começa a me incomodar, minha mente é incapaz de conseguir dormir, e sinto Oliver se agitar ao meu lado, ainda acordado.

— Por que mandaram você para o acampamento? — pergunto, uma dúvida que tenho desde que o encontrei no bosque, mas tinha medo demais para perguntar. Medo demais de ouvir a resposta.

Sua respiração muda, fica rasa, e mal consigo distinguir a linha de tensão em seu rosto.

— Meu tio me mandou para cá, não queria mais ter que lidar comigo...

Há uma pausa no fim da frase, o espaço vazio onde deveria haver mais palavras, onde seus pensamentos se partiram ao meio.

— Você sempre morou com seu tio? — pergunto com cautela, com medo de estar perguntando coisas que ele não quer responder.

Ele demora tanto para falar que receio que ele não vá responder. Mas então ele limpa a garganta:

— Não. Meus pais morreram no ano passado... — Sua voz embarga, depois volta ao normal. — Foi um acidente de carro. A três quilômetros de casa.

Uma dor aguda atravessa o meu peito. *Eu não deveria ter perguntado.*

— Sinto muito — digo, mas minhas palavras parecem inúteis, coisinhas irritantes que escorregam na pele como óleo em água, sem jamais serem absorvidas.

— Eu mal conhecia meu tio, nunca quis morar com ele — ele continua. — Então ele me mandou para cá. — Ele passa a mão no cabelo, depois a repousa junto ao corpo. — Mesmo se eu fugir deste lugar, não tenho para onde ir.

Quase digo *sinto muito* novamente, mas me seguro. Ele não quer ouvir um *sinto muito.* Eu odiava a forma como essas palavras soavam quando as pessoas diziam isso para mim depois que minha avó morreu, a pena escorrendo de suas línguas. O terrível olhar de tristeza. Os *sinto muitos* não mudam nada.

Oliver quer ouvir que os erros podem ser consertados. Que esses momentos do nosso passado podem ser desfeitos. Que sou uma Walker e consigo trazer os mortos de volta à vida.

Mas não consigo resolver nada. O passado já está decidido.

Fecho os olhos e me sinto dolorosamente oca. Meu próprio vazio envolto pelo dele, tornando-se um só. Nós dois somos solitários. Nós dois estamos sozinhos. Aperto os olhos com força e finjo que é tudo diferente. Finjo que Oliver nunca desapareceu na noite da tempestade. Finjo que nunca o encontrei dentro do Bosque de Vime. Finjo que o lugar dele é no lago Jackjaw, assim como o meu, que seus pais nunca morreram e que ele cresceu a poucas casas ao longo da margem e que nos conhecemos desde sempre. Finjo que costumamos passear na água rasa no verão, eu de maiô amarelo plissado, ele com seus braços compridos de garoto bronzeados pelo sol, e que ele tenta me puxar para debaixo da água, rindo até nossos pulmões doerem. Recusando-me a entrar em casa antes de o sol cor de melancia se pôr. Finjo que foi com ele o meu primeiro beijo.

Finjo que posso ficar com ele para sempre, minha coisa encontrada.

Estendo o braço e pego a mão de Oliver, entrelaçando os dedos nos dele, e sua mão se flexiona levemente contra a minha. Ele não recua.

Não solte, eu penso. Ou podemos ficar à deriva. Podemos esquecer o que é real. Vamos esquecer como o tempo pode ser escorregadio, implacável e cruel. Num piscar de olhos você pode perder tudo.

Sua respiração fica pesada, o sono caindo sobre ele, e meu coraçao triste e traiçoeiro queima um buraco em meu peito. Fecho os olhos e vejo apenas a mariposa e suas asas contra a janela, procurando uma forma de entrar. Fecho os olhos e vejo Oliver deitado na floresta, com a neve caindo sobre ele, enterrando-o vivo.

Deslizo sobre os lençóis de estampa florida, a poucos centímetros dele, com nossos dedos ainda entrelaçados, e queria poder entrar em seus sonhos. Como minha avó fazia. Queria poder ver o que ele vê.

Assim eu saberia com certeza os segredos que ele esconde.

Livro de Feitiços do Luar & Remédios da Floresta

Ida Walker nasceu na última hora da última noite da lua do lobo, com olhos azul-calcário e um pequeno chumaço de cabelo loiro que mais tarde ficou preto.

Ela chupou o dedão até os nove anos de idade e pegava no sono com frequência em lugares inusitados: ao pé de um olmo lilás, num campo de urtiga, entre as patas de uma mãe lobo, no telhado da casa antiga durante um temporal. Ida conseguia dormir em qualquer lugar, até mesmo boiando de costas no lago Jackjaw.

Quando fez onze anos, ela viu o primeiro sonho que não era seu.

Ela nunca teve a intenção de bisbilhotar, mas todos os sonhos que viu a partir de então não eram dela. Quando Ida fechava os olhos, mergulhava nos sonhos dos outros enquanto eles dormiam. Ela aprendeu a decifrar esses sonhos com uma precisão impressionante, mas sabia que a maioria das pessoas não entenderia o verdadeiro significado dos próprios sonhos, então Ida os narrava para elas como contos de fadas fantásticos.

Em toda lua cheia ela fazia um chá de empetrácea com limão-fiandeiro e tecia histórias tão bem entrelaçadas quanto a trança que caía por suas costas. Ela se apaixonou uma única vez — pelo homem que lhe deu um anel de pedra da lua que refletia o azul-ardósia de seus olhos, o mesmo homem que lhe deu uma filha capaz de encantar abelhas silvestres.

Ida Walker morreu em uma noite quente de outono, com a mariposa-de-ossos à sua janela.

E sem arrependimentos no coração.

Como fazer chá de empetrácea:

1 punhado de empetráceas, colhidas durante a noite mais fria

1 pitada de flor de papoula, anis-estrelado, alcaçuz e trevo

Deixe em infusão durante toda uma noite de lua cheia. Beba antes do nascer do sol de costas para o relógio mais próximo.

NORA

Quero confiar nele.

Não quero fazer o que estou prestes a fazer.

Mas existem coisas — *pelo menos uma coisa* — que ele não está me dizendo.

Observo sua respiração, o arrepio em sua pele enquanto dorme, como se estivesse se lembrando da floresta, da neve, da noite em que o encontrei dentro do Bosque de Vime. Aquilo ainda o assombra.

E quando tenho certeza de que ele está dormindo mesmo, saio da cama, tentando não fazer barulho enquanto piso no assoalho de madeira. Atravesso o sótão silenciosamente, cruzando as sombras e as partes iluminadas pelo luar, evitando os lugares onde sei que as tábuas cedem alguns centímetros e deixariam escapar qualquer ruído. Fin respira suavemente no chão. A casa toda está mergulhada em sonhos, menos eu.

Eu me agacho perto da pequena cadeira ao lado da janela, onde Oliver deixou o casaco, e passo a mão ao longo do tecido grosso até encontrar um bolso. Deslizo a mão para dentro dele e não encontro nada. Meus dedos passam pela gola, encontrando o outro bolso recheado com alguns gravetos pequenos e pedaços quebrados de pinha — nada incomum depois de andar pela mata. Eu me sento nos calcanhares. *Talvez não haja nada para encontrar.*

Talvez eu não devesse estar mexendo nas coisas dele. Eu ficaria furiosa se o flagrasse bisbilhotando meu guarda-roupa ou minha mesa de cabeceira. Sinto uma leve pontada de culpa. Mas passo a mão pelo casaco de novo, na lona pesada, encontrando o zíper central e enfiando a mão no interior do casaco. De fato, há um bolso escondido, menor do que os outros, na altura do peito. Apalpo para encontrar a abertura e enfio a mão. Algo pequeno e macio encontra a ponta dos meus dedos. Puxo-o para fora e o seguro na palma da mão: a bolsinha de ervas que dei para ele. Aperto-a, sentindo o cheiro de cravo, cardamomo e lírio há muito perdido.

Ele o guardou todo esse tempo. Dentro de seu casaco. Junto ao peito.

Escuto sua respiração na cama e volto a me sentar nos calcanhares, me sentindo idiota por bisbilhotar. Por pensar que encontraria alguma pista, alguma coisinha para provar que ele é ou não culpado. É ou não um mentiroso. Em vez disso, tudo que encontrei foi a bolsinha de ervas que dei para ele — como se ele não conseguisse se separar dela, mesmo que seu poder já tenha se esvaído.

Desejando nunca ter xeretado, coloco o saquinho de volta no bolso. Então sinto outra coisa.

Lisa e fria.

Retiro a mão e observo uma pequena corrente se desenrolar, com algo pesado e cintilante na ponta.

Aquilo faz um leve tinido e o cubro com a mão rapidamente para não acordar Oliver. Meus joelhos doem no piso de madeira, mas me aproximo da janela, abrindo as palmas das mãos como uma ostra revelando uma única pérola dentro de si, e ali, descansando na palma da minha mão, está um relógio de bolso prateado. A corrente está quebrada — um dos elos retorcidos, o resto da corrente faltando. Mas um tique-taque suave emana do seu interior, as engrenagens escondidas fazendo ruídos baixos, mecanismos minúsculos vibrando em um uníssono delicado. Ainda funciona. Passo o polegar pelo vidro, espiando a face branca do relógio, os ponteiros dourados marcando o tempo.

É um relógio de bolso simples, fabricado de maneira primorosa. Eu me pergunto se teria pertencido ao pai ou ao avô de Oliver. Uma recordação, talvez. Ou talvez ele o tenha encontrado no Bosque de Vime, um objeto perdido que pegou no chão da floresta.

Viro o relógio, sentindo o peso do metal em minhas mãos, avaliando seu valor, seu preço. Não é particularmente antigo, mas é bem-feito, fabricado por alguém que sabia o que estava fazendo. Inclino o relógio para vê-lo com mais clareza sob a luz a lua. Desenhos que lembram uma renda estão gravados na parte de trás, meticulosos e delicados. Mas não é tudo. Há letras também. Um nome. Ele foi feito para alguém. Um presente — de aniversário, talvez.

Lê-se: *Para Max.*

Solto o relógio da mão e ele cai no chão com um baque surdo.

Merda, merda, merda.

Volto os olhos para a cama onde Oliver se mexeu, virando de lado, mas não acordou. Não se levantou nem me viu perto da janela, pegando do chão algo que não me pertence.

Algo que também não pertence a ele.

Ele não encontrou este relógio no bosque.

Isto pertencia a Max. O garoto que morreu.

* ✳ *

Mentiras se espalham pelas tábuas do assoalho feito camundongos em busca de um lugar para se aninhar.

Ponho a mão de leve atrás da orelha de Fin para não o assustar. Seus olhos se abrem em um único movimento rápido e murmuro:

— Vamos lá — Ele se levanta e se espreguiça no tapete antes de me seguir até a escada. Suas patas fazem pequenos ruídos a cada passo, e me encolho com o barulho, torcendo para que ninguém acorde.

Na sala de estar, paro ao lado da porta e olho para Suzy, com um braço pendendo pela beirada do sofá e o rosto enfiado numa almofada, roncando. Ela não vai acordar tão cedo.

Mas, ao olhar para a curva delicada de seu nariz, o tremular suave de seus cílios ruivos, me pergunto de repente se ela sabe mais do que está revelando. Se pequenos segredos saltitam atrás de suas pálpebras. Será que ela estava lá naquela noite, quando a tempestade caiu sobre o lago e eles se reuniram no cemitério? Ela estava lá com os outros?

Uma desconfiança dura me acerta. *Dois estranhos na minha casa.* E talvez eu não possa confiar em nenhum deles. Estou sozinha. *Sozinha.*

Eu não respiro, não engulo o pavor que cresce em meu peito. Eu me viro em direção à porta e saio correndo em direção à luz pálida do amanhecer.

Pela primeira vez desde a tempestade, pela primeira vez em muito tempo, realmente desejo que minha mãe estivesse aqui. Alguém em quem eu possa confiar, que possa ver as coisas com clareza.

Mas sei que esse é um pensamento estúpido. Minha mãe nunca acreditaria em mim, nunca acreditaria em todas as coisas que aconteceram. Ela olharia para mim com torpor nos olhos. Indiferença. Não seria capaz de resolver nada.

Então desço correndo até o lago, desviando das árvores, seguindo em direção ao único lugar que parece seguro.

Desvio ao longo da margem, inspirações profundas e expirações irregulares ardendo em meus pulmões, e olho por cima do ombro para ver se Oliver acordou e veio atrás de mim. Se Suzy está entre os pinheiros. Mas continuo sozinha, atravessando a neve. Sem fôlego. As pernas queimando.

A luz muda ao meu redor, se tornando pálida e leitosa. A noite se transformando em dia. Mas os pássaros da manhã ainda não acordaram, nem cantam nos galhos. Está frio demais. O mundo quieto demais. Ou talvez eles estejam com medo. *Uma Walker corre entre as árvores com um olhar furioso. É mais seguro ficar em silêncio. Mais seguro continuar escondido.*

Fios tênues de fumaça sobem da chaminé da pequena cabana ao lado da varanda e uma vela brilha em uma das janelas. O Sr. Perkins já está acordado.

Corro até os degraus baixos da varanda, com a respiração ainda áspera, e bato na porta.

Inspira, expira.

Espio por cima do ombro, mas o lago ainda está em silêncio, com alguns flocos macios caindo do céu, resquícios da tempestade da noite anterior caindo atrasados.

Não há nenhum barulho do outro lado da porta e meu corpo começa a tremer, o frio se acomodando abaixo da pele. E dentro do bolso do casaco está o relógio prateado. Consigo sentir seu tique-taque, a mais ínfima das vibrações na palma da minha mão tornando-se parte do meu próprio batimento cardíaco. Eu o roubei. E quando Oliver acordar... quanto tempo vai levar até perceber que sumiu?

Eu bato novamente na porta e desta vez escuto os passos arrastados do velho Sr. Perkins lá dentro. Andando devagar pelo piso de madeira que range, *devagar demais*. Um momento depois a porta se abre para dentro e Floyd Perkins me observa com a astúcia de um pássaro, os olhos alertas e vigilantes.

— Bom dia — ele diz, pestanejando quando um vento de inverno sopra pela porta aberta.

— Posso entrar? — pergunto. Minha voz está fraca, mais do que eu imaginava.

As rugas em torno de seus olhos se juntam e ele resmunga, não por irritação, mas pela tensão em suas velhas articulações enquanto empurra a porta.

— O lobo fica na varanda — ele diz, lançando um olhar rápido para Fin. O Sr. Perkins sempre viu Fin mais como um lobo do que como um cão. *Ele é um animal selvagem*, ele me disse certa vez. *Não confio em nada que possa me matar durante o sono.*

Fin obedece e se deita na varanda. Ele prefere mesmo ficar no frio a entrar no forno minúsculo que é a cabana do Sr. Perkins.

Atravesso o batente e a onda crepitante de calor é quase insuportável, o cheiro de fumaça enche minhas narinas e gotas de suor já se formam em minha testa.

— É muito cedo para sair no frio — o Sr. Perkins diz, atravessando a sala vagarosamente e se acomodando em uma das velhas cadeiras de balanço ao lado da lareira. — Só sai tão cedo quem está procurando confusão. Ou fugindo dela.

Olho para sua cabana, um quadrado perfeito. Mal tem espaço para abrigar uma cozinha, uma sala e um quarto nos fundos. Nenhuma luz brilha nos altos abajures de metal nos cantos. Apenas a lareira emite uma luz bruxuleante sobre as paredes e o forro. O Sr. Perkins a construiu quando ainda era jovem e tinha as costas boas, depois de ter encontrado ouro no rio Black. Ao contrário da maioria dos garimpeiros que fugiram das montanhas quando o ouro se esgotou ou o medo da floresta aumentou — o farfalhar frio das árvores sempre em seu encalço —, Floyd Perkins permaneceu aqui. Acho que ele pertence a este lugar tanto quanto as Walker.

— Seu telefone está funcionando? — pergunto rapidamente, embora eu tenha certeza de que, se o meu não está funcionando, o dele também não deve estar.

Ele me observa e sei que devo parecer estar em pânico, cerrando a mandíbula com tanta firmeza que uma dor de cabeça lateja em minhas têmporas.

— Nada ainda — ele responde.

Coço o braço e observo as chamas consumirem a lenha dentro da lareira. Uma visão relaxante. Familiar. *Se você tem um fogo, já é alguma coisa*, minha vó dizia.

— Por que você precisa de um telefone? Aconteceu alguma coisa? — O Sr. Perkins franze as sobrancelhas.

Vim porque não sei mais para onde ir. Mas, quando o Sr. Perkins me observa com preocupação, esperando que eu explique por que estou aqui, os motivos parecem confusos demais, meus pensamentos dispersos demais.

— Encontrei um garoto no bosque — digo, esfregando as palmas das mãos sobre o calor das chamas, embora o suor se acumule ao longo da minha espinha.

Seu olhar se estreita e ele se inclina para a frente na cadeira.

— Que bosque?

O ar parece denso demais, o cheiro de madeira queimada grudando nas paredes e no meu cabelo. Deixo meu olhar vagar pela sala, por uma fileira de molduras feitas à mão em uma parede, cada uma ocupada por um tipo diferente de samambaia, flor silvestre ou inseto, com o nome científico de cada um escrito embaixo.

— O Bosque de Vime — respondo.

— Você o encontrou vivo? — ele pergunta, batendo o chinelo contra o piso. O Sr. Perkins nunca entrou no Bosque de Vime. Ele sabe que é melhor assim.

— Ele estava hipotérmico — respondo —, mas vivo.

Ele para de bater o pé.

— Por quanto tempo ele ficou lá?

— Duas semanas, acho.

— Ah. — Ele assente com a cadência lenta de um homem com todo o tempo do mundo para ficar sentado, ponderando, e avaliar a estranheza da minha descoberta. — Talvez o bosque tenha gostado dele. Decidido não o devorar, afinal. — Seus olhos brilham como se ele estivesse fazendo uma piada. Mas não dou risada.

— E tem mais uma coisa — digo, voltando a colocar a mão nos bolsos do casaco, observando o fogo lançar faíscas no tapete, esperando que uma delas inicie um incêndio, alcance as cortinas e queime a cabana toda em questão de segundos. — Acho que um menino morreu.

Sua boca se move, mas ele não fala nada.

— Encontrei o relógio de bolso dele — continuo, tirando o relógio e segurando-o pela corrente partida, deixando-o no ar para que o Sr. Perkins o veja. Ele estreita os olhos, mas não faz menção de tocá-lo. — Talvez ele tenha ido ao bosque — sugiro.

— Talvez os dois garotos tenham ido e apenas um voltou. — Talvez Oliver e Max tenham ido ao Bosque de Vime naquela noite e alguma coisa aconteceu, algo que Oliver gostaria de esquecer. — Talvez... — continuo — um deles seja o culpado pela morte do outro.

Minhas mãos tremem e fico com medo de derrubar o relógio, então o guardo de volta no bolso. Minha cabeça lateja e minha visão escurece, tornando difícil me concentrar, ver qualquer coisa com clareza, diferenciar o que sei do que não sei.

— Você encontrou o relógio no bosque? — o Sr. Perkins pergunta. Posso ver que ele está começando a se preocupar, as rugas se aprofundando ao longo da sua mandíbula, em volta de seus olhos cansados, fatigados.

— Encontrei um garoto — esclareço. — E ele estava com o relógio escondido no bolso.

— E você acha que ele fez algo com o garoto que morreu?

Repuxo os lábios, sem querer responder.

O Sr. Perkins se inclina para a frente, as mãos estremecendo no colo por conta da artrite nas articulações.

— Muitos garimpeiros morreram nestas montanhas ao longo dos anos — ele diz, fitando as chamas. — Uma vez, uma árvore caiu em cima da barraca de um deles, esmagando-o enquanto dormia. Alguns se afogaram quando o gelo do rio se partiu e se afogaram, alguns se perderam no bosque e morreram congelados, e seus corpos só foram recuperados na primavera. Mas os homens matavam uns aos outros mais por causa de ouro e roubo. Aqueles bosques lá em cima são perigosos — ele diz, erguendo a cabeça para mim, sabendo que entendo —, mas não tão perigosos quanto os próprios homens.

Sei o que ele está dizendo: há mais a temer no coração dos homens do que nessa floresta.

Ele se recosta na cadeira, com os olhos se turvando, como se estivesse mergulhando em um sonho ou numa memória.

— Alguns dizem que eles ainda vagam pelo lago e pela floresta, perdidos, sem saber que estão mortos.

Sinto um frio repentino, embora gotas de suor pinguem das minhas têmporas. Penso nos garotos em volta da fogueira, quando disseram que ouviam vozes, alguma coisa na cabana, na floresta. Não as vozes de garimpeiros, mas talvez de outra coisa. *Outra pessoa.*

Max.

— Aqueles primeiros colonos eram supersticiosos — ele acrescenta, postergando o que realmente quer dizer. — Eles faziam oferendas para as árvores, para as montanhas. — Ele tamborila um dedo na cadeira, a expressão séria. — Achavam que isso iria apaziguar as trevas que habitam o Bosque de Vime. Eles lançavam seus objetos mais preciosos no lago, deixando que a água os engolisse. Acreditavam que o lago era o centro de tudo, o coração vivo da mata.

— E funcionava? — pergunto, me sentindo como uma garotinha pedindo uma história para dormir, um conto de fadas que nunca foi real. — Isso acalmava a floresta?

Ele estreita bem os olhos, refletindo sobre a pergunta.

— Talvez. Ninguém sabe onde um lago sem fundo pode acabar. — Ele se levanta da cadeira de balanço e caminha até uma das janelas da frente, contemplando o lago congelado, um agrupamento de casas de veraneio vazias e um acampamento para rapazes do lado oposto. — Mas nem sempre se pode culpar o Bosque de Vime — ele acrescenta — pelas coisas ruins que acontecem.

Enfio as mãos nos bolsos e olho além dele, pela janela, para um mar de árvores verdes pontudas que se estendem até onde a vista alcança. E depois delas, as montanhas cobertas de neve que apontam para as nuvens escuras. Um lugar acidentado e selvagem. Onde coisas ruins acontecem.

Um garoto desaparece.

Um garoto morre.

Quem é o culpado?

O sol da manhã irrompe entre as nuvens e, por um breve momento, passa por todas as janelas da casa do Sr. Perkins, iluminando cada canto escuro, cada partícula de poeira que voa pelo piso de madeira, as pilhas de livros que preenchem as paredes, as antigas molduras penduradas com pregos tortos, as teias de aranha entre as vigas como faixas de seda.

Eu esperava alguma coisa ao vir até aqui, mas não tenho certeza do quê. Respostas a perguntas erradas, respostas que o Sr. Perkins não tem. Se minha avó estivesse viva, eu iria até ela e ela me colocaria em seus braços largos e cantaria uma canção que só ela conhecia até eu pegar no sono. E, nos meus sonhos, sussurraria todas as respostas que eu precisava saber. Quando eu acordasse, meu coração estaria leve, puro e novo, uma sensação de liberdade. Uma daquelas vertigens que dão vontade de rir.

Mas ela se foi e minha mãe não está aqui, e tudo que tenho é o Sr. Perkins.

Estou sozinha.

— Obrigada — digo a ele, com a voz solene. Atravesso nuvens de calor até a porta da frente e a abro. Eu me sinto pesada, inútil e perdida. Uma Walker que não sabe o que fazer a seguir. Uma Walker que não sabe em quem confiar.

Antes que eu consiga escapar para o frio, o Sr. Perkins limpa a garganta, parando atrás de mim.

— Uma mariposa está seguindo você — ele diz.

Ergo os olhos para ver uma mariposa-de-ossos branca voando pelo teto da varanda.

Meu coração para no peito, com medo de bater.

— Já a vi várias vezes — digo baixinho, com o frio me cortando. A verdade que não consigo evitar.

— E você sabe o que isso significa? — ele pergunta do batente.

Engulo em seco e, quando abro a boca para falar, sinto a dureza de cada palavra.

— A morte está a caminho.

As mãos do Sr. Perkins começam a tremer de novo.

— Significa que você não tem muito tempo.

Engulo em seco e volto a olhar para ele, sua expressão grave, como se eu estivesse mais perto da morte do que ele. Um frio cortante paira no ar entre nós.

— Tenha cuidado — ele diz por fim, voltando o olhar para a lareira, sem ter mais o que dizer. Não há nada mais que possa ser dito. Meu destino já está traçado.

A morte está vindo me buscar.

Observo a mariposa voar para a floresta atrás da casa do Sr. Perkins, desaparecendo sobre os raios de sol que espreitam através das árvores frondosas.

— Me deixe em paz — sussurro para ela, mas ela já se foi.

A morte perdura. Ela já está aqui.

OLIVER

O relógio de bolso sumiu do meu casaco.

Nora o encontrou. Ela sabe.

Paro diante da janela, com o coração apertado, e sei que nada mais será igual. Ela saiu de casa. Escapou sob a luz fraca da manhã. E eu menti para ela. Falei que não sabia como Max havia morrido, que não me lembrava. Mas estava com o relógio dele no bolso.

E ela nunca mais confiará em mim.

O lobo também não está aqui e, quando desço a escada, Suzy ainda está apagada no sofá, roncando baixinho, resmungando para si mesma. Saio pela porta da frente, porque eu não deveria estar aqui. Não agora. Talvez nunca deveria ter estado. Eu apenas me iludi, disse a mim mesmo que poderia. Me iludi em pensar que poderia dormir na casa dela, no sótão, com o cheiro de jasmim e chuva dos seus travesseiros, a sensação de sua mão na minha. Que eu poderia ficar e que minhas memórias não me encontrariam. Que eu poderia ficar e a escuridão se manteria longe. *Sempre a escuridão. Cercando minha mente, encontrando uma maneira de entrar.*

As pegadas de Nora seguem pelas árvores, deixando um rastro na neve. Mas não vou atrás dela.

Dou a volta pelo lago, cada passo pesado, cada inspiração uma dor em meu peito. Eu deveria ter falado a verdade para ela — mas a verdade é cinza e maculada, sem nenhuma linha clara que a diferencie das mentiras, das lacunas ainda manchando minhas lembranças daquela noite. Minha mente não é confiável.

Mas o relógio estava no meu bolso quando acordei no bosque. E isso só pode significar uma coisa.

Chego ao acampamento dos garotos e passo pelo refeitório. Todos já estão lá dentro para o café da manhã. Eles só voltarão para suas cabanas depois do jantar, quando vão furtar cigarros e comer os doces que escondem debaixo dos colchões, onde os orientadores não podem encontrá-los. Mas os orientadores são preguiçosos. Mal notaram meu retorno e meu desaparecimento logo em seguida. Só passei um dia no beliche desde que voltei do bosque e nenhuma vez algum conselheiro veio falar comigo, ninguém veio me arrastar até o escritório central, onde o diretor do acampamento poderia me questionar sobre onde estive. Sobre onde eu estava na noite em que um garoto morreu. Eles pararam de se importar.

Ou talvez os outros garotos tenham contado alguma história para eles, alguma mentira. Disseram que fugi novamente. Disseram que desci a montanha.

A nova camada de neve da noite anterior cobre a paisagem e deixo pegadas entre as árvores até chegar à cabana de número catorze, onde entro.

O quarto está tão sem graça quanto da última vez em que estive aqui. Mas, dessa vez, vim atrás de uma coisa: uma memória, talvez, algo para explicar as lacunas em minha mente.

Algo para encaixar todas as peças.

A cabana cheira à terra úmida, e caminho até o beliche, desejando que minha mente se lembre do resto, se lembre do que aconteceu naquela noite. O cemitério. Jasper, Rhett e Lin. E Max também estava lá — ele estava lá e estávamos todos bebendo. Estávamos rindo de alguma coisa, nossa risada ecoando em meus ouvidos. Uma campainha que não para de tocar.

Subo a escada de madeira e me deito no beliche. O beliche de Lin abaixo do meu. E, na outra parede, o de Jasper e Rhett. *Quatro garotos por cabana.*

Mas onde Max dormia? Não aqui conosco. Em outro lugar.

Em uma cabana diferente?

Viro de costas e fecho bem os olhos. *Por que meu cérebro se recusa a lembrar? O que está escondendo?* A verdade sobre o que aconteceu. Sobre o que eu fiz.

Um buraco se alarga em meu peito: o lugar em que destruí tudo. Em que menti para ela. Em que não tenho nada a perder.

Nada para o que voltar.

Ninguém em quem confiar. *Ninguém que confie em mim.*

Abro os olhos e espreito o teto baixo — todas as marquinhas de faca, os cortes e riscos que formam palavras, imagens e símbolos sem sentido. O rosto de um coelho entalhado na madeira me encara. Várias árvores esculpidas ao longo da parte mais baixa e inclinada do teto, com linhas brutas para cada galho, formando uma floresta em miniatura. Todos os palavrões imagináveis foram riscados nas tábuas. Preservados permanentemente. Nomes de meninos cruzam as vigas de madeira, uma maneira de marcar sua passagem por aqui. Um lembrete de que centenas de garotos dormiram neste beliche antes de mim.

Mas um nome chama a minha atenção, entalhado onde o teto encontra a parede, quase escondido. Cada letra é cortada profundamente, como se tivessem sido escritas com raiva. Uma noite em que não conseguia dormir. Em que as árvores pareciam próximas demais. O ar frio demais. Sua casa longe demais.

As letras formam MAX CAULFIELD.

Max dormia aqui. Nesta cabana. Neste beliche.

Eu me sento e toco os veios da madeira, meu dedo deslizando ao longo do entalhe de cada letra. *Max dormia aqui.*

Raios de luar filtrados trespassam minha visão, a memória da neve contra minha pele. Penso em Nora e sua mão segurando a minha ontem à noite, mas afasto a memória. Minha mente prega peças em mim, sempre voltando para ela. Tento lembrar do cemitério, dos risos subindo pela garganta dos outros garotos. Mas eu não estava rindo com eles. *Eles nunca foram meus amigos,* minha mente repete. Eles estavam rindo *de mim.*

Me provocando.

Eu me sento e desço a escada, me afastando do beliche, do lugar onde já dormi. *Mas que nem sempre foi meu beliche.*

Cheguei ao acampamento no fim da temporada, quando o ar já estava cortante e os garotos já tinham sido distribuídos em suas cabanas. Eu era o novato. O estranho.

Eu nunca me encaixei.

Max tinha se metido em alguma encrenca antes de eu chegar. Lembro disso como ondas quebrando na margem da minha mente. Sal e espuma, se derramando sobre mim. Ele tinha sido pego se esgueirando pelas cabanas dos orientadores e vasculhando suas coisas, foi pego batizando o café matinal com uísque. Infrações que eram piores do que aquelas da maioria dos garotos.

Então os orientadores o transferiram para uma cabana ao lado do refeitório, um quarto individual, sem outros garotos. Um lugar cercado pelas cabanas dos orientadores, onde ele não conseguiria escapar facilmente sem ser ouvido. *Eu me lembro disso agora.* Quando cheguei ao acampamento, os meninos me contaram que eu tinha sido colocado no antigo beliche de Max.

Ele me odiava por isso — como se fosse culpa minha.

Eu me afasto dos beliches, com os calcanhares batendo contra a pesada porta de madeira.

Eles me fizeram ir ao cemitério naquela noite. Riram e passaram uma garrafa de bebida entre si e eu fiquei tenso, pronto para uma briga. Pronto para eles me atacarem.

Eles nunca foram meus amigos.

E Max... Max era o que mais me odiava.

NORA

—Tem alguém aqui? — chamo ao entrar em casa.

Como se fosse eu a invasora aqui. A intrusa forçando fechaduras e entrando por janelas arrombadas.

Fin fareja o ar, inspirando rápido pelas narinas.

Eu entro na sala de estar na ponta dos pés, deixando um rastro de neve no piso. *Plique, plique, plique* fazem as gotículas de água.

E então alguém aparece ao pé da escada.

— Cacete, você me assustou — Suzy diz.

Meus ombros relaxam.

— Achei que a casa estivesse vazia. — Mas meu tom me denuncia: a dúvida que sinto, buscando hesitação em sua expressão, algo que ela esteja escondendo.

— Sou só eu. — Ela entra na cozinha e se debruça sobre o balcão de ladrilhos brancos, como se ainda estivesse um pouco trôpega, com um pouco de ressaca pela noite de ontem. Olheiras circulam seus olhos.

— Oliver foi embora? — pergunto.

Ela contrai o canto da boca.

— Acho que sim. Não tem ninguém no seu quarto. — Ela esfrega as têmporas, depois ergue os olhos vermelhos para mim. — Só subi para ver se você ainda estava dormindo. Não estava xeretando.

— Tudo bem — digo. Vou até a lareira, onde a chama queima forte. Ela deve ter colocado mais lenha. Minha cabeça começou a latejar, com pontinhos de luz cobrindo minha visão.

— Onde você estava? — Suzy pergunta.

— Só precisava sair de casa — digo. Não sei por que minto, por que não quero contar a ela que fui ver o Sr. Perkins. Que encontrei um relógio que pertencia a Max no casaco de Oliver. Que acho que ele fez alguma coisa ruim.

Mas *sei* por que não digo nada disso: porque não tenho certeza se posso confiar nela.

Não tenho certeza se ela não sabe mais a respeito de Max. A respeito de tudo.

Ela pisca algumas vezes, como se precisasse dormir mais.

— Qual é o problema? —pergunta. Suzy sente que alguma coisa não está certa.

Mas são muitos os problemas. Uma mariposa-de-ossos está me seguindo, o relógio de um garoto morto estava no bolso de Oliver. Alguma coisa ruim está acontecendo e não sei dizer quem é o vilão e quem só está tão assustado quanto eu.

Nervosamente, giro o anel de pedra da lua em meu dedo.

— Você estava com eles naquela noite? — pergunto, com a voz vacilando.

— Quando? — Ela franze as sobrancelhas.

— Na noite em que Max morreu e Oliver desapareceu.

Ela franze ainda mais as sobrancelhas e pequenas rugas de confusão se formam no canto de sua boca.

— Não — ela responde, se empertigando no balcão da cozinha. — Eu estava dormindo no beliche de Rhett quando eles saíram.

— Você sabia que eles estavam indo para o cemitério?

Ela cruza os braços esqueléticos, com seu moletom torcido em volta do tronco, em uma postura defensiva.

— Não, do que você está falando? — Uma mexa de cabelo escapa do coque enrolado no alto da sua cabeça.

— Mas quando eles voltaram — insisto. — Você deve ter ficado sabendo do que aconteceu, não? Que Max e Oliver não estavam com eles.

Ela morde um lado da bochecha como se estivesse tentando se lembrar, vasculhando a névoa sonolenta de sua mente. Uma manchinha preta está visível perto de seu olho direito, do rímel que borrou enquanto dormia — a única maquiagem que ela deve ter trazido.

— Por que você está me perguntando essas coisas? — Seu tom de repente ficou mordaz, como uma pederneira batendo. Ela estava furiosa.

Porque uma mariposa-de-ossos está me seguindo, tenho vontade de dizer. *Porque minha dor de cabeça não passa.*

Porque algo de ruim está vindo em minha direção

Eu e Suzy nos encaramos, a respiração suspensa por um instante, buscando a verdade no rosto uma da outra. Nas linhas em volta dos olhos que costumam revelar quando alguém está mentindo.

Nunca confie em quem pisca com muita frequência: uma anotação — um aviso — no livro de feitiços.

— Eu não sabia que alguém tinha desaparecido naquela noite — ela diz categoricamente quando não respondo. — Não fico controlando quem dorme em qual cabana.

A raiva ferve dentro de mim agora, asas batendo contra minhas costelas — a certeza de que ela sabe algo que não quer dizer — e dou um passo em sua direção.

— Mas você os ouviu comentando sobre isso, que alguém tinha morrido?

Ela ergue os ombros num movimento exagerado, suas sobrancelhas escuras e perfeitas erguidas como pequenas tendas.

— Acho que sim — ela responde. — Não estava prestando muita atenção. Estava mais preocupada em sair daqui.

— Um garoto morreu e você só se importava em não conseguir sair das montanhas?

Seu rosto se contrai e ela descruza os braços, enrijecendo de repente.

— Você acha que tive alguma coisa a ver com isso?

— Só quero saber o que aconteceu.

— E acha que estou mentindo?

— Não tenho nenhum motivo para acreditar que não. — Essas palavras devem magoar, mas já passei dessa fase. Já deixei de me importar com o que ela pensa. Sinto que estou perdendo o controle. Como se não conseguisse ver o que está bem diante dos meus olhos. Todos estão escondendo alguma coisa e sinto vontade de gritar. Esta é a minha floresta, o lugar onde sempre morei, e não tenho ideia do que está acontecendo. Uma mariposa-de-ossos está me seguindo, e tudo começou na noite em que encontrei Oliver no bosque.

Sou uma Walker que não consegue enxergar a verdade.

Suzy move uma das mãos rápido demais e derruba no chão um dos potes de mel da minha mãe que estava no balcão. Ele cai com um estardalhaço, o vidro se partindo com o impacto, e o líquido amarelo e pegajoso se espalhando nas rachaduras do piso. Ela fica olhando para aquilo, como se fosse pedir desculpas, mas então ergue os olhos e pergunta:

— Por que eu mentiria?

O mel forma uma poça no chão de madeira, seguindo as linhas e reentrâncias, preenchendo os buracos como se fosse lama. Lento e inconstante.

— Para me enganar — digo, por fim, meus ouvidos zumbindo mais alto agora. — Para me fazer de idiota. Porque é isso que pessoas como você fazem, gostam de encontrar maneiras de atormentar a bruxa Walker.

Pessoas como você, penso. Pessoas que só fingem ser boazinhas, mas falam coisas horríveis sobre mim pelas costas. Pessoas que formam círculos em que ninguém de fora pode entrar. Que gostam de ver os outros se contorcerem enquanto os boatos são passados de boca em boca.

Ela fica boquiaberta por um segundo, e depois suas sobrancelhas se afundam.

— Pensei que você fosse minha amiga — ela diz, com a voz fina como papel, rasgando-se ao longo de um vinco. Como se pudesse entrar em uma fresta e desaparecer. Como o mel.

Mas me recuso a me sentir mal por ela.

— Nunca fomos amigas antes disso — pontuo, a voz amargurada e rápida. Eu não pertenço ao mundo dela, ao seu círculo de amizades. E talvez não pertença à casa das Walker também. Estou perdida nesse meio-termo. Não exatamente normal o bastante para ter amigos e nem poderosa o bastante para ser considerada uma bruxa de verdade. — Você nunca falou comigo na escola ou sorriu para mim no corredor. — As palavras saem desenfreadamente. — Sou apenas uma conveniência para você. Porque sou tudo que você tem agora, porque você não tem mais para onde ir. Você só está me usando. — As palavras saem da minha boca antes que eu possa me arrepender delas. Antes de conseguir sentir o peso delas batendo dentro do meu crânio.

Os lábios arredondados de Suzy se fecham.

E a raiva que senti se dissolve rapidamente em minha língua, reduzida a nada. E fico me sentindo vazia, completa e irremediavelmente vazia.

Suzy atravessa a sala até o sofá sem nem mesmo olhar para mim, agarra a mochila do chão e caminha até a porta da frente. Enquanto ela passa, o ar tem um toque de perfume de rosas já rançoso, um resquício do que ela passou dias atrás. Ela pausa e volta o olhar para mim. E, por um momento, penso que eu deveria dizer alguma coisa, uma série de palavras para desfazer o que foi dito — um bálsamo para as feridas que acabei de causar. Mas ela fala antes que eu tenha a chance:

— Sempre achei que as pessoas eram maldosas com você na escola sem motivo. Defendi você para Rhett e os outros. Falei que você era legal e que todos os boatos eram mentirosos. — Ela contrai os lábios. — Mas talvez eu estivesse errada.

Ela abre a porta e sai na neve, batendo-a atrás de si antes que eu possa dizer mais alguma coisa.

Ela se foi.

* ✷ *

O mel se infiltra no assoalho e assenta.

Recolho os cacos de vidro um a um e os jogo na lixeira, sentindo-me igualmente quebrada. Tão inútil quanto o mel espalhado no chão.

No andar de cima, o sótão está vazio. Nenhum sinal de Oliver, como Suzy disse. Eu me sento na beira da cama.

A casa parece estranhamente vazia agora, apenas ecos, suspiros e tábuas do assoalho rangendo. Estou completamente sozinha. E a culpa cai sobre mim como um cobertor velho — fibras e fios rasgados se desfazendo e cheirando a naftalina. Eu nunca deveria ter dito aquelas coisas para Suzy. Mesmo que não acredite nela, mesmo que ela saiba o que aconteceu naquela noite, mas não queira dizer, eu nunca tive a intenção de ser tão cruel.

Tiro o relógio do bolso e o seguro na mão, passando o polegar sobre a gravação do nome de Max. A corrente partida cai entre meus dedos — uma pista que não entendo. Não há sangue no relógio, nenhuma manchinha vermelha espalhada pelo vidro. E não havia sangue em Oliver quando o encontrei no bosque. *Sangue pode ser limpo*, penso. Mas não facilmente. Não quando se está perdido na floresta, congelando até a morte.

Aconteceu mais alguma coisa. Eu simplesmente não consigo ver, não consigo encaixar as peças.

Uma mariposa está seguindo você, o Sr. Perkins disse quando saí de sua casa, com a mariposa-de-ossos voando para as árvores. Sempre próxima.

A morte está vindo atrás de mim.

Mas não quero acabar como Max. Morta e com mentiras pairando ao meu redor como moscas.

Pego o livro de feitiços na cabeceira da cama e o coloco no colo, folheando as páginas. Não sei o que estou procurando: uma explicação, um remédio, uma maneira de fazer a mariposa-de-ossos parar de me seguir. De acabar com ela, talvez. *De manter a morte longe.*

Leio as histórias das minhas ancestrais, os estranhos relatos de anos passados: o outono em que um cavalo Palomino desapareceu no Bosque de Vime e Dodie Walker o encontrou usando uma forquilha. Ela saiu cavalgando o cavalo sem sela, e os habitantes disseram que seus olhos ficaram da mesma cor marrom-mostarda do cavalo. O verão em que uma praga de gafanhotos-do-campo caiu sobre o lago Jackjaw, cobrindo as lamparinas das varandas e entrando em chaminés. Foi só quando Colette Walker capturou um dos gafanhotos dentro de um pote de vidro e murmurou um pequeno feitiço em seu ouvido que o ar finalmente se desanuviou e os gafanhotos-do-campo deixaram as montanhas.

Ao pé da página, há uma anotação sobre a melhor maneira de atrair um inseto para o sótão:

Abra uma janela ao nascer do sol.

Queime uma vela de lavanda azul até o fim para atrair o inseto.

Prenda-o em um pote de vidro e sussurre o feitiço desejado.

* *feitiço não recomendado para aqueles que temem criaturas aladas ou rastejantes*

O feitiço parece ser bastante simples. Não é necessário nenhum sangue, sacrifício ou feriado pagão especial para realizá-lo. E, se eu conseguir capturar a mariposa, talvez consiga obrigá-la a ir embora. A me deixar em paz e levar a *morte* consigo.

Tenho que tentar.

Encontro um pote de mel vazio da minha mãe na cozinha e o levo para o andar de cima. Tiro uma vela de lavanda da gaveta da cômoda, a que está quase queimada até a base, e a acendo, colocando-a no chão.

Quando abro a janela, a neve entra no quarto. Floquinhos flutuantes que deslizam pelo peitoril, sem nenhuma pressa.

Procuro algum sinal de Oliver ou Suzy em meio às árvores, mas nada se mexe. A floresta está em silêncio e livre de humanos.

Estou realmente sozinha. Na noite passada, duas pessoas dormiam na minha casa, com corações batendo e pálpebras cansadas. Mas agora uma onda de tristeza cresce dentro de mim, e lágrimas salgadas querem escorrer por minhas bochechas pálidas — mas não deixo que caiam. *Sou uma Walker.* Estamos acostumadas a cuidar de nós mesmas. A sobreviver. Mãos calejadas, olhos astutos e corações duros.

E não quero que Suzy ou Oliver voltem, não de verdade. Tenho medo do que Oliver possa ter feito e medo do que Suzy possa ter visto. *Estou mais segura sem eles.* Portas trancadas são melhores do que pessoas em quem não se pode confiar.

Mesmo assim, o silêncio da casa é um peso em meu peito.

Volto e me sento ao lado da vela bruxuleante. Seguro o pote de vidro na mão e espero a mariposa voar pela janela aberta, atraída pela luz. Mas ela não aparece, e o quarto esfria.

A luz do dia dá lugar ao crepúsculo.

As sombras se transformam em uma escuridão profunda.

Eu repouso a cabeça no piso de madeira.

Fin se espreguiça ao meu lado. Suas patas tocando meu ombro, sua respiração rápida nos pulmões. E novamente meus olhos querem arder com lágrimas.

Sei que a mariposa-de-ossos nunca entrará no sótão.

Sei que ela não se deixaria enganar tão facilmente por uma vela de lavanda no chão do quarto. Capturar uma mariposa-de-ossos não é o mesmo que pegar um gafanhoto, uma abelha ou um vagalume.

E, mesmo se eu a tivesse capturado, tenho certeza de que não teria sido capaz de sussurrar um feitiço poderoso o bastante para obrigá-la a me deixar em paz. Um feitiço para expulsá-la da floresta. E de que serve uma Walker que não consegue nem encantar um inseto? Uma bruxa que não conhece os feitiços mais simples? Cuja avó morreu antes que pudesse ensiná-la a invocar o luar dentro de si, cuja mãe preferiria que nunca mais proferisse qualquer feitiço dentro das paredes desta casa novamente?

Sou uma Walker que mal é uma bruxa.

Pensei que queria ficar sozinha, que era corajosa e forte, e que não precisava de nada nem de ninguém. Mas agora já não tenho certeza. Agora meu coração se despedaça dentro do buraco em meu peito, e queria ser do tamanho de um mosquito, tão pequeno que conseguiria me enfiar numa fresta no piso e desaparecer. Miúda e fácil de esquecer.

Deixo a vela queimar até desaparecer, com cera pingando no piso de madeira ao lado dos meus pés até a chama crepitar e se apagar. Deixo o pote de vidro rolar para longe dos meus dedos e bater contra o pé da cama. Puxo os joelhos junto ao peito e enfio os pés sob o tapete. Mas deixo a janela aberta — quero sentir o frio e ouvir o vento bater contra os beirais da casa.

Uma leve dor se forma dentro das minhas costelas, uma mágoa que não vai passar. Vazia e oca, como se minhas entranhas viscosas tivessem sido esculpidas por uma lâmina. Uma abóbora de Dia das Bruxas.

Depois de um tempo, minhas pálpebras se fecham e mergulho em um sono terrível.

Meus sonhos são estranhos e verdes, e me sinto sendo puxada para baixo por musgo e folhas douradas. O solo rico e escuro cobre minha visão, tampa meus ouvidos e boca, me sufoca, me enterra viva. Consigo sentir o gosto da terra, o chão frio e congelado desabando sobre mim.

Mas então há música, metálica, suave e longínqua, vibrando através do solo dos meus sonhos. Eu acordo me engasgando, agarrando o rosto como se fosse arrancar as raízes, sair de baixo da terra. Mas ainda estou no chão do sótão. Não enterrada, não morta.

O céu noturno enche o meu quarto, o sol há muito tempo posto. *Por quanto tempo dormi?*

A neve entra pela janela aberta, junto com outra coisa.

Um barulho de algum lugar lá fora, nas árvores, na escuridão coberta de neve.

A música não estava em meus sonhos.

Era real.

Livro de Feitiços do Luar & Remédios da Floresta

EMELINE WALKER nasceu um mês atrasada sob uma lua fantasma, em vez da lua de trevo anão, como era previsto. Seus olhos eram brancos como alabastro e, quando ela abriu a boca para chorar, saiu apenas ar.

Ela era uma criança quieta, que falava sozinha e brincava de cama de gato em seu quarto, e enfiava os pés na terra para sentir as minhocas se contorcendo embaixo dela.

Mas aos dezessete anos, durante um outono excepcionalmente ventoso, quando os cotões de dente-de-leão sopravam sobre o lago como guarda-sóis minúsculos, Emeline foi ao Bosque de Vime e perdeu a cabeça.

No entanto, não foi culpa dela.

Ela havia perdido o medalhão de prata que seu verdadeiro amor lhe tinha dado, então entrou no bosque onde todas as coisas perdidas são encontradas. Ela vagou pela floresta, chutando folhas podres e pedras pretas lisas a procura dele. Dormiu nos troncos das árvores. Usou flores de saião em torno dos punhos. Um ano depois, quando finalmente saiu do bosque, fios de seu cabelo preto e comprido tinham se tornado brancos feito ossos e havia terra endurecida debaixo de suas unhas, mas não havia nenhum medalhão em sua mão.

Pelo resto da vida, Emeline continuou a vasculhar a velha casa: dentro de xícaras de chá, atrás de livros e embaixo das tábuas do assoalho. Toda noite ela sacudia os lençóis, para o caso de o medalhão ter escorregado entre o tecido.

Ela viveu até a velhice, com um cabelo branco e comprido que alcançava os tornozelos, seguindo-a através do jardim onde desenterrava malmequeres, folhas de baunilha e gengibre silvestre, certa de que o medalhão seria encontrado entre as raízes. Emeline nunca conheceu seu lado sombrio, sua magia Walker, sua dádiva noturna — ela se esquivou de Emeline assim como o medalhão.

Em seu leito de morte, Emeline Walker apertou a mão da irmã caçula, Lilly, e disse: "Ah, aí está". E morreu.

Como desanuviar uma mente confusa:

Jogue água quente com sal de uma janela do andar de cima.

Junte as mãos em volta de um círculo de terra primaveril recém-arado e sopre acima do ombro esquerdo.

Não tome banho por três noites seguidas. Na quarta noite, beba um copo de leite com açafrão dourado, trance o cabelo com firmeza atrás das costas e durma sem meias.

NORA

A música ressoa entre as árvores, metálica e abafada.

Sigo o som, o baixo reverberando pelo piso duro e congelado, vozes crescendo em gargalhadas. Estou quase na metade do caminho da fileira de casas de veraneio fechadas com tábuas, quase na marina, quando encontro a origem: a velha casa dos Wilkinson, com sua enorme varanda envolvendo todo o casarão, paredes de troncos grossos e duas janelas salientes pontiagudas com vista para o lago. É um dos chalés mais chiques do lago Jackjaw e os Wilkinson só a visitam duas vezes a cada verão. Trazem seus cachorros, os cinco filhos e amigos barulhentos demais. Fazem churrascos e festas até tarde, e os adultos se embebedam com vinho tinto e riem das mesmas piadas ano após ano.

Agora, envolta em um casulo de neve, a casa está movimentada outra vez.

Meus pés me levam até a varanda da frente, como se eu ainda estivesse sonhando, minhas mãos empurram a porta de entrada que foi deixada entreaberta e meus olhos absorvem a aglomeração de garotos reunidos ali dentro. *Eu não deveria estar aqui.* Mas meu coração trai minha mente.

Oliver pode estar aqui.

E, se estiver, não sei o que eu diria. Talvez grite e soque seu peito. Fale que ele mentiu, fale que matou alguém naquela noite e mantinha um relógio de bolso escondido no casaco. Ou talvez eu dê as costas e vá embora, sem conseguir encontrar as palavras certas. Mas preciso ver seu rosto, a curva suave de cada olho, a doçura que antes eu via neles, e talvez eu saiba. Veja *de verdade*. Um monstro. Um vilão. Ou o garoto que me lembro da floresta.

Cerro os punhos ao lado do corpo e cruzo o batente.

Quase todo o acampamento está aqui. Garotos seguram taças de vinho e de champanhe cheias de uma bebida escura. À minha direita, alguns jogam um jogo com copos em cima da mesa de jantar, gritando alto. Bêbados. Uma chama ardente queima na enorme lareira à esquerda, lenhas atiradas de qualquer jeito na chama, perto demais do tapete cor de salmão da sala, com as pontas já chamuscadas.

Passo por um grupo de garotos e ninguém parece me notar. Estão embriagados demais. De pé em cima da mesa de centro um deles, usando um cobertor de lã verde como se fosse uma capa, grita que seu pai jurou que ele só teria de ficar no acampamento por dois meses, mas já se passaram seis e ele ainda está aqui. Seus olhos passam por mim, mas ele não parece se dar conta da garota em meio a um mar de garotos. Meus pés trombam em latas de cerveja vazias espalhadas pelo chão, e um aparelho de som portátil repousa em uma mesa comprida embaixo de uma janela, tocando alto uma música country de alguma estação de rádio distante — alimentado por pilhas ou algum carregador de baterias atrás dele.

Os garotos invadiram a casa de veraneio dos Wilkinson.

E vão destruir o lugar.

O ar vibra em meus ouvidos com o calor e as risadas, e o cheiro de cerveja derramada é nauseante. A luz bruxuleante das velas em toda a sala cria a ilusão de fantasmas humanos escalando as paredes. Braços e pernas finos e compridos. Pessoas-inseto.

Observo os rostos, mas não vejo Oliver. E talvez ele não venha aqui, com todos esses garotos do acampamento, se eles realmente não forem seus amigos. A menos que ele tenha mentido sobre isso também. Sobre tudo. Um nó se aloja na minha garganta e me sinto enjoada em meio a todos esses rostos estranhos. Garotos que não conheço.

Um deles me observa, um garoto de camisa verde com o cabelo loiro e um piercing no nariz. Ele está a apenas alguns metros de distância, com a boca entreaberta, e parece estar tentando falar, mas sua mente pastosa não consegue formar palavras.

Eu não deveria ter vindo, penso de repente. Essa foi uma má ideia, uma péssima ideia.

Começo a dar meia-volta, atravessar a multidão, quando a vejo: Suzy. E sinto um frio na barriga.

Ela cambaleia na direção de um lance de escadas e segura o corrimão, apoiando-se nele, sorrindo. Está bêbada. E a mesma onda de culpa me invade.

Contenho o impulso de fugir e, em vez disso, cruzo a sala na direção dela, passando pela multidão. O garoto de camisa verde e piercing pisca para mim, mas não fala nada — sua voz perdida para a bebida. Outro garoto, com sardas, fumando um charuto que com certeza roubou da casa, arqueia a sobrancelha e diz:

— Ei, garota da lua. — Alguns outros olham na minha direção, mas não dizem nada. Talvez tenham medo do que eu possa ser de verdade. De que os boatos possam ser verdadeiros.

As bochechas de Suzy estão coradas quando a alcanço e na sua mão está uma lata prateada de cerveja. Ela derrama um pouco no chão quando me vê, se afastando do corrimão da escada.

— Você veio — ela diz, categoricamente, como se eu tivesse recebido um convite, um papel-cartão em alto-relevo entregue pelo correio, coberto de glitter. *Venha para nossa festa de inverno na casa dos Wilkinson. É só entrar, porque é isso que vamos fazer.*

— Vocês não deveriam estar aqui — digo. — Essa casa é de outra pessoa. — Não era o que eu pretendia dizer, não a princípio. Eu pretendia pedir desculpas. Ou falar alguma coisa sobre não saber em quem confiar, sobre as noites mal dormidas e sobre ter encontrado o relógio, e que não queria ter dito que ela não era minha amiga.

Mas Suzy abre um sorriso largo, já esquecendo da nossa briga de hoje cedo.

— Quem liga? — ela responde.

— Os orientadores do acampamento vão descobrir — acrescento. — Vão perceber que a maioria dos garotos sumiu das cabanas.

O sorriso frouxo e meloso de Suzy não se desfaz, seus olhos lacrimejando de felicidade embriagada, e ela ri.

— Os orientadores nem ligam para o que eles fazem — ela diz, erguendo a mão no ar. — Não é como se pudessem expulsá-los do acampamento: estamos todos presos aqui.

Seus olhos se fecham e abrem de novo. Ela franze a testa para mim, como se tivesse acabado de se lembrar de que está brava comigo, que sou a última pessoa com quem ela gostaria de falar.

— Desculpe por hoje — me apresso. — Eu não deveria ter dito todas aquelas coisas. Eu só...

Um garoto tromba em mim, derramando um líquido escuro de seu copo vermelho no meu sapato.

— Desculpe — ele murmura, me encarando como se a culpa fosse minha.

Ele cambaleia em direção à cozinha, e me volto para Suzy.

— Só estou tentando descobrir o que aconteceu — digo

Ela ergue uma sobrancelha angulosa e pontuda e percebo como parece cansada, com as pálpebras querendo se fechar.

— Você quer dizer que está tentando descobrir se seu namorado é o responsável?

Respiro fundo e desvio os olhos para o grupo de rapazes. Alguém está cantando junto com a música e sua voz até que não é ruim, se não fossem pelos soluços que pontuam alguns versos.

— Um garoto está morto, Suzy — digo, voltando-me para ela. — E alguém é o responsável.

Sua boca se entreabre e ela se apoia no corrimão de novo.

— Acidentes acontecem — ela diz, e dá um longo gole em sua cerveja.

— O que você quer dizer? — Eu me aproximo dela, sentindo seu hálito de álcool, que é levemente disfarçado por seu perfume floral. Mas ela abana a cabeça e vira as costas, usando o corrimão para se equilibrar enquanto sobe a escada com dificuldade. — Suzy! — chamo, mas ela já chegou ao topo da escada e desapareceu por um corredor.

Acidentes acontecem. É parecido com o que Rhett disse na fogueira.

Olho para trás na direção da porta, ainda aberta de quando entrei. Eu deveria sair, voltar para casa, trancar a porta e esperar a neve derreter, esperar a estrada ser liberada e tudo voltar ao normal.

Mas não faço isso. Subo a escada atrás de Suzy, avançando ainda mais pela casa.

Talvez ela saiba o que aconteceu.

Passo por duas portas abertas, com beliches nos dois quartos. Um lugar para crianças se amontoarem nas noites frescas de verão.

Vozes abafadas se propagam pelo corredor. O burburinho de garotos conversando.

Paro ao lado da última porta, me encostando na parede para ouvir.

— Sua namorada está bêbada — alguém diz dentro do quarto. Jasper, presumo. *Os garotos da fogueira estão aqui.* Mas ele parece estar longe da porta, no outro lado do quarto.

— Cala a boca, cara — Rhett responde. E escuto Suzy soltar um som pela garganta, como se estivesse ofendida.

— Ela não deveria estar aqui — Jasper acrescenta.

— Não sou a namorada dele — Suzy retruca finalmente. — E posso ir aonde eu quiser. — Ela parece bêbada e consigo imaginar os garotos rindo dela, revirando os olhos.

— Você contou coisas demais a ela — Jasper continua. Consigo ouvir passos e me pergunto se ele está se aproximando de Rhett. Um aviso ou uma ameaça, talvez. — Ela vai correr e contar tudo para aquela bruxa amiga dela.

— Não contei porra nenhuma a ela — Rhett vocifera.

Há mais movimento lá dentro, e parece que alguém empurra alguém. *Eles sequer confiam uns nos outros*, penso. Estão perdendo a cabeça, corroídos pelo segredo. Não conseguem parar de falar sobre esse assunto, o medo enraizado dentro deles agora.

— Parem! — Suzy grita, e ela deve ter entrado no meio deles porque tudo fica em silêncio.

— Vocês só estão piorando as coisas — intervém outra voz. Lin, provavelmente.

Alguém expira profundamente e em seguida ouve-se o som de molas afundando, alguém se sentando em uma cama, provavelmente.

— Só precisamos esperar — Rhett diz, mas sua voz está tensa, estrangulada. Como se talvez ele não acreditasse nas próprias palavras.

Um silêncio cai sobre o quarto, e me pressiono mais junto à parede, aflita, sem saber o que está acontecendo.

Mas então alguém finalmente fala — Lin, o timbre de sua voz como as cordas de um violino retesadas demais.

— Eles vão encontrá-lo eventualmente.

Mais uma pausa longa, como se todos estivessem com medo demais de quebrar o silêncio.

Suzy limpa a garganta, mas sua voz ainda falha quando diz:

— Vocês sabem onde Max está?

Há um burburinho baixo e desesperado de resmungos. Um dos garotos diz alguma coisa que não consigo ouvir, um sussurro de palavras como se ele estivesse com medo de que as paredes tivessem ouvidos. *Ou que uma garota estivesse escondida no corredor.*

— É só uma questão de tempo até os orientadores o encontrarem — Lin continua, talvez em resposta ao que não consegui ouvir. — Ele não está tão bem escondido assim.

É sobre isso que estão guardando segredo. Aquilo de que evitam falar. Mas agora Lin disse em voz alta.

Meu coração bate como um tambor, *tum, tum, tum*, e cravo as unhas na parede atrás de mim.

— Eles não vão encontrá-lo — Rhett responde, seus passos cruzando a sala como se estivesse se afastando dos outros, em direção à parede oposta. Talvez ele esteja olhando por uma janela.

Max. Seu corpo, seu cadáver, enfiado em algum canto. Escondido.

— Não posso me meter em encrenca por causa disso — Jasper diz, e seu tom é um misto de medo e ameaça.

— Nenhum de nós pode — Rhett responde.

Jasper solta um barulho hesitante.

— É diferente para mim. Meu pai vai me matar se descobrir. Vir pra cá foi minha última chance. Não posso... — Suas palavras se perdem.

— É a última chance para todos nós — Lin diz. Os garotos que foram mandados para o Acampamento Jackjaw para Rapazes Rebeldes não estão em férias de inverno. Não estão aqui por causa de uma recompensa ou uma breve escapada das escolas públicas e toques de recolher. Estão aqui porque já fizeram besteira. Já estragaram o resto de suas outras vidas. Esse deveria ser o lugar onde eles são corrigidos, colocados nos eixos. Consertados. Mas não se um garoto acabar morto. Muito menos se a culpa for deles.

— Não há nada que possamos fazer sobre isso agora — Rhett responde, com seus passos cruzando o quarto novamente. Andando de um lado para o outro, talvez. — Já aconteceu.

Outra voz murmura algo tão baixo que não consigo ouvir. Queria que eles falassem mais alto, queria poder simplesmente entrar no quarto sem ser vista.

E então o tom deles muda.

— Ainda escuto coisas à noite — Lin diz baixinho, como se estivesse olhando para o chão ao falar.

— É isso que acontece quando alguém se afoga — Jasper retruca, com a voz tão aguda que parece que vai se romper, como se sua mente estivesse se desfazendo. — Eles assombram você porque estão putos da vida.

Afogado.

Afogado.

Afogado.

Assombrar, assombrar, assombrar.

Meu coração está saindo pela boca agora e mal consigo respirar. Preciso ordenar que meus pulmões inspirem e expirem, que não façam barulho.

Max se afogou. *No lago?* Caiu no gelo partido? Minha cabeça lateja, e o sangue correndo pelas minhas veias parece ruidoso demais, uma compressão violenta dentro dos meus ouvidos. Eu deveria ir embora, me esgueirar pelo corredor antes que eles me escutem, me encontrem, me descubram espionando.

— Cala a boca — Rhett diz, e coloco a mão sobre a boca, para silenciar minha própria respiração.

— Não consigo dormir — Lin argumenta. — Não aguento.

Mais palavras que não escuto, e então a voz de Suzy se ergue mais do que as dos outros, e sua entonação é estranha, tímida.

— Nora disse que encontrou Oliver no bosque.

Sinto minhas sobrancelhas franzirem, sem saber por que ela está falando isso. Por que isso importa.

— Ela disse que ele passou as duas últimas semanas lá, escondido ou coisa assim.

— O quê? — diz um dos outros, Rhett talvez.

A música no andar de baixo para de repente, depois recomeça com uma faixa nova. Há gritos vindos de lá, alguém discutindo. Uma briga entre bêbados.

Um dos garotos do outro lado da parede diz outra coisa que não consigo distinguir, e então escuto o arrastar de pés, os passos preguiçosos de três garotos e uma garota caminhando em direção à porta.

Esperei tempo demais.

Os passos de Rhett atravessam a porta e, por um segundo, penso que se eu não me mexer, talvez eles passem direto por mim, achem que sou apenas uma sombra na parede. Apenas um fantasma. Mas Rhett leva um susto e me encara.

— Mas que porra! — ele exclama.

E no segundo seguinte Jasper está passando por Rhett e agarrando meu braço.

— Caralho! Ela ouviu tudo! — Na bochecha esquerda de Jasper há um talho vermelho-vivo, o lugar onde o galho da árvore o cortou na fogueira.

Rhett aperta as têmporas com as mãos.

— Merda.

Solto meu braço, mas Jasper me segura novamente, mais forte desta vez, seus dedos esmagando minha pele.

— Não encoste em mim! — grito, enrijecendo o corpo, resistindo, mas ele é forte demais e me puxa para dentro do quarto.

O luar cintila através da janela, e uma cama forrada com uma colcha de retalhos repousa contra uma das paredes brancas. O quarto está frio, como se houvesse uma corrente de ar, mas a janela está fechada.

— Merda, merda, merda — Rhett repete, atravessando o quarto escuro, sua voz como estilhaços de vidro, me cortando cada vez que falava.

Suzy para diante da porta, e volto os olhos para ela, que não me encara. Seus braços estão cruzados diante do peito, como um pássaro com as asas dobradas em volta do corpo, protegendo seus olhos dos meus.

Mas Rhett me encara como se eu fosse um animal preso em uma armadilha, o que é exatamente como estou. *Encurralada.* Mantenho os braços ao lado do corpo, rígida como alguém que vai lutar com unhas e dentes para se soltar, se necessário. Uma garota com garras capazes de rasgar a carne.

— O que você ouviu, garota da lua? — Rhett pergunta, dando meio passo para perto de mim, seus olhos escondidos nas sombras, como se estivesse decidindo meu destino.

— Nada — digo, a voz desafiadora.

— Ela está mentindo — Jasper rosna, ainda segurando meu braço, e seu corpo alto se projeta sobre mim. — Ela nos ouviu falando sobre Max. Vai contar para a polícia quando a estrada for liberada.

Estreito os olhos para ele, sentindo um espinho cravado nas minhas têmporas enquanto tento compreender a situação.

Rhett passa a mão pelo cabelo loiro, buscando respostas nos cantos escuros do quarto. Ele abana a cabeça para mim e dá um passo para trás, em direção à porta, com os braços pendendo ao lado corpo.

— Não podemos confiar nela — Jasper acrescenta, com os olhos em Rhett agora.

Meus olhos se voltam para Suzy novamente e depois para Lin — que está usando seu casaco insuflado com o capuz puxado sobre a cabeça, mesmo dentro de casa —, e espero que um deles diga algo, intervenha, mande Jasper me soltar. Mas nenhum deles olha na minha direção. Eles têm medo de Jasper e Rhett, e mantêm os olhos baixos.

— Você vai ficar aqui — Rhett diz, suas pupilas como buracos negros sem fundo — até pensarmos no que fazer com você.

Avanço para cima dele, mas Jasper ainda está segurando o meu braço.

— Você não pode me trancar aqui! — grito.

Rhett olha de volta para mim, sem piscar, sem sentir. Uma palidez fria tomou conta do seu rosto.

— Rhett — Suzy diz finalmente, entrando no quarto. — Ela não sabe de nada.

Mas Rhett se volta para ela, a poucos centímetros do seu rosto.

— Quer ficar aqui também?

— Não — ela responde. — Mas você não pode fazer isso.

— Não me testa — ele responde.

Por um momento Suzy o encara como se fosse responder alguma coisa, como se fosse empurrá-lo no peito e gritar para eu fugir. Mas então ela desvia os olhos, não docilmente, mas em compreensão — percebendo que não há nada que possa fazer. Ela está em menor número. Meu coração afunda no peito. E quando Rhett recua em direção à porta, ele a pega pela mão e a arrasta consigo.

Ele já se decidiu. Ela vai me deixar aqui dentro.

Jasper solta meu braço e sai rapidamente para o corredor com os outros, pouco antes de Rhett bater a porta.

O quarto mergulha na escuridão.

Corro até a porta, procurando a maçaneta, arranhando os veios da madeira. Mas é tarde demais. Bato na porta, tento arrombá-la, mas ela só cede um pouco. Eles a trancaram de alguma forma, a fecharam com firmeza para manter a bruxa enjaulada.

— Não! — grito, puxando novamente a maçaneta. Mas ela se recusa a abrir. *Merda.*

Pressiono o ouvido contra a madeira, tentando ouvir se eles ainda estão ali. Mas então escuto o som de passos se afastando, atravessando o corredor.

— Esperem! — grito junto à porta. — Por favor! — Mas só restou o silêncio.

E a escuridão do quarto.

Viro e me encosto na porta, apoiando a cabeça. Penso no que o Sr. Perkins me contou, que mais mineradores morriam nas mãos uns dos outros do que na escuridão cruel da floresta.

Há mais a temer no coração dos homens do que nessa floresta.

Mas eles não podem me manter presa aqui. Não por muito tempo, pelo menos.

Os orientadores do acampamento vão descobrir que os garotos saíram das cabanas. Vão ouvir a música alta do outro lado do lago. Virão investigar. Vasculhar a casa. *Vão me encontrar.*

Mas e se não vierem? E se Suzy estiver certa e eles não dão a mínima para o que os garotos fazem, não dão a mínima se eles saem às escondidas, desde que estejam de volta em seus beliches ao amanhecer?

Se eu ficar trancada aqui dentro, quanto tempo vai demorar até eles voltarem para me soltar?

— Ei! — grito, novamente desesperada. Bato os punhos contra a porta. *Bam. Bam. Bam.* Talvez um dos outros garotos me escute, me deixe sair. Embora eu duvide que eles consigam ouvir meus gritos com o barulho da música. Ou que se importem.

Afogado, penso de novo.

Max se afogou no lago, imergiu até o fundo infinito. Talvez tenha morrido congelado antes de a água ter tempo de encher seus pulmões.

Então onde está o corpo? Onde ele está escondido?

Estou deixando alguma coisa passar.

Uma grande parte disso não faz sentido, uma parte importante

Inspiro devagar. Mantenho a calma. *Calma, calma, calma.*

Acho que ouvi uma voz.

— Nora.

Eu me viro para encarar a porta.

— Olá? — pergunto junto à fresta da porta.

— Você está bem? — É Suzy.

— Não — respondo. — Você tem que me deixar sair.

Acho que a ouvi suspirar. Uma inspiração suave em sua garganta e a expiração trêmula contra o veio da madeira.

— Não posso — ela diz depois de um momento.

— Por que não? — O aperto no meu peito aumenta.

— Eles vão me trancar aí também se eu ajudar você... — Sua voz falha, como se estivesse olhando para o corredor, tentando ouvir se alguém se aproxima. — Eles estão realmente paranoicos. Rhett acha que vão todos parar na cadeia.

Eles estão tão paranoicos que estão dispostos a me trancar dentro de um quarto. Estão tão paranoicos que estão ouvindo vozes nas cabanas, acham que estão sendo assombrados por alguma coisa. *Por Max.* Eles não estão pensando claramente, sobre nada, e sinto meu coração contra as costelas. Estou começando a entrar em pânico.

— Só me deixe sair, Suzy — suplico. — Se eles me pegarem, não vou dizer que foi você quem me ajudou. Mas não posso ficar aqui.

— Sinto que a escuridão está me tragando. Um abismo sombrio.

Mais uma pausa longa. Acho que ela deve ter ido embora, me abandonado aqui.

— Por favor, Suzy.

Mas então escuto sua respiração novamente. Ela ainda está ali.

— Me desculpe — ela diz. — Preciso descer antes que eles notem que eu sumi.

Dou uma tapa na porta.

— Não!

— Eles só estão bêbados — ela acrescenta rápido. — Tenho certeza de que vão soltar você de manhã. — Mais uma pausa.

— Vou falar com Rhett. Vou dizer que você não sabe de nada. Vou tentar.

— Suzy, por favor — imploro. — Apenas abra a porta. Não vá embora.

Mas consigo ouvir o ritmo rápido de seus passos no corredor, se afastando. Ela já se foi.

— Merda — murmuro de novo, tirando a mão da porta. Pressiono as palmas nos olhos, com força, como se eu pudesse me empurrar para fora deste quarto. Quando abro os olhos novamente, o quarto está escuro demais e é difícil distinguir uma parede da outra, o teto do chão. Minha cabeça gira e a mesma sensação que senti antes recai sobre mim, o arrepio e o tremor de ar, seus zumbidos e estalidos. Segundos se tornando minutos, depois voltando.

Tique-taque...

— Não — murmuro. Não quero sentir isso agora.

Eu me afasto da porta e atravesso o quarto até topar a canela no canto da cama. Estremeço com a dor aguda, me curvando, antes de prosseguir, com as mãos estendidas diante de mim para apalpar obstáculos. Chego a uma parede e uma janela e abro a cortina. A luz fraca da meia-lua entra no quarto. Encosto no vidro e observo a neve. Mas a queda até o térreo seria grande demais, o suficiente para quebrar alguns ossos. Deve haver alguma outra saída. O barulho cadenciado da música ressoa mais alto através do piso e as paredes vibram, mas escuto uma outra coisa. Algo distinto. *Algo que já escutei antes.*

O sussurro de um inseto no vidro. De asas.

Um som tão tênue que fico surpresa por conseguir ouvi-lo. O som aumenta, batendo contra as janelas. Com olhos pretos e ventre inchado.

Tiro a mão da janela e dou um passo para trás, com o medo arranhando minhas costelas. *Não, não, não.*

A mariposa me encontrou, mesmo aqui, mesmo trancada neste quarto. E a certeza me invade profundamente.

— Vá embora — sussurro, as palavras desesperadas e fracas.

Ela gira e bate contra o vidro — *tap, tap, tap* — buscando uma forma de entrar. De me alcançar. Para que possa roçar suas asas na minha pele, me marcar, para que a morte possa me encontrar mais facilmente.

A morte se aproxima.

Meu coração palpita e escorrego pela parede até o chão, abraçando os joelhos junto ao queixo. Qualquer coisa para bloquear o som. *Tap, tap, tap.*

— Pare! — grito, imploro.

Meu batimento cardíaco é uma percussão em meu peito, o mesmo ritmo das suas asas.

— Vá embora. Vá embora. Vá embora — sussurro com as mãos na boca. Até ser tudo que consigo ouvir.

Tudo que enche meus ouvidos.

OLIVER

Tenho que encontrá-la.

O lago está impossivelmente escuro, ofuscando a luz das estrelas enquanto dou a volta pela margem. Tenho certeza de que este lugar, estas montanhas estão observando todos os meus movimentos.

Lembro o suficiente agora para saber que não posso confiar nos outros. O passado são destroços turvos na minha mente: o cemitério, o gosto da bebida na garganta, as risadas. A sensação dos meus punhos cerrados junto ao corpo, pronto para uma briga. Ainda assim, me lembro o suficiente para saber que eles são capazes de coisas terríveis.

E penso apenas nela, em Nora.

Eles não gostam dela, não confiam nela. A bruxa da floresta.

Preciso encontrá-la, mantê-la segura.

Dando as costas para o lago, subo por entre os pinheiros em direção à casa dela. Sei que ela não vai querer me ver. Sei que, o que quer que eu diga, ela não vai querer ouvir, não vai me deixar entrar — e isso machuca mais do que qualquer coisa. Mas tenho que tentar. Eu não preciso que ela confie em mim, só que ela fique longe de Rhett, Jasper e Lin.

Bato na porta e prendo a respiração até meus pulmões começarem a queimar e arder.

As memórias me invadem. Lembro como Max inclinou a cabeça para trás no cemitério, tomando um longo gole de uísque. Como me olhava como se me desafiasse a fazer o primeiro movimento, a dizer algo que o provocasse. Mas eu não sentia medo. Sentia outra coisa: raiva.

Levo a mão à porta de novo e bato mais forte, esperando que Nora venha, que espie por entre as cortinas. Mas ela não aparece. *Tem alguma coisa errada.* A casa está escura demais, nenhuma luz de velas através das janelas. E consigo ouvir Fin, o lobo, uivando baixinho do lado de dentro, em um lamento triste. Viro a maçaneta e a porta se abre.

A noite cobre todo o lugar. Nenhuma vela. Nenhuma chama na lareira.

O lobo passa correndo por minhas pernas, entrando na neve e cortando as árvores.

— Fin! — chamo, mas ele não escuta. Nem mesmo diminui o ritmo.

Corro atrás dele antes que o perca, antes que ele entre nas árvores e desapareça. *Talvez ele saiba onde ela está.* Sigo sua trilha estreita através da neve até ele finalmente parar algumas casas à frente, abaixando o rabo e erguendo as orelhas.

A música ressoa de dentro da casa e, através das janelas mais baixas, consigo ver vários garotos do acampamento. Eles a invadiram. E estão dando uma festa.

Fin solta um grunhido, o nariz farejando o ar, e toco a cabeça dele, sem saber por que ele veio até aqui, até uma casa que não é a dele. Sigo seu olhar até o andar superior.

Tem alguém na janela.

Uma garota, com o rosto pouco visível do outro lado do vidro.

Ela.

Tem alguma coisa errada, algum traço de pânico em seus olhos. Não vou até a porta da frente, não quero que os outros me vejam. Então deixo o lobo na neve e uso a janela mais baixa para me içar até a beira do telhado suspenso. Meus dedos agarram a calha, e jogo a perna para escalar a borda superior, assim como quando eu subia no telhado da casa do meu vizinho, Nate Lynch, quando tomávamos as cervejas que ele tinha roubado da garagem do pai. Parece ter sido uns cem anos atrás — uma vida completamente diferente, longe destas montanhas. Mas escalar a lateral desta casa não é diferente. A não ser pela neve escorregadia.

Alcanço a janela do segundo andar, me agachando para escapar do vento, e bato no vidro.

Nora ergue a cabeça para me encarar. Passa as unhas pelo cabelo, com os olhos desconfiados e escuros na sombra do quarto.

— Nora — digo junto ao vidro, gesticulando para que ela abra a janela. Mas ela não se aproxima. Ela dá um passo para trás, e não a culpo. Talvez eu seja o vilão. Meus pés deslizam alguns centímetros na neve, mas me endireito antes que escorregue até a beira do telhado. — Por favor — digo, sem saber se ela consegue me ouvir.

Ela fecha os olhos, como se não achasse que sou de verdade. Como se eu pudesse desaparecer se ela desejar com força o suficiente. Mas, quando ela os abre novamente, ainda estou aqui. Seu rosto se contrai, mas dá dois passos rápidos em direção à janela e abre a fechadura.

Apoio as mãos nas laterais da janela e passo pelo caixilho, então entro no quarto, trazendo o ar frio e a neve comigo.

— Você está bem? — pergunto, com medo de me aproximar demais dela, com medo de assustá-la.

Sua boca se contrai em uma linha.

— O que você está fazendo? — ela pergunta. — Como sabia que eu estava aqui?

— Eu segui Fin.

Ela olha para a porta fechada atrás dela.

— O que aconteceu? — pergunto. — Por que você está aqui?

Ela se afasta de mim novamente, com os dedos puxando as bainhas das mangas.

— Eles me trancaram — ela diz com a voz amargurada, e esfrega as mãos nos braços, se encolhendo, se fechando. Odeio que ela tenha medo de mim. Odeio que ela olhe para mim com sombras no olhar. Odeio que todos os meus movimentos a façam tremer, se afastar de mim.

— Quem? — pergunto.

— Rhett e os outros.

Uma raiva incandescente arde em meu peito. Uma fúria que me faz querer arrombar a porta e correr atrás deles. Obrigar que paguem por fazerem isso com ela.

Volto os olhos para a porta trancada e parte de mim pensa que talvez eu nem devesse ter vindo, quando percebo o medo em seus olhos, sua desconfiança. Mas não posso deixá-la aqui. Enjaulada dessa forma. Esperando algum destino a ser decidido.

— Acho que eles estão escondendo o corpo de Max — diz, com cautela, como se ela se arrependesse das palavras assim que saíram de sua boca.

O corpo de Max, penso. Essas palavras parecem erradas. *Um corpo escondido, ocultado*. A ideia não se encaixa na minha memória, então eu a afasto. Engulo em seco e estendo a mão para Nora, mas não me aproximo dela.

— Precisamos sair daqui — digo.

Seus dedos soltam as mangas do casaco, mas ela cerra os punhos em vez de segurar a minha mão.

— Não vou a lugar nenhum com você — ela diz, erguendo o tom de voz.

Ouvimos passos lá fora, provavelmente de um dos garotos procurando o banheiro, e então eles desaparecem pelo corredor.

— Encontrei o relógio — Nora fala de repente, a voz mais baixa desta vez. — O relógio do Max. — Sob a luz fraca, consigo ver os traços dela mudarem, a curva arredondada de suas bochechas se encovarem, seus olhos se franzirem nos cantos, como se estivesse tentando ver alguma coisa à distância, fora de foco. — No bolso do seu casaco — ela acrescenta. — Você estava com o relógio de um garoto morto no bolso.

Baixo a cabeça, depois volto a olhar para ela. Eu sabia que este momento chegaria, que ela me perguntaria sobre o relógio. E um calafrio percorre minha espinha, até as pontas dos dedos, até os pés.

— Eu sei — digo.

— Você o matou? — ela pergunta, o que ela realmente deseja saber. Não a culpo por isso. Mesmo assim, as palavras pairam no ar, dissolvendo-se ali, como cacos de vidro quebrado, afiados, prontos para me dilacerar.

— Não — respondo, mas minha voz está tensa, a palavra tirada à força. Uma mentira inocente tão pequena que é fácil de esquecer, de deixar passar. Quase não está ali.

Ela abana a cabeça.

— Eu não acredito em você. — Ela ergue a voz, e seus olhos lacrimejam nas bordas enquanto tenta segurar as lágrimas. No entanto, vejo dúvida nela, a incerteza se agitando por trás de suas pupilas. Ela está tentando ver se eu realmente seria capaz de cometer um assassinato. Se tenho o necessário para tirar a vida de alguém e mentir sobre isso. Se sou um assassino.

Ela dá um passo para trás novamente, recuando na escuridão, se afastando de mim.

— Por que eles estão protegendo você? — ela pergunta, aos berros. — Rhett, Jasper e os outros? Por que estão acobertando o que aconteceu?

Balanço a cabeça em negativa.

— Não acho que eles estejam me protegendo.

Um segundo se passa e a neve se acumula no chão acarpetado aos meus pés, a música irrompe no andar de baixo, subindo pelas tábuas do assoalho. Parece que estamos presos em um sonho estranho. Em um quarto, uma casa, onde nenhum de nós deveria estar.

— Então o que está acontecendo? — Sua voz soa assustada e incerta de novo, como uma conchinha se abrindo e revelando o ser frágil dentro dela. Quero tanto estender a mão e tocá-la, dizer que está tudo bem, que não sou o que ela pensa que sou. Mas não posso. Porque não tenho certeza. *Talvez eu seja mesmo um monstro.*

Talvez eu tenha feito algo de ruim.

Nora pigarreia.

— Não sei no que acreditar — ela diz, soltando um pequeno gemido. Seus olhos se erguem e ela está prestes a falar de novo, mas avanço, pressionando-a contra a parede, e colocando a mão sobre sua boca, silenciando-a.

Ela tenta empurrar meu peito, me afastar, mas levo um dedo aos lábios — um sinal para ela ficar quieta. Alguém parou do lado de fora da porta, as tábuas rangendo sob seu peso. A pessoa agarra a maçaneta, como se estivesse verificando se ainda está trancada. Para e tenta escutar. *Talvez eles tenham nos ouvido conversando.*

Se me encontrarem aqui, não sei o que farão.

Minha respiração sopra contra seu cabelo escuro. Estamos tão próximos que consigo sentir seu coração acelerado, o ritmo crescente de seus pulmões a cada respiração. Não quero me afastar dela, quero me aproximar. Mas sei que não estamos seguros aqui.

Os passos se afastam, voltando pelo corredor em direção à escada, e tiro minha mão de sua boca.

— Desculpe — sussurro, ainda a poucos centímetros do seu rosto.

Ela não me empurra para trás, não grita comigo, apenas pisca e respira, me encarando.

— Nora — digo, quase em um sussurro, com o sangue ribombando em meus ouvidos. — Temos que sair deste quarto.

Ela morde o lábio inferior, *inspirando, expirando*, e acho que meu coração vai saltar pela garganta. E então ela assente.

NORA

Oliver está tão perto — perto demais — que consigo sentir o cheiro de gualtéria em sua pele. Consigo ver as ondas delicadas do seu cabelo escuro caindo sobre as têmporas, a neve derretendo nos fios. Eu poderia tocar um único floco de neve e deixar que ele repousasse na ponta do meu dedo. Poderia roçar o rosto em sua bochecha, em seu maxilar. Poderia encostar a mão em seu peito e sentir a cadência de seu coração, ouvir as batidas de alguém capaz de matar. Alguém que empurrou outro menino para a superfície do lago e o viu se afogar.

Mas não faço nada disso.

Porque tenho medo do que posso sentir. Medo de me permitir afundar mais e *mais* nele.

Então deixo que ele pegue minha mão nas suas — as mãos que pode ter usado para tirar a vida de Max — e me puxe para a janela aberta.

Em um único movimento rápido e fácil, ele me ergue pela janela para o telhado.

O vento bate em nossas costas e Oliver vai na frente, descendo pelo canto da casa, se preparando para me amparar, mesmo quando digo que não preciso de sua ajuda.

Meus dedos começam a ficar dormentes onde agarram a calha de chuva, meus pés mal tocando a parte de cima de uma janela do primeiro andar, mas ainda estou a cerca de dois metros do chão. Hesito e Oliver sussurra:

— Pule. — Fecho bem os olhos e solto as mãos, sentindo apenas meio segundo de falta de gravidade antes de Oliver me pegar. Suas mãos se apertam em volta do meu tronco, das minhas costelas, e ele me abaixa para o chão.

Fin lambe a minha mão.

— Estou bem — sussurro, passando a mão em seu pelo. Ele deve ter pressentido que havia alguma coisa errada, ouvido meus gritos ecoando pelas árvores.

Oliver me lança um olhar, e sei que precisamos nos afastar da casa. Entramos em meio às árvores, na escuridão onde não seremos vistos, nos movendo por trás das casas de veraneio até chegarmos à minha.

Deixo Oliver me seguir para dentro e tranco a porta atrás de nós, deslizando a fechadura no lugar. Fecho as cortinas das janelas da frente.

Mantenho as coisas que temo lá fora. Mas tranco Oliver aqui dentro comigo, alguém de quem eu deveria ter medo.

— Não sei se deveríamos ficar aqui — ele diz, puxando uma cortina para espreitar a escuridão. Ele acha que os garotos virão atrás de mim. Que, quando se derem conta de que sumi do quarto, vão vir bater na porta e me arrastar para a neve.

— Aonde mais poderíamos ir? — pergunto.

— Não poderíamos nos esconder em uma das outras casas?

— Se quiserem mesmo me achar, vão olhar em todas elas.

Oliver bate a mão na lateral do corpo e vai até a porta dos fundos para confirmar se está trancada e, em seguida, observa as árvores. Mas não tem ninguém lá. Os garotos ainda nem devem ter notado que sumi.

— Vamos subir para o sótão — digo. — Podemos ver mais ao longe na floresta... se alguém vier. — Não sei por que quero que ele fique. *Mas sei.* É a batida em meu peito, a dor suave em que não posso confiar. Ele é familiar, ao contrário dos outros. É o único que faz eu me sentir menos sozinha.

Oliver concorda com a cabeça, mas não consigo encará-lo.

Ele me salvou, isso deve valer de alguma coisa.

O sótão está quente, com o calor aprisionado pelo teto, e Fin assume um posto no alto da escada. Como se sentisse que há perigo em algum lugar lá fora.

Eu me sento na beira da cama e olho para as minhas mãos. Eu quero confiar em Oliver, quero acreditar nele. *Ele diz que não matou Max.* Mas mil mentiras se escondem sob a superfície. Mil pequenos cortes cheios de sal.

— Você viu a mariposa? — pergunto. — Na janela, antes de me encontrar?

— Não — ele responde, balançando a cabeça.

Expiro e aperto as mãos.

— É uma mariposa-de-ossos — explico. Se ele não vai me contar seus segredos, eu vou contar os meus. — Ela está me seguindo.

— Como assim?

— Ela estava lá no dia em que minha avó morreu. E agora está de volta. — Lágrimas brotam nas minhas pálpebras e escorrem pelas minhas bochechas antes que eu consiga evitar: o peso de tudo caindo sobre mim. Elas se derramam no chão e encharcam a madeira, tornando-se parte da casa. Uma tristeza que vai viver nos veios da madeira para sempre.

Oliver cruza o quarto até menos de meio metro da cama, e a gravidade de sua aproximação torna difícil respirar. Mas ele não se senta ao meu lado, não encosta em mim — *ele não quer me machucar*. Me partir ao meio, me fazer recuar de medo dele.

— Uma mariposa? — ele pergunta.

— É um presságio de morte — digo, com a voz prestes a embargar. — Significa que a morte está perto, está chegando... — Seco as lágrimas das bochechas, e desejo que ele estenda a mão para mim. Desejo que me puxe em seus braços para que eu possa me afundar em seu peito. Desejo poder fechar os olhos e tornar tudo escuro e ouvir seu coração em meus ouvidos. Mas ele não faz nada disso, e baixo os olhos, sentindo vontade de vomitar. Como se o quarto estivesse oscilando e eu não soubesse por quanto tempo consigo me impedir de cair, de me estilhaçar por completo. *Uma garota de vidro feita de cacos de vidro. Que chora lágrimas de vidro.*

Eu me levanto da cama para sentir o o chão firme sob os pés, me equilibrar em alguma coisa, e caminho até a janela.

Oliver se move devagar, parando ao meu lado, e tento ver o que realmente há nele: tento ver todas as coisas que enterrou lá no fundo, que manteve fora de alcance.

— Me conte a verdade —imploro, cada palavra afiada como uma faca. — Me diga o que aconteceu no cemitério, no lago. Me diga se o matou.

A pergunta soa tão afiada que consigo ver o branco de seus olhos se dilatarem, e meu coração quer ceder. Sinto pequenas explosões de medo em minha mente.

Ele abre a boca, prestes a falar, e de repente morro de medo do que vou ouvir. Do que ele vai admitir. Abano a cabeça e me aproximo dele. Quero retirar o que disse. Enfiar a pergunta no fundo da minha garganta. *Não quero saber o que ele fez.* Não quero que o quarto vire de ponta-cabeça quando a verdade sair de seus lábios, quando sua confissão cair no chão e se estilhaçar como um vidro fino demais.

— Espere — digo, erguendo a mão para impedir que ele fale. Eu respiro, ele respira e os segundos se inflam como um balão prestes a estourar. — Não diga nada.

Ele parece magoado, como se não entendesse.

— Se me contar — digo, as palavras esbaforidas em meus lábios —, sei que isso vai mudar tudo. — Cerro os dentes. — Se me contar, não vai poder voltar atrás.

Ele dá um passo na minha direção, seus olhos perigosos, perfeitos, de um verde terrível, se fundindo com o quarto escuro.

— E eu não quero ter medo de você — digo. O pior tipo de medo. O tipo que não deixa você dormir, que se embrenha tão fundo que até mariposas-de-ossos se mantêm afastadas. Das lembranças. Dos atos abomináveis. Max está morto e Oliver foi para o bosque, e todos os meninos estavam lá naquela noite. Todos estavam lá e talvez não tenha sido um acidente, talvez todos tenham desempenhado algum papel, talvez todos eles sejam culpados.

E não há como consertar isso.

— Você está com medo de mim agora? — ele pergunta, inspirando fundo.

— Não.

Ele me observa de uma forma que faz meu coração disparar, sem amarras dentro do peito, meus pulmões paralisados no meio da expiração. Ele parece preso em um lugar que não lhe pertence, uma pontada de medo percorrendo seu interior. Ele parece tão selvagem quanto a floresta atrás da janela.

Talvez seja a expressão em seus olhos: desespero, inquietação. Como se cada segundo fosse um relógio em contagem regressiva.

Tique-taque, tique-taque. Algo se agita dentro dele, algo que nenhum de nós consegue evitar.

Ele avança e pressiona seus lábios nos meus.

Seus dedos encontram meus ombros, delicados como os flocos de neve em seu cabelo, e eu o beijo de volta. Eu o beijo antes que meu coração suba pela garganta. Antes que eu me parta ao meio e me torne uma poça que antes já foi uma garota. Eu beijo o garoto que chegou aos limites mais longínquos e impenetráveis do Bosque de Vime e voltou, que tem sabor de ventos violentos que batem sobre o lago no inverno. Que é mais floresta do que garoto.

Pressiono os dedos em seu ombro, em seu peito, buscando as batidas de seu coração. Tocando todos os lugares que desejei centenas de vezes antes. *Preciso saber se ele é real.* Ou se o bosque o transformou em outra coisa, em terra e pedras. Ele me beija com delicadeza no começo, e então com uma dor dentro dele, suas mãos contra as minhas costelas — *apertando, apertando*, como se estivesse deixando pequenos hematomas onde as pontas dos seus dedos tocam. Talvez pelos mesmos motivos. Para ter certeza de que sou de verdade. Para ver se tenho o gosto de memórias, como o inverno, como a floresta que quase o matou.

Nós dois estamos buscando algo em que nos agarrar — a gravidade ou as pontas dos dedos — ou lábios para nos tornar reais. Para nos fazer durar. Antes que a verdade crie um abismo intransponível entre nós.

Seus lábios são quentes contra os meus e suas mãos deslizam pelas minhas costas, em volta do meu pescoço, subindo pela minha nuca, se entrelaçando em meus cabelos. Seus olhos escuros e sonolentos se fecham e me afundo nele, pressionando seus lábios com mais força. Tocá-lo é como sentir o luar em minha pele.

Corações batendo e peitos inflados.

Oliver é familiar quando não deveria ser. Oliver não é meu para eu ficar com ele, mas eu o encontrei e o trouxe de volta.

As paredes se afastam de nós, o teto se curva e voa para longe, a neve do lado de fora da janela e minha pequena cama de madeira são manchas turvas de aquarela no limite da minha visão. Sinto meu coração desacelerar enquanto o tempo para como se fosse uma única gota na ponta de uma folha, esperando para cair, estourar no chão. Meu quarto se expande e tenho certeza de que já estive aqui antes, que já senti os lábios de Oliver nos meus, que já o beijei desta forma.

Afasto minha boca da dele.

Meus pulmões queimam.

Pressiono as mãos em seu peito, para me equilibrar, para não cair no chão. Para impedir que o tempo se esquive de mim.

Está acontecendo alguma coisa que não entendo.

Seus olhos se abrem, como se despertasse, olhos verde-esmeralda e lábios fartos, e sei que poderia me afogar neles se me permitisse. Eu poderia desaparecer. E parece um conto em um livro. Bochechas rosadas, beijos eternos e pores do sol que duram e duram e duram. Onde não há mágoa nem morte. Nem lágrimas formando rios a seus pés.

Mas isto não é um conto.

Sua garganta estremece antes que ele fale, com seus dedos se afastando do meu cabelo, cuidadosa e lentamente.

— Está tarde — ele diz suavemente. — Você deveria ir dormir.

Mas ele está me perscrutando, seu olhar se recusando a desviar.

Palavras brotam em minha garganta e pressionam meus lábios. Mas não deixo que saiam porque são as palavras erradas. Palavras perigosas. Coisas frágeis e quebradiças que não vou conseguir consertar. E o sono me puxa feito um buraco negro de exaustão.

Ele parece igualmente exausto, sua escuridão precisando descansar.

— Você também — digo.

— Vou ficar acordado — ele responde, os olhos ainda suaves e semicerrados. — Vou ficar de guarda.

Pequenas faíscas percorrem minha pele, uma sensação em que não posso confiar, mas que não sei como ignorar. *Vemos o sofrimento a quilômetros de distância*, minha avó dizia. *Mas não sabemos como desviar dele.*

A neve cai mais fraca lá fora, apenas alguns flocos rodopiando contra o vidro, e me deito na cama, me afundando no travesseiro com gratidão. Estou devidamente vestida, por via das dúvidas. No caso de ser acordada de repente, precisando chutar as cobertas para longe e sair correndo de casa.

Caso os garotos venham atrás de mim.

Livro de Feitiços do Luar & Remédios da Floresta

Henrietta Walker veio ao mundo em uma noite quente de verão durante uma lua cor de morango. Era a caçula de quatro meninas. E a mais barulhenta.

Ela atravessava os corredores, descia as escadas e corria para o lago a passos ruidosos. Gritava com as árvores para afugentar os pássaros e se jogava na água completamente vestida. Comia cenouras e rabanetes diretamente do jardim e usava botas cheias de lama dentro de casa. Dormia com o cabelo cheio de nós e terra endurecida debaixo das unhas, e diziam que ela mais parecia um guaxinim do que uma menina.

Mas, quando ela passava por debaixo do carvalho perto do velho cemitério, bolotas caíam a seus pés, uma oferenda da árvore. Quando entrava na parte rasa do lago, girinos nadavam em volta das suas pernas e se contorciam sob seus pés. Ela era um encanto — para suas irmãs e tudo que encontrava. Ela também era incompreendida.

Na véspera do solstício de inverno, quando a neve caía e a noite era mais longa, ela cantava na margem do lago e a floresta ficava em silêncio. Até os pássaros paravam o chilreio para escutar. Os homens na taverna do outro lado do lago, depois de um longo dia garimpando ouro no rio Black, desciam até a margem do lago para ouvi-la cantar.

Quando sua dádiva noturna se erguia dentro dela, Henrietta conseguir domar a natureza da floresta, conseguia silenciar qualquer homem.

Ela era barulhenta para que ninguém mais precisasse ser.

Ela morreu na noite mais calma do ano, quando nenhuma brisa ou pássaro se agitava junto às paredes da casa. Ela saiu para o jardim, se deitou ao lado do pé de alecrim e adormeceu.

<u>Bênção do Solstício de Inverno:</u>
Olíbano para queimar
Castanhas para comer
Lavanda para se banhar
Sinos para avisar os corvos da noite para se esconderem

NORA

Estou na beira do lago.

O vento solta meu cabelo da trança, e fios escuros sopram em volta do meu rosto. O ar está verde e escuro, e já passa da meia-noite.

Tentei dormir, mas não consegui.

Quando vovó estava viva, ela às vezes entrava em meus sonhos e de manhã os contava para mim, decifrando seus verdadeiros sentidos enquanto comíamos panquecas com mel de lavanda e torrões de açúcar cor de ametista.

Um corvo voando significa má sorte.

Um sonho sobre castelos significa que você deve acender uma vela em uma janela voltada para o sul para afastar os inimigos.

Sonhar com um adeus ou com uma longa despedida significa que você deve enterrar uma mecha de seu cabelo sob a varanda da frente.

Mas esta noite, em meus sonhos, vi apenas o lago. Um olho calmo e congelado, o centro de tudo. Profundo, obscuro e infinito, onde nada de bom pode viver. Então saí do sótão, atravessei a neve e vim olhar com meus próprios olhos. Foi aqui que Max morreu? Onde se afogou sob o gelo?

É este o lugar onde tudo faz sentido?

O lago se lembra, minha avó dizia. *Ele está aqui há tanto tempo quanto a floresta. Talvez mais.* Suas palavras sussurram em meus ouvidos, agitando a poeira dentro em minha mente, e dou um passo lento e deliberado sobre o lago congelado.

A dúvida me atravessa. Hesito.

Engulo em seco e giro no dedo o anel da minha avó, e penso em como sempre me comparei com as mulheres da minha família, mesmo com as que nunca conheci. Que viveram muito antes de eu nascer. Mulheres cujas histórias marcam as páginas do livro de feitiços, que me encaram do passado, me observam de esguelha, encantadoras, destemidas. Mas, sem uma dádiva noturna, não consigo deixar de me questionar se realmente sou como elas. Se meu nome merece ser listado no livro de feitiços junto com os nomes delas.

Dou mais um passo à frente.

O lago se lembra. Cada palavra uma gota de água em minha mente.

O lago se lembra. Cada palavra um feitiço da meia-noite.

O gelo está sólido ao longo da margem, congelado até o fundo rochoso, mas conforme avanço sobre o lago, o som do gelo muda, rachaduras minúsculas se abrindo abaixo de mim, a tensão deslizando rumo ao centro.

Sei que é uma má ideia. Sei que é andando sobre o lago no meio da noite que pessoas desaparecem, que caem através do gelo e nunca mais são vistas, sem deixar vestígios. Mas as palavras da minha avó rodopiam ao longo da minha pele, cantarolam e enchem meus ouvidos até serem a única coisa que sinto. *O lago se lembra.*

E talvez Max tenha estado aqui naquela noite, no gelo. Oliver também. Eles estavam aqui e algo aconteceu. Morte e gritos de socorro, gelo se partindo e água nos pulmões.

Avanço arrastando os pés, e o lago se arqueia sob mim — bolhas d'água emergindo, buscando uma saída. Olho por cima do ombro e me vejo a apenas um terço do caminho da margem, ainda longe do centro do lago. Mas sinto estar a braçadas de distância. Longe demais para voltar agora. Ou talvez longe demais para seguir em frente.

Mas não quero sentir medo, não do lago. Nem de nada. Quero ser como as mulheres que vieram antes de mim, corajosas e inteligentes, com o brilho sombrio do luar em suas veias. Preciso fazer isto, provar alguma coisa, saber o que aconteceu naquela noite. Porque, se eu não conseguir enxergar a verdade, se não conseguir enxergar o que está bem diante dos meus olhos, não sou uma verdadeira Walker.

Continue em frente, digo a mim mesma. Se eu parar, posso quebrar o gelo — a água plana e obscura embaixo dos meus pés.

Os garimpeiros jogavam coisas no lago para acalmar a floresta, o Sr. Perkins disse. Um lugar para fazer oferendas. Apaziguar a mata. Mas eu não trouxe nenhuma oferenda. Apenas eu mesma.

Estou quase no centro quando vejo: a mudança na superfície do gelo, o reflexo das estrelas na água. Um buraco aberto diante de mim.

Um buraco no gelo.

Eu me aproximo devagar da borda da abertura irregular, com rachaduras em forma de teias de aranha se abrindo ao redor, embranquecendo o gelo escuro ao longo das veias. *Um buraco no gelo. Grande o suficiente para uma pessoa cair dentro.*

Este é o lugar onde o gelo se partiu e arrastou Max para as profundezas, com as mãos se debatendo na superfície? Seus olhos arregalados enquanto os braços e pernas ficavam dormentes, inúteis, e os outros ficaram apenas olhando? Tento imaginar

Oliver parado diante dele, observando enquanto Max dava seu último suspiro — seu queixo, seus olhos, se afundando sob a superfície. Será que Oliver ficou olhando em choque junto com os outros? Ou tiveram ataques de riso? Queriam que Max morresse?

Oliver queria que Max morresse?

Eles não são meus amigos, ele disse. Então por que ele estava aqui naquela noite? Por que estava com eles?

E como ele foi parar na floresta?

Eu me aproximo apenas um centímetro, querendo ver a água escura, imaginar uma pessoa *afundando, afundando, afundando*, caindo em um abismo infinito, sem nunca voltar a subir. Nunca retornar. Será que ele ficou olhando fixamente para o círculo de luz através do gelo partido, a última coisa que viu antes de ser tragado pela escuridão? Estremeço e dou um passo rápido para trás. Mas minhas botas deslizam sobre algo — algo pequeno e brilhante.

Eu me abaixo e pego o objeto, segurando-o nas mãos. É minúsculo, prateado e reluzente. Uma corrente. E está partida numa ponta, com uma argola prateada na outra.

Eu sei o que é — e preferia não saber. Quase a deixo cair, com um calafrio subindo pela espinha, meu coração batendo na garganta.

É a corrente que faltava no relógio de bolso que encontrei no casaco de Oliver.

O relógio com o nome de Max gravado na parte de trás.

Fecho a mão em volta da corrente, apertando-a com firmeza. O elo partido e amassado.

Todo esse tempo esteve ali no centro do lago, onde um garoto caiu na água escura e se afogou.

E agora sei com certeza que eles estiveram aqui. Max e os outros. Este é o lugar onde ele morreu. Onde a corrente se partiu e Oliver apanhou o relógio como se fosse um prêmio. O garoto que escapou, que sobreviveu.

Não preciso que ele admita, eu já tenho certeza.

Ele matou Max. Meu coração afunda no peito e ergo a cabeça para o céu, sentindo que posso desmaiar.

Está tudo errado.

Meus joelhos começam a ceder e quero chorar, mas o ar está frio demais e as lágrimas se dissipam contra as minhas pálpebras. Eu quero gritar para as árvores. Quero culpar alguém — qualquer um — além de Oliver. Mas minha cabeça retine e as palavras da minha avó continuam se repetindo: *O lago se lembra.* Mas não quero saber a verdade. Quero voltar para o sótão, para o momento em que seus lábios tocaram os meus e suas mãos estavam em meu cabelo e minhas mãos contra seu peito arfando. Quero esquecer. Quero desfazer tudo o que foi feito. Quero voltar para a noite da tempestade e falar para Oliver não ir ao cemitério. Para não ir até o lago. Para fugir deste lugar e daqueles garotos. Porque uma vez que a morte coloca suas garras em você, isso não pode ser desfeito. E tudo o que resta é arrependimento.

Tristeza, culpa e arrependimento.

E agora as mentiras não podem ser reconstruídas. Não quando estou segurando a verdade nas mãos.

Guardo a corrente no bolso, com a respiração rasa e contida. *Todo esse tempo.* Talvez seja por isso que ele entrou no Bosque de Vime — para se esconder, esperar até que a estrada descongelasse e ele pudesse fugir. Escapar da punição que enfrentaria.

Mas ele se perdeu, se embrenhou demais na floresta — uma floresta que é antiga e cruel e não permite que as pessoas saiam facilmente. Eu o encontrei e o trouxe de volta, e agora ele está dormindo no meu quarto, na minha casa. E eu estou partida ao meio.

Eu me afasto do buraco no gelo, com o corpo inteiro tremendo, a mente girando, lembrando dos meus lábios se afundando nos de Oliver. Lembrando de suas mãos no meu cabelo, as mesmas mãos que certamente lutaram contra Max, que o empurraram para a água gelada, que partiram a corrente do relógio. As mesmas mãos que se recusaram a puxar Max de volta para cima — para salvar sua vida. As mãos que tocaram a minha pele, minha clavícula, tão perto da minha garganta.

Olho para o buraco uma última vez, gravando-o na memória, quando escuto o som de rachaduras finas se espalhando sob meus pés.

Fiquei parada aqui por tempo demais, e o buraco se alarga à minha frente, com pedaços de gelo subindo à superfície, alguns se afundando na escuridão da água abaixo. Merda. *Esperei demais.*

O ar frio da montanha sopra em meu cabelo, e dou alguns passos cuidadosos para trás — o gelo é uma camada fina de vidro sob meus pés. Curvando-se, rompendo, cedendo.

Ao longe, escuto meu nome transportado pelo vento, quase impossível de ouvir. Viro a cabeça devagar, com medo de me mexer, com medo de piscar, e vejo Oliver na margem, com neve rodopiando ao seu redor. Ele chama meu nome de novo, com a voz tragada pelo frio.

Rachaduras vão se expandindo a partir do buraco, pequenas veias brancas, cruzando-se e se apartando. Levanto um pé e o coloco atrás de mim, cuidadosa e lentamente. O gelo cede, a água borbulha através das rachaduras. *É fino demais,* grita minha mente. *É tarde demais.*

Inspiro e então solto a ar pelo nariz. Sinto meus olhos se arregalarem, sem piscar, e olho para Oliver, com uma única palavra na ponta da língua: *Socorro.* Mas não tenho tempo de dizê-la.

Com um estalar violento, o gelo se quebra embaixo de mim.

Se estilhaça em uma centena de fragmentos minúsculos.

E afundo no lago.

A água é escura, *muito escura*. Um milhão de facas apunhalando minha pele, me dilacerando. Meus pulmões se encolhem, minhas mãos buscam a superfície, já ficando dormentes, e sinto o anel da minha avó — a pedra da lua que ela me deu — escorregar até a ponta do dedo. Levo a mão a ele, quase o pego, mas ele escapa, afundando, afundando, afundando... *Não*, eu quero gritar. Meus olhos estremecem, fitando a água escura, o choque do frio.

Observo o pequeno anel dourado deslizar sob mim, rumo às profundezas.

Minhas costelas esmagam meu coração, meu corpo inteiro entrando em colapso. *Estou no lago. O frio é frio demais. Minha mente está ficando lenta...*

Acima de mim, a superfície do lago e o céu sem luar se abrem, revelando uma paleta de estrelas. *Tão bonito*, penso. Um pensamento idiota — meu corpo, minha mente, já entrando em choque. O coração martelando contra o peito.

Preciso de ar, meu corpo grita. *Ar*.

OLIVER

Nora sumiu.

Os lençóis com estampa de margaridas foram jogados para fora da cama, o travesseiro ainda amassado onde ela deitou a cabeça, com partículas de pólen amarelo espalhadas sobre o algodão, caídas das flores secas penduradas sobre a cabeceira.

Dizem que ela é uma bruxa, e talvez tenham razão.

Ela acha que sou um assassino, e talvez *ela* tenha razão.

Peguei no sono mesmo tendo prometido ficar acordado. E agora o lobo me segue escada abaixo e minha mente retorna ao momento em que os lábios em forma de rosa de Nora encostaram nos meus, ao cheiro de seu cabelo no meu pescoço, como jasmim e baunilha. Não acho que ela saiba o quanto mexe comigo. Como, por um breve momento, a escuridão da floresta pareceu tão distante. Como a ponta dos seus dedos espantaram o frio das árvores que sempre se contorce ao longo das minhas articulações, envolvendo minhas patelas e escápulas e descendo pela minha espinha. Quando ela está por perto, minhas memórias daquele lugar desaparecem.

Ela as mantém longe.

Ela é a única coisa que me faz acreditar que talvez eu não seja o vilão, mas, sim, o herói. Ou aquele a ser salvo, resgatado do bosque.

Meu papel nessa história pode não ser o que eu penso. Um personagem cuja função ainda não foi determinada.

No andar debaixo, encontro a cozinha escura e sem nenhum sinal de Nora. O fogo está apagado na lareira. E então vejo: a fechadura da porta da frente está aberta.

Abro a porta e avisto as pegadas na neve levando até o lago. Corro para a margem e as árvores gemem e se agitam, como se pressentissem a urgência nos meus passos, o estrondo em meus pulmões desesperado por ar.

Sei que algo está errado antes mesmo de chegar ao lago, antes de ver Nora parada sobre o gelo. Chamo seu nome e ela olha para trás, seu cabelo como uma tempestade de fogo, o vento se agitando em volta dela, fazendo-a parecer feita de magia. *Uma bruxa de verdade.* Uma garota com fúria na ponta dos dedos, uma garota capaz de comandar montanhas, rios e o próprio tempo.

Ela se vira, olhando acima do ombro, e consigo ver a expressão em seu olhar — algo não está certo. Ela parece com medo, com medo de verdade, pela primeira vez.

E então o gelo cede embaixo dela. Um tremor e um estalo e ela desaparece dentro do lago.

Corro, com o coração esmagando as costelas, os pés escorregando no gelo.

Caio de joelhos na beira do enorme buraco, fitando a escuridão abaixo. E sob a superfície, seu cabelo se ondula e flutua como juncos, como alga no oceano. Uma visão delicada, quase pacífica. Ela está olhando para além de mim, os olhos turvos, como se estivesse contemplando preguiçosamente o céu da meia-

-noite e as estrelas distantes. Um mergulho tranquilo à noite. Enfio os braços na água gelada, agarrando sua mão, que flutua logo acima da cabeça, e a puxo para cima. Trago-a de volta para o gelo, para os meus braços.

NORA

Eu me sinto leve, flutuando entre as estrelas escuras.

Braços me envolvem, e encosto a cabeça no calor de um ombro. Seu pescoço tem o cheiro da floresta, como um inverno que se estende ininterruptamente. Infinito como o fundo do lago.

Escuto a água gotejar do meu cabelo, ou talvez seja a minha imaginação— gotas que se transformam em gelo antes de atingirem o chão.

As árvores balançam e se agitam sobre mim, e espreito os galhos verde-escuros, as estrelas que parecem moedas de prata mergulhadas na escuridão. Minha cabeça gira e a circulação desaparece da minha pele, mas não me importo. Gosto da leveza e do cheiro de Oliver, e da floresta girando sobre mim. Chegamos à casa e ele chuta a porta para fechá-la atrás de nós, depois me coloca com delicadeza em cima do sofá.

Ele fala alguma coisa, palavras que escapam e se misturam. Talvez esteja repetindo meu nome. *Nora, Nora, Nora.* Mas não tenho certeza. Gosto do som da sua voz ecoando pela casa.

Fin empurra minha mão com o focinho quente e úmido, e me dá uma lambida na orelha. Tento falar, abrir os olhos, mas eles estão pesados. Consigo abri-los levemente e vejo Oliver na ponta do sofá, colocando mais lenha na lareira e enchendo-a rapidamente. Ele pragueja, tendo batido a mão na porta talvez, depois se levanta e cruza a sala novamente. Ondas de calor brotam na cabana. Mas não suo — estremeço.

— Nora! — ele diz novamente, e desta vez tenho certeza.

— Fica acordada — ele me fala. Faço que sim com a cabeça, ou penso ter feito. Minha boca se abre para dizer que estou bem, mas sinto meu queixo pendurado, nenhuma palavra saindo dos meus lábios. Minha boca dormente demais, minha língua inútil.

Oliver joga cobertores sobre mim, cobertores de lã tão pesados que me fazem querer dormir. Eles me pressionam contra as fibras do velho sofá empoeirado, entre as almofadas, onde se escondem clipes de papel perdidos, pétalas de rosa e M&M's.

Mas estou convulsionando agora, o frio perfurando meus pulmões, cortando minha pele até os ossos, e tudo começa a ficar turvo. Sinto a água sobre os olhos, estou *afundando*, tudo ficando não preto, mas branco. Branco como osso. Branco como a lua. Branco como cinzas.

— Por que você foi até lá? — diz a voz de Oliver de algum lugar distante, do alto das vigas da casa. Sinto suas mãos em meus pés, massageando-os, enviando pontadas de dor pelas minhas panturrilhas. *Isso dói!* Quero dizer a ele, gritar, mas minha boca ainda não se mexe. Ou ele simplesmente não escuta. Meu sangue está quente demais, escaldante, à medida que volta a correr pelas veias geladas.

Tento chutar, mas minhas pernas não se mexem. Fecho os olhos e persigo a mariposa em meio às árvores, corro atrás dela e, quando a capturar, vou arrancar as asas de seu corpo. Mas ela rodopia para o alto, em direção a um estranho céu arroxeado onde três luas repousam no horizonte, e ri de mim. *Garota tola,* ela sibila. *Sibila, sibila, sibila.*

Abro os olhos e encaro o teto, vejo teias de aranha penduradas tristemente nas vigas em direção ao canto de uma janela.

— Eu vi o buraco — digo, mas a frase soa sem sentido. — Vi onde ele se afogou — tento dizer, mas meus lábios estão congelados demais, e Oliver pressiona a mão na minha testa, passa um pano quente na minha pele.

— Nora — ele diz de novo. Sempre meu nome, como se não houvesse mais nada a ser dito. Ele quer me acordar, quer que eu abra os olhos, *prove que não sou uma bruxa.* Abano a cabeça. Estou escutando coisas que não são reais. Imaginando palavras que nunca saíram de seus lábios.

Tento dobrar os dedos, mas eles não se mexem, então desisto.

Minhas pálpebras baixam como uma cortina de veludo ao fim de um espetáculo — um balé macabro sobre bruxas, garotos cruéis e lagos que engolem pessoas — e caio no sono ouvindo o barulho do fogo, Oliver chamando meu nome e a dor crepitante do calor voltando aos meus ossos.

Os homens nunca ficam muito tempo em nossas vidas, minha vó costumava dizer.

Nós os afastamos. Colocamos poções em seu café para fazê-los desejar o cheiro do mar, para que deixem estas montanhas e nunca voltem. Recusamos pedidos de casamentos, não abrimos cartas de amor e não atendemos quando garotos atiram pedrinhas na janela ao amanhecer. Preferimos ficar sozinhas.

Mas isso não significa que nossos corações não se partam. Não significa que não consigamos amar profunda e dolorosamente, ou não persigamos os rapazes que se recusam a retribuir nosso amor.

Mas, no fim, sempre no fim, encontramos uma maneira de destruir qualquer sinal de amor que tenha crescido em nós.

Acordo no sofá pensando nisso.

Acordo lembrando de Oliver me tirando do lago e me carregando para casa. Lembro de suas mãos na minha pele, enxugando o suor da minha testa. E penso que talvez, quem sabe, ele se importe comigo. Mas tenho certeza de que vou encontrar uma maneira de estragar isso.

É só uma questão de tempo.

Empurro as mãos no sofá, com os braços tremendo ao me apoiar. Lá fora, o céu está escuro, mas tenho uma lembrança do sol brilhando através das janelas, refletindo nas paredes, uma esfera oca que parecia brilhante demais. *Quantos dias se passaram? Quantas noites?*

Flexiono os dedos e a dormência não está mais lá. Um calor fraco retornou à minha pele.

Me desenrolo dos cobertores, agarro a beira do sofá para me equilibrar e me levanto. Minhas articulações estalam e minha cabeça gira um pouco, como se ainda houvesse água presa nas cavidades dos meus ouvidos.

Fin está deitado aos meus pés. Eu me abaixo para passar os dedos em seu pelo espesso, e seu rabo balança no chão.

— Estou bem — eu o tranquilizo, e ele sopra uma lufada de ar suave e baixa a cabeça, como se finalmente pudesse dormir, agora que sabe que estou acordada.

Com os pés vacilantes, entro na cozinha e tomo um copo d'água, depois mais dois — meu corpo desesperado por água. Minha garganta arranha feito uma lixa. Eu me apoio na ponta do balcão e tento ouvir algum sinal de Oliver.

— Oi? — chamo dentro da casa, mas minha voz sai como um grasnido. Quase inaudível.

Talvez ele tenha voltado para o acampamento. Ou esteja recolhendo mais lenha. Ou talvez tenha se desesperado quando não acordei, e foi buscar um dos orientadores treinados em primeiros socorros. Onde quer que ele esteja, estou sozinha em casa.

Cogito me arrastar de volta para a sala e desabar no sofá, deixar que o sono volte a tomar conta de mim. Mas estou usando a mesma camiseta de quando saí para o lago. Não estou mais com o moletom ou a calça jeans — Oliver deve tê-los tirado quando me trouxe de volta para a casa. Certamente todas as minhas roupas estavam completamente encharcadas.

Caminho até a escada, com os dedos apertando o corrimão, e me arrasto devagar para o sótão, degrau por degrau.

Mas, quando chego lá, o quarto parece diferente, e leva um momento até meus olhos se acostumarem. A cama está coberta de sombras, nenhuma vela acesa, e uma brisa fria desliza sobre minha pele. A janela está aberta, empurrada pelo caixilho, e as cortinas finas e bordadas balançam para longe da parede, depois voltam a pousar, como se estivessem debaixo d'água.

Uma camada de neve se acumulou no chão.

E, pela janela, eu o vejo sentado no telhado.

Ele não voltou para o acampamento, ainda está aqui.

Visto o suéter mais pesado que tenho no armário, meias grossas de lã, minhas pantufas com solas de borracha, e saio pela janela. Para a neve.

Meus músculos estão fracos e o frio quase me derruba. Eu me sinto oca como um passarinho. Um vento leve certamente poderia me levar embora.

Oliver me escuta e se vira.

— O que você está fazendo? — ele pergunta com urgência, cruzando o espaço que nos separa. — Você não deveria estar aqui fora. Está frio demais.

— Queria tomar um ar — digo, com os olhos piscando. Mas ele abana a cabeça. — Só um pouco — digo. — Só quero ficar aqui fora. — Preciso sentir minhas pernas embaixo de mim, o ar nos meus pulmões. Me sentir *viva*.

Ele coloca minha mão em seu braço e me ajuda a chegar até a beira telhado, onde a vista do lago é mais clara, onde algumas estrelas até se destacam no horizonte escuro e nublado.

— Eu costumava vir aqui quando era pequena — digo, com a voz ainda trêmula. — Minha mãe detestava, dizia que eu acabaria escorregando da beirada e quebraria o pescoço. Mas eu subia mesmo assim. — Sorrio apesar do frio. — É tranquilo aqui em cima — acrescento. — O céu parece mais perto.

Oliver ergue a cabeça para o céu, mas sua boca se curva, como se ele não visse o que eu vejo. Como se visse apenas sombras. Apenas o contorno triste e espinhoso das árvores.

— Estava com medo de você nunca mais acordar — ele diz, a voz mais fraca do que nunca. Como se ainda conseguisse ver a imagem de mim no lago, cabelos como algas marinhas, meu corpo mole enquanto ele me puxava para fora da água, e essa memória ainda o assombrasse.

Talvez agora *eu* seja a coisa encontrada dele. A garota que ele tirou do lago e trouxe para casa.

— As Walker são difíceis de matar — respondo, rindo um pouco, depois me arrependo imediatamente: *uma coisa estranha de se dizer*. A coisa errada de se dizer. Enfio os pés na neve, chutando um pouco dela da beira do telhado para o chão lá embaixo. — Por que você está aqui fora? — pergunto, para não pensar na morte. *Em me afogar.* Eu poderia tão facilmente ter me afundado e nunca mais ter sido encontrada. Se Oliver não tivesse acordado na hora certa e me puxado para fora do lago, o presságio da mariposa-de-ossos teria se tornado realidade. E eu seria apenas mais um conto no *Livro de Feitiços do Luar & Remédios da Floresta*, uma breve menção. Mais uma Walker que encontrou seu fim nestas montanhas. *Morreu jovem demais*, diria. *Morreu antes mesmo de se apaixonar.* Ou exatamente quando estava começando.

Oliver ergue os olhos para a altura dos galhos, para a altura dos ninhos emaranhados feitos por pássaros que voaram para o sul durante o inverno. Abandonaram suas casas. E, quando retornarem na primavera, vão construir novos ninhos, novas vidas. Porque não vale a pena se apegar às antigas.

— Para ficar de vigia — ele diz. — Venho aqui toda noite.

Ele parece distraído, com os ombros rígidos, os olhos atentos à distância, em busca de vultos andando por entre os pinheiros, vindo buscar a bruxa e pendurá-la numa árvore, para ter certeza de que ela nunca vai abrir a boca. *Como os habitantes locais fizeram com minhas ancestrais no passado.* Ele subiu aqui para me proteger.

Enterro minhas mãos nas mangas do suéter para manter o frio longe. Conto as batidas do meu coração. *Uma, duas, dez...* Perco as contas. *O tempo não é uma medida de segundos, mas de respirações nos pulmões.*

— Perdi o anel da minha avó quando caí no lago — digo finalmente, com a voz fraca. Uma coisa que não me pertence mais, que o frio tirou de mim.

— Eu sei — ele diz, e olha para mim pela primeira vez. — Você estava falando sobre isso enquanto dormia.

O que mais eu falei? Que outros murmúrios febris que eu não gostaria que ele escutasse?

Limpo a garganta.

— Por quanto tempo eu dormi?

— Três dias. — Ele solta uma lufada de ar, como se relembrasse das horas, das noites que passou sentado ao meu lado, esperando que eu acordasse. — Você acordou algumas vezes, mas estava delirando.

— Eu devia estar com hipotermia — digo, então mordo o canto do lábio, imaginando-o me dando sopa na boca enquanto eu murmurava coisas sem sentido. Quando o encontrei no bosque, ele estava quase morto, com frio nos ossos, e fiz com que tirasse as roupas e se sentasse ao lado do fogo. Agora estamos quites. — Obrigada — digo. — Por me tirar do lago. Por cuidar de mim.

Seus olhos sonolentos me fitam e sua mandíbula se contrai.

— Você poderia ter morrido naquela água. — Agora entendo por que ele está me olhando dessa forma, por que os músculos de seu braço enrijecem quando eu falo.

— Eu sei — digo, categoricamente, sentindo meu peito subir e descer, lembrando da profundeza fria do lago tentando me engolir. — Me desculpe.

— Por que você foi lá? — ele pergunta incisivamente, virando-se para me encarar, mas ainda com meu braço no seu. Para não me deixar cair.

Abano a cabeça porque não sei o que dizer. *Porque minha avó entrou nos meus sonhos e sussurrou algo sobre o lago, sobre se lembrar. Porque pensei que eu era corajosa. Porque pensei que o lago me revelaria seus segredos. Porque sou uma Walker.*

— Encontrei uma corrente partida no gelo — digo por fim, a título de explicação. — A corrente do relógio que encontrei no seu casaco.

A expressão de Oliver se torna fria, como se seu coração escurecesse no peito, tão preto quanto as asas de uma pega.

— Você ainda acha que eu o matei?

Não respondo, e puxo meu braço para longe do dele, com medo de dizer o que penso. Com medo de dizer que, mesmo que ele não se lembre, pode ter matado alguém. E que essa única coisa pode destruir tudo.

— Eu não queria estar lá naquela noite — ele me diz, sua voz cautelosa a cada palavra.

— Mas você estava — digo.

Ele balança a cabeça e volta a olhar para o céu. Uma lua minguante espreita por entre as nuvens, turvando as estrelas ao seu redor. Tragando-as.

Oliver rumina as palavras antes de falar, e elas saem amargas e tensas.

— E o que aconteceu não pode ser desfeito — ele diz. O vento sopra sobre o lago, enviando espirais brancas pelo ar.

— Se foi um acidente como os outros disseram, então não foi culpa de ninguém — sugiro, tentando melhorar as coisas, torná-las menos ruins do que parecem.

— Você não entende, Nora — ele diz, engolindo em seco e voltando os olhos para mim. — Não foi um acidente. Eles sabiam o que estavam fazendo.

Um rio gelado percorre o meu corpo.

— Eles quem? — pergunto.

— Todos eles.

— Eles queriam que Max morresse?

Oliver fica quieto, tão quieto quanto a meia-noite, quanto andar na ponta dos pés — e pergunto:

— Você se lembrou do que aconteceu? — É por isso que ele está aqui no telhado, vigiando caso os meninos apareçam?

Porque suas memórias voltaram? Porque ele se lembra de cada momento naquele lago, com Max e os outros?

Ele descruza os braços, lenta e cautelosamente.

— Agora é tarde demais de qualquer forma. Não podemos desfazer o que foi feito. — Seu peito se ergue a cada respiração, seus olhos muito verdes tão terrivelmente profundos e sombrios que me sinto atraída por ele de novo. E embora haja uma inquietação nele, dúvida, medo e fúria pelas coisas que não diz, eu ainda poderia ficar na ponta dos pés e beijá-lo. Poderia apagar seus pensamentos, a preocupação gravada no fundo de seus olhos. Eu poderia apagar tudo, tirar isso dele, engolir e transformar em uma inverdade. Sou uma Walker, e deveria ser capaz de fazer isso pelo menos. Uma coisa simples e única: tirar uma memória, tirar uma morte, resolver as coisas.

Mas não posso desfazer isso. E não me aproximo e o beijo sob o peso da lua pálida. Eu o encaro e espero que ele fale. E quando o faz, é como vinagre e sal, uma ferida que nunca vai cicatrizar.

— Não quero machucar você — ele diz, encarando o chão.

— Você não vai — digo como se pudesse ter certeza.

Ele volta a olhar para as árvores, e o pavor alcança a medula em meus ossos, se infiltrando como vermes escavando túneis na minha pele.

Ele abana a cabeça, e dá pra ver que não acredita em mim.

— Não quero que você tenha medo.

— Não estou com medo — digo. Mas sei que estou, e um terrível nó de pavor cresce em minhas entranhas. Tenho medo de confiar nele, de permitir que essa vibração em meu peito se torne um martelo que vai me cortar ao meio. *Nós amamos dolorosamente*, minha mãe sempre diz. *Com todo o nosso coração. Mas nos machucamos facilmente também*. Ela sempre teve medo do próprio coração descuidado, dos erros do passado, do que realmente é. E não quero ser como ela: cínica, medrosa e com mais dúvidas do que qualquer outra coisa.

Oliver se aproxima de mim e acho que vai me beijar, mas sua mão pega a minha em vez disso.

— Você está tremendo — ele diz.

Meu corpo todo treme, o frio sugando o pouco calor que resta dentro de mim. Mas digo:

— Estou bem.

Ele aperta minha mão e me puxa para perto dele. Apoio a cabeça em seu peito, e sinto sua respiração em meu cabelo. Ele me segura junto de si e quero chorar — como se esta fosse a última vez.

— Precisamos entrar— ele diz. Mas não quero. Quero ficar aqui fora com ele e deixar que o frio me transforme em pedra.

Mesmo assim, ele me puxa de volta para a janela, e meus músculos estão fracos demais para resistir; ele me pega no colo e me leva de volta para o sótão.

Minhas pernas tremem, e me arrasto para a cama, puxando a coberta até o queixo, enquanto ele fecha a janela com um baque e a tranca. Como se pudesse manter lá fora as coisas que mais tememos.

— Fica aqui comigo? — pergunto quando ele começa a se afastar em direção à escada, com a voz trêmula. — Por favor.

Não quero ficar sozinha nessa escuridão terrível. Com a pele gelada. Toco o dedo onde ficava o anel da minha vó, sentindo-me nua sem ele. *Minha oferenda acidental para o lago — assim como os mineradores que costumavam jogar coisas na água para acalmar as árvores.*

Oliver olha para trás, seus olhos perscrutando algo que não consigo desvendar. Uma batalha interna. Ele quer ficar aqui comigo, mas tem medo do que poderia fazer. Ou do que poderia dizer. Ele construiu uma armadura em torno de si, de pedra, metal e memórias dolorosas. Antes, havia apenas confusão em seus olhos — o vazio do que ele havia esquecido. Agora, há uma muralha de sombras. Alta e larga.

Mas ele concorda com a cabeça e atravessa o quarto para se deitar ao meu lado.

Talvez ele também não queira ficar sozinho.

Ele cheira à neve, e me aconchego nele — pequena como uma conchinha. Ele envolve o braço em torno das minhas costelas, e sua respiração está em meu pescoço. Ele poderia colocar os lábios no lugar delicado atrás da minha orelha, poderia passar os dedos no meu cabelo, mas ele não se move. Apenas aquece minha pele com a sua. *Por favor*, quero dizer. *Me diga o que você fez naquela noite. Me diga o que viu naquele gelo. Me diga do que se arrepende.*

Me diga, para que eu possa construir minha própria armadura. Uma fortaleza neste sótão minúsculo, um campo de batalha que você não possa cruzar.

Mas também sei que é tarde demais para isso agora.

Eu me viro, ainda deitada em seus braços, para encará-lo. Pego sua mão e a coloco em meu peito, sobre o coração.

— Não sei se posso confiar nesse sentimento — digo, confesso. — Nessa coisa dentro do meu peito. — Eu me permito sangrar diante dos seus olhos.

Sua boca se suaviza, mas ele não diz nada, e percebo seus olhos estremecerem.

— As mulheres da minha família sempre se apaixonam, e depois encontram uma forma de estragar tudo. — Abro um sorriso triste, os lábios erguidos de um lado. — Sei que você acha que eu deveria ter medo de você. Mas é você que deveria ter medo de mim.

— Por quê? — ele pergunta baixo, cauteloso.

— Porque vou acabar machucando você.

Um sorriso se forma em seus olhos, e o espaço entre nós parece impossivelmente pequeno. Só uma expiração nos separa. Não quero que ele fale — não quero ouvir mais nenhuma palavra. Cruzo a distância entre nós e encosto meus lábios nos dele, e não é como antes. Não é como quando nos beijamos no quarto para ter certeza de que éramos reais. Agora é um beijo para provar que não somos. A certeza de que isso não vai durar. De que talvez tudo que ainda nos resta está aqui nesta cama: o pólen de lavanda sobre meus travesseiros, o ar de seus pulmões entrando nos meus. Tudo que nos resta está nesta única noite frágil e singular. A neve no telhado, a neve em nossos corações e a neve para nos enterrar vivos.

Eu o beijo e ele retribui. E, de repente, há calor dentro das minhas veias, calor na palma de suas mãos enquanto ele desliza seus dedos para dentro do meu suéter, ao longo da minha espinha. Ele afasta o frio. E sinto seu corpo tremer, me pressionando, tocando seu pescoço, sua garganta, seus ombros, onde ele me envolve, me puxando para junto de si. Solto o ar e o beijo com mais força. Não há nada além de suas mãos na minha pele nua. O peso de seu beijo, de seu peito respirando tão profundamente que quase consigo ouvir seus pulmões ardendo contra as suas costelas.

Nada além desses lentos segundos passando. Nada além de pontas dos dedos, lábios inchados e corações que certamente se partirão quando a manhã chegar.

Ele beija as minhas costelas, com meus dedos em seu cabelo.

Fecho os olhos e finjo que Oliver é apenas um garoto do acampamento que nunca desapareceu. Um garoto que conheci nas margens do lago. Um garoto com olhos verdes cristalinos e nenhuma memória perdida.

Finjo que nunca vi uma mariposa-de-ossos voando em meio às árvores no dia em que o encontrei.

Finjo que este quarto, com o musgo da montanha e as bolotas de coração sangrando penduradas com barbante sobre a minha cama, é o único lugar que existe.

Finjo que eu e Oliver estamos apaixonados. Finjo que ele nunca vai embora — finjo para que se torne realidade.

Livro de Feitiços do Luar & Remédios da Floresta

RUTH WALKER nasceu no final de julho de 1922, sob uma lua de cervo branco. Seus lábios eram da cor da neve e seus olhos tão verdes quanto o rio na primavera. Mas Ruth Walker nunca falou.

Nenhuma vez em toda a sua vida.

Sua mãe, Vena, jurava ter ouvido Ruth sussurrar com os camundongos que viviam no sótão e cantarolar cantigas de ninar para as abelhas em sua janela. Mas ninguém mais ouviu tais murmúrios.

Ruth era baixa e bonita, tinha o cabelo carmesim que nunca cresceu além dos ombros, e estalava a língua quando andava pela floresta. Quando ela tinha doze anos, começou a decifrar as mensagens nas teias feitas pelas aranhas-pimenta.

As teias previam o clima do ano seguinte, e Ruth sabia as datas das tempestades e das semanas secas de verão, e quando os ventos soprariam a roupa pendurada no varal.

Em troca, Ruth alimentava as aranhas com pedaços de cogumelos de avenca que ela cultivava em um pote de barro no fundo do armário do sótão. Para o grande desgosto de sua mãe.

Quando Ruth tinha noventa e nove anos, ela se enredou em uma teia enquanto caminhava pelo Bosque de Vime. Ela morreu sob as estrelas, tão silenciosa quanto no dia em que nasceu.

Como ler teias de aranha-pimenta:

Colha cogumelos de avenca (cultivados por nove meses antes de serem colhidos).

Ofereça menos de trinta gramas, mais do que uma colher de chá, para uma aranha-pimenta.

Durma no solo sob a teia durante uma noite. Espere o orvalho assentar sobre os fios de seda.

Permaneça em silêncio, com cuidado para não rasgar a teia.

Decifre a previsão para a próxima estação.

OLIVER

Antes era diferente. Antes de eu me lembrar.

Não eram mentiras, mas agora são.

Correndo pelo lago congelado, tirando-a da água, senti a pontada *daquela* outra noite terrível. Como um tijolo se afundando em meu estômago, eu me lembrei do que aconteceu.

O cemitério foi apenas o começo. O que veio depois foi o fim. O lago e as minhas mãos em volta do pescoço de Max. Os outros gritando da margem.

Eu nunca deveria ter ido lá.

Não são mil pequenas mentiras que não significam nada. É uma grande mentira, tão grande que vai me engolir. E vai destrui-la.

Esta noite, com minhas mãos em sua pele e meu rosto em seu cabelo, sei que vou machucá-la. Se não esta noite, em algum momento. Logo ela vai me olhar com um medo cortante e serrilhado nos olhos. Vai olhar para mim e saber o que sou.

Então estendo isso o quanto posso. Fico deitado ao seu lado, com nossos dedos entrelaçados, e finjo que vai continuar sendo assim para sempre. Porque ela é tudo o que me prende aqui. A única coisa que afasta a sensação da floresta fria dentro de mim. A única cura para a escuridão da qual não consigo fugir. Ela e seus cílios ruivos e as pequenas meias-luas brancas nas unhas e sua voz que sempre soa como um encantamento.

Ela só pode ser uma bruxa.

Então beijo sua têmpora enquanto ela dorme, sua respiração um levíssimo crepitar de ar. Porque sei que isso não vai durar.

Não há como fugir do que vem a seguir.

Mas, por enquanto, deixo-a dormir.

Deixo que ela descanse sem saber quem se deita ao seu lado. Deixo que respire e pense que tudo vai ficar bem e que não há nada a temer nesta casa.

Eu minto.

Eu minto.

Eu permaneço aqui.

Mas, pela manhã, eu terei partido.

NORA

As Walker nascem com uma dádiva noturna.

Nosso lado obscuro, minha vó dizia. A parte de nós que não é como ninguém mais. A parte de nós que *vê*. Que *compele*. E às vezes *comanda*. Nosso lado obscuro que nos permite caminhar pelo Bosque de Vime ilesas. É a parte antiga de nós que se lembra.

O luar em nossas veias: o dom que cada uma de nós possui.

Para minha vó, seu lado obscuro lhe permitia se esgueirar para dentro dos sonhos dos outros. Minha mãe consegue adormecer as abelhas silvestres quando coleta seus favos. Dottie Walker, minha tataravó, conseguia acender uma chama com um assovio. Alice Walker, minha tia-avó, conseguia mudar a cor do cabelo mergulhando os dedos dos pés na lama.

As mulheres Walker são iluminadas por dentro, minha vó dizia.

Mas eu não tenho uma dádiva noturna. Algo que eu posso fazer que as outras Walker não podem.

Vai vir, minha vó dizia. *Algumas Walker esperam toda a vida para que brote dentro delas.* Mas talvez nem todas nós nascemos com esse dom. Talvez meu lado obscuro seja apenas um laivo tênue, quase inexistente. Talvez não haja uma história para contar sobre mim quando eu morrer — uma história para ser escrita no livro de feitiços.

Porque sou uma Walker sem dádiva.

✳ ✳ ✳

Fin está latindo. Em meus sonhos. Em meus ouvidos adormecidos.

Em meu quarto.

Meus olhos se abrem.

Seu latido ecoa pelas paredes, e tento focar os olhos, mas o quarto ainda está escuro e pisco repetidamente, incapaz de enxergar o que há de errado.

— Faz essa coisa calar a boca! — alguém grita.

Eu me sento rapidamente, com sombras cruzando o quarto, o pânico zumbindo em meus ouvidos. Fin avança para cima de alguém que está perto da escada. Seus dentes se cravam em sua carne, e a pessoa grita de dor. O sujeito pega Fin e o arremessa para o lado.

— Lobo do caralho! — grita o garoto ao lado da escada, segurando o braço que Fin mordeu. *Uma voz que já ouvi antes.* Jasper.

Meus olhos finalmente focam, finalmente vejo os garotos no meu quarto.

Rhett está em pé ao lado da minha cama, usando o mesmo chapéu de xadrez vermelho que usava na fogueira.

— Levante-se — ele ordena. Examino o sótão rapidamente e vejo que Oliver sumiu. Não está mais na cama ao meu lado. *Ele me deixou sozinha.* — Eu disse para se levantar! — Consigo ouvir pela voz de Rhett que ele está bêbado. Completamente bêbado. Enrolando as palavras. Eles devem ter virado a noite: seus olhos estão vermelhos, e a pele saturada com o cheiro de bebida.

— Não — respondo desafiadoramente. — Deem o fora da minha casa.

Jasper solta um riso curto e áspero. Ele está vestido com o suéter de rena de novo, mas agora está sujo, amassado, manchado e desfiado na gola.

— Você vai nos levar naquele bosque — Rhett diz, um sorriso estranho se abrindo em seu lábio superior, como se estivesse sentindo prazer nisto. — Vai nos levar até Oliver.

Franzo a testa.

— Oliver não está no bosque.

Ele se abaixa para mais perto de mim, com os olhos arregalados e as narinas dilatadas.

— Não? Então onde ele está?

— Não sei.

— Você disse a Suzy que o encontrou no bosque, que ele estava escondido lá, e agora você vai nos levar. Vai nós mostrar onde ele esteve esse tempo todo.

— Não — repito.

Jasper cruza a quarto e me agarra pelo braço, me arrancando da cama. O corte em sua bochecha cicatrizou um pouco desde que o vi pela última vez; branco nas beiradas, mas vermelho no centro, onde a borda nunca vai cicatrizar completamente.

— Ah, vai sim — Jasper declara entre dentes.

Fin está rosnando no canto onde Lin o segura com força pelo pescoço. E, em um instante, estou de pé e eles estão me empurrando escada abaixo.

Oliver me deixou. Uma dor me trespassa, sabendo que ele fugiu enquanto eu dormia. E não deu nenhuma explicação. *Ele simplesmente foi embora.*

Jasper me diz para calçar as botas e o casaco, e obedeço. Depois eles me empurram pela porta da frente. Vejo que ela foi arrombada — as dobradiças estão tortas, a fechadura, quebrada. Nem acordei com o barulho. Só Fin os ouviu entrar.

— Vocês estão perdendo seu tempo — digo. Eles conseguem fechar a porta quebrada o suficiente para impedir que Fin nos siga. Mas consigo ouvir seu uivo do outro lado. Pelo menos não o machucaram. — Oliver não está no bosque.

Sob o luar, parado no deck, Rhett parece selvagem, entediado e nervoso ao mesmo tempo. Os garotos me lembram uma matilha de lobos buscando algo para dilacerar. Eles estão agitados e bêbados. Imprudentes.

— Então onde ele está? — Rhett pergunta, chegando tão perto que consigo sentir o calor de sua respiração.

— Ele estava aqui — digo, encarando-o. — Ele tem ficado comigo, mas agora não sei onde ele está.

— Ela está mentindo — Jasper diz, a voz como o mugido de uma vaca.

— Você o estava escondendo esse tempo todo? — Rhett pergunta.

Enrijeço e meus olhos se voltam para Lin, que está parado com as mãos nos bolsos da calça jeans, parecendo desconfortável com o que está acontecendo, mas sem tentar impedir.

— Ele não estava se escondendo — digo. — Só não queria ficar perto de vocês, seus imbecis.

Rhett ri.

— Se Oliver estava ficando com você, por que não está na sua casa?

— Eu não sei.

— Não podemos confiar no que ela diz — Jasper intervém.

— Ela só está tentando protegê-lo. — Ele estremece, e vejo que seu suéter está ensanguentado onde Fin o mordeu.

— Você vai nos levar até aquele bosque — Rhett anuncia, a decisão já tomada.

Jasper me pega pelo braço novamente, mas me desvencilho.

— Não podemos — digo, com o polegar coçando o dedo onde ficava o anel da minha avó, desejando que eu ainda o tivesse, desejando que ela estivesse aqui agora. — Não é lua cheia.

— E daí? — Jasper pergunta.

— A floresta vai estar acordada. Ela vai nos ver.

Jasper ri — um barulho insuportável — e Rhett avança a poucos centímetros do meu rosto.

— Não estou nem aí se é Dia de São Patrício e você está com medo de que os duendes roubem seu ouro. Você vai nos levar até onde ele está escondido. E chega das suas baboseiras de bruxa.

Jasper empurra minhas costas e sigo em frente só para evitar que ele encoste em mim de novo. Descemos os degraus, marchando como soldadinhos de chumbo enfileirados. Eles estão bêbados e desesperados. O que quer que tenha acontecido naquela noite, naquele lago, o que quer tenham ouvido em suas cabanas, eles não conseguem fugir — e isso está assolando suas mentes.

Mas então vejo mais alguém entre as árvores, a cabeça baixa, esperando por nós.

Suzy.

Ela veio com eles — *ela é parte disto*. E sinto um frio duro e ácido se assentar na barriga, me apodrecendo de dentro para fora. Eu me sinto traída.

Mas nenhum deles se dá conta, nenhum deles entende: se formos ao Bosque de Vime agora, sob uma meia-lua minguante — quando as árvores estão acordadas —, não vamos voltar.

— Vocês não precisam fazer isso dessa forma — Suzy diz, correndo na nossa direção ao me ver, com uma linha funda de rugas na testa. — Era só pedir para ela nos levar ao bosque.

— Ela nunca teria aceitado — Rhett argumenta, mal olhando para ela.

Suzy caminha ao meu lado, roendo a ponta da unha.

— Nora, me desculpe — ela sussurra, nervosa, me lançando um olhar desamparado. Mas não quero ouvir. — Contei a eles sobre Oliver, que você o encontrou no bosque. Eles só querem vê-lo e... — Ela se interrompe antes de terminar a frase e volta a roer a unha.

E machucá-lo, penso. Querem encontrá-lo e o ferir porque, quando coisas ruins acontecem, as pessoas precisam botar a culpa em alguém. *E talvez Oliver seja mesmo o culpado.*

— Apenas mostre a eles onde você encontrou Oliver — ela diz agora, com as sobrancelhas franzidas, suplicantes. — Vai ser mais fácil assim.

Ela parece uma boneca de porcelana quebrada, faltando todas as partes internas, como se tivesse sido esvaziada. Mas me recuso a sentir pena dela como já senti antes.

— É, não piore a situação para você — Jasper intervém, andando logo atrás, com seu corpo alto e magro se assomando sobre mim.

Caminhamos ao longo da margem do lago, depois viramos para o norte, em direção às montanhas, rumo à foz do rio Black. Rhett guia o caminho e eu o sigo, os outros garotos colados atrás de mim, caso eu decida fugir. E Suzy é a última, arrastando os pés, provavelmente arrependida por ter vindo, desfilando atrás de três garotos bêbados que estão me obrigando a subir a encosta da montanha na escuridão.

Talvez eu devesse ter medo do que pode acontecer. Do que eles podem fazer comigo.

Mas eu só tenho medo da floresta.

As nuvens se movem para o sul, a lua cintila no céu escuro e uma coruja pia em algum lugar nas árvores à nossa esquerda. Ela não nos quer aqui: vamos afugentar os roedores que ela caça durante a noite.

Nossa tropa de garotos bêbados, cambaleando pela neve, não está passando despercebida pela mata. E ainda nem chegamos ao Bosque de Vime.

Avançamos com dificuldade montanha acima, até chegarmos a duas encostas íngremes, a ravina, o moledro de rochas montando guarda. *A entrada.*

Os garotos ficam em silêncio pela primeira vez, todos olhando para a escuridão, para a abertura entre as árvores: a fronteira do Bosque de Vime.

— Não estou gostando nada disso — Lin diz, recuando para longe da fronteira. — É medonho pra cacete. Não parece certo.

Um vento frio sopra da entrada, cheirando à escuridão mais *tenebrosa*, como solo e pedras úmidas que nunca viram a luz do sol. Como um lugar onde vivem os monstros. Não os imaginários, mas aqueles que caçam, se espreitam e rastejam. Que nos encaram, torcendo para que entremos. Torcendo para que sejamos idiotas a tal ponto.

— É porque não deveríamos estar aqui — digo, com um calafrio percorrendo minha voz. — Essa é a única entrada — digo a eles — e é a única saída.

Suzy engole em seco.

— Talvez seja melhor esperar até que esteja claro — ela sugere. — Quando der para enxergar. — O medo está evidente em sua voz. Nenhum sinal da garota da escola, que atravessava os corredores do colégio Fir Haven rindo alto para todos ouvirem, beijando o maior número possível de garotos no Dia dos Namorados. Enumerando todos. Agora ela parece murcha, uma garota que perdeu todo o ar.

Rhett a ignora.

— Você vai na frente — ele diz para mim, empurrando meu ombro. Contenho o impulso de dar meia volta e esmurrá-lo no peito, arranhar e rasgar seu rosto, fazer com que ele sangre. Mas ainda me sinto fraca, com os músculos tensos pelo frio e, até agora, eles não me machucaram. É melhor eu não dar motivo para isso.

— Não é lua cheia — repito. — Não podemos entrar aí.

— Estou cagando pra isso — Rhett responde. Ele me empurra de novo e cambaleio para a frente, com um pé bem no limite da entrada do bosque. Olho de esguelha para Suzy, que está mordendo o lábio inferior, me observando como se eu estivesse prestes a ser engolida pelas árvores. Como se nunca tivesse se sentido tão apavorada na vida. E em seus olhos penso vê-la insistindo para eu fugir, para dar meia-volta e correr em disparada montanha abaixo. Mas ela não sabe o quanto estou fraca, que até me manter em pé está difícil.

— Não precisa machucá-la — Suzy implora, mas Rhett parou de dar ouvidos a ela.

Sinto um nó no estômago e ergo a cabeça para o céu da noite: as nuvens estão se afastando e a lua não passa de um semicírculo. *Não cheia.* Não é seguro se aventurar dentro deste bosque sombrio e vingativo.

Eu solto um suspiro e sussurro as palavras que disse tantas vezes antes, torcendo para que me protejam, torcendo para que o bosque se lembre de mim e me deixe passar ilesa.

— Eu sou Nora Walker — digo em voz baixa para os garotos não ouvirem. E então repito mais duas vezes. Para garantir. Para dar sorte.

Mas sinto que pode ser tarde demais para isso.

Walker ou não, talvez nenhum de nós sobreviva a esta noite.

Então enrijeço os braços ao lado do corpo e atravesso o limiar, entrando no Bosque de Vime.

Livro de Feitiços do Luar & Remédios da Floresta

Iona Walker nasceu sob uma lua da colheita, a noite mais escura do ano.

Desde bebê, ela não projetava nenhuma sombra no chão. Nem nas tardes mais brilhantes, quando o sol queimava em seu pescoço.

Mas uma garota sem sombra consegue ver no escuro. Um dom muito útil para se esgueirar e espiar.

Iona costumava perambular pela casa enquanto sua mãe dormia, sem acender uma única luz, sem nunca topar o pé em uma cadeira de balanço que não conseguisse enxergar. Sua visão era ainda melhor do que a de seu gato, Oyster, que aprendeu a segui-la na escuridão.

Quando tinha vinte e três anos, ela conheceu um rapaz que colhia flox-noturnas, bagas-carvão e folhas de sambalina após o pôr do sol. Em uma noite fria de outubro, ela o beijou sob a lua cheia, e ele jurou que nunca a abandonaria.

Até a noite em que Iona o perdeu em algum lugar entre as árvores sombrias. Ele vagou perto demais do Bosque de Vime, cruzou a fronteira da floresta, onde ninguém além de uma Walker deveria entrar, e nunca mais foi visto.

Iona abandonou as sombras depois disso e nunca mais entrou no bosque depois que o sol se punha atrás do arvoredo. Ela morreu no fim de uma manhã de agosto, sentada na varanda da frente da velha casa com vista para o lago. E quando seus olhos se fecharam, sua sombra se projetou diante dela.

Ela estava lá o tempo todo, escondida dentro de Iona, com medo de sair à luz.

Como encontrar sua própria sombra:

Pendure uma dedaleira na porta dos fundos com uma corda preta cheia de nós.

Saia apenas durante o luar (nenhum sol direto) por cinco noites seguidas. Sua sombra se revelará na sexta noite.

NORA

Sinto o peso das árvores assim que entro, os contornos ósseos da floresta se estendendo em ângulos estranhos.

Não deveríamos estar aqui.

— Continue andando — Rhett ordena atrás de mim. Balanço a mão à frente, apalpando o caminho, os sentidos entorpecidos como algodão nos ouvidos. Normalmente consigo atravessar esse bosque com algum senso de direção. Mas agora a floresta está escura demais e sem nenhuma cor.

Espinhos cortam minhas mãos, musgo se prende em meu cabelo, e consigo sentir as árvores se aproximando, a morte rangendo a cada galho, o vento frio e severo.

As árvores estão acordadas.

— Não estou vendo porra nenhuma — Jasper xinga atrás de mim. Uma fileira de pessoas tropeçando pela floresta. E então escuto o estalido de alguma coisa. Uma luz faiscando súbita e brilhante na mão de Jasper.

Ele está segurando um isqueiro na frente dele, e as árvores reagem instantaneamente.

A floresta sibila, como o ar escapando de um porão que nunca viu a luz do dia. Os galhos gemem e se entrelaçam, sufocando a lua acima.

— Apague esse fogo! — vocifero para ele.

As árvores respondem à minha voz, o chão se avolumando e se revirando sob nós, as raízes fervilhando. *A floresta está desperta. Ela sabe que estamos aqui.*

No último instante de luz antes de a pequena chama se apagar, vejo os rostos dos garotos, de Suzy, e o estranho pânico em seus olhos. Os brancos muito brancos. Os dentes cerrados. As bocas bem fechadas. Eles não estavam esperando por isso: a floresta se movendo à nossa volta, o aperto tão repentino em seus corações.

— Não é melhor voltarmos? — escuto Lin dizer.

— Acabamos de chegar— Jasper responde, segurando o isqueiro apagado na mão.

— Não vamos embora até encontrarmos Oliver — Rhett declara, mas sua voz é rouca, como se ele estivesse tentando esconder a apreensão incômoda que sente. O frio que o encontrou e se recusa a soltá-lo.

— Rhett, por favor — Suzy arrisca. — Não gosto deste lugar. Parece que as árvores estão se mexendo.

As árvores *estão* se mexendo, tirando as raízes da terra para se aproximarem. *Despertas, despertas, despertas.*

— Se o encontrarmos, vamos provar que não fizemos nada de errado — Rhett diz, sua voz soando desesperada agora. Eles precisam disso. Como se ele achasse que Oliver vai resolver tudo de alguma forma, que Oliver é a chave. — Ele pode contar tudo para os orientadores, e não estaremos encrencados.

— Ele não está aqui — insisto, mantendo a voz baixa, tentando não enfurecer a floresta. — Precisamos ir embora. — Mas quando me viro, não faço ideia de onde estamos. *Fomos longe demais*, penso. Mas não é verdade: estamos caminhando há apenas alguns minutos. A floresta mudou ao nosso redor, bloqueou a saída.

As árvores estão acordadas. E estão se movendo.

— Olhem! — Jasper diz alto demais, e escuto o arrastar rápido de seus pés. Sua silhueta cai no chão, ajoelhando-se sobre algo. Penso que ele pode ter se machucado, mas então ele ergue a mão. — Ouro — ele diz.

Eu me aproximo dele, mal conseguindo distinguir o objeto em sua mão.

— O que é isto? — Rhett pergunta, se movendo em direção a Jasper.

— Uma fivela de cinto, eu acho. — Ele limpa a terra e a neve do objeto em sua mão. — E tem mais. — Ele espalma as mãos no chão, em seguida pega alguma outra coisa. Suzy e Lin se aproximam um pouco, tentando ver o que ele encontrou. — Botões — ele diz. — Feitos de ossos. — Ele ergue um para vermos, mas é pequeno demais. — E alguns parecem feitos de prata.

Lin se abaixa também, revirando a neve ao pé de uma árvore até chegar ao solo.

— Tem uma colher aqui — ele diz.

Rhett se vira para me encarar.

— É aqui que ela encontra todas aquelas coisas que tem em casa. — Ele está tão perto que consigo vê-lo erguer uma sobrancelha. — E é por isso que ela não queria que viéssemos aqui. Ela acha que é tudo dela.

Até Suzy se agacha e começa a vascular o chão com as mãos estendidas.

— Vocês não podem ficar com nenhuma dessas coisas — digo, encontrando o olhar de Rhett, meu rosto cada vez mais rígido. — Vocês não podem sair do bosque com nada disso.

— Até parece — Rhett diz com um sorriso sarcástico, sem medo agora. Ele não acredita em mim. E, de repente, nenhum deles parece se importar em encontrar Oliver, nem com as árvores se aproximando. Eles se preocupam apenas com os objetos espalhados pelo chão da floresta.

— Se saírem daqui com alguma dessas coisas hoje, as árvores vão ver. Vão saber que vocês roubaram.

— E daí? — diz Rhett, tirando os olhos de mim e depois voltando, ainda embriagado.

— Sua casa está cheia dessas coisas — Jasper intervém, de joelhos. — E não aconteceu nada com você.

— Eu peguei aquelas coisas quando era lua cheia — digo, tentando manter a voz baixa, tentando fazer com que entendam: esta não é uma floresta comum. — Peguei aquelas coisas quando a floresta estava dormindo. — Mas nenhum deles me dá ouvidos. Até Rhett começa a vasculhar o chão também, procurando.

O infortúnio seguirá você. Palavras do livro de feitiços se repetem em minha mente. *Se pegar algo do Bosque de Vime quando não for lua cheia, desgraça e catástrofe seguirão você.*

As árvores lamentam ao nosso redor, e giro em um círculo, tentando me orientar, ver qual direção nos levará de volta à entrada do bosque. Mas nada disso me é familiar. A paisagem mudou. O bosque está pregando peças. O caminho que pegamos ao entrar pela fronteira da floresta não existe mais. Foi cortado ou escondido, ou uma árvore fincou raízes em seu lugar.

Se Fin estivesse aqui, ele saberia como sair, farejaria e nos levaria para casa. Minha cabeça começa a latejar e a floresta fica mais escura — todas as centelhas de luz abafadas pelas copas das árvores.

Um silvo baixo e lamentoso atravessa os galhos baixos, como se a floresta estivesse rangendo os dentes, rosnando.

Suzy também escuta e para de vasculhar o chão. Olha para mim e então se levanta.

— O que está acontecendo? — ela pergunta, se aproximando de mim.

— Temos que sair daqui — digo baixo. — Ou não conseguiremos sair nunca mais.

Lin faz um barulho repentino à nossa esquerda.

— Merda! — ele diz, se aproximando de nós, derrubando um monte de bugigangas de prata que caem no chão com estrépito. — Alguma coisa me pegou. — Ele se levanta com um salto e limpa o pé com a mão, como se estivesse tentando se desvencilhar da coisa. — Uma porra de raiz de árvore ou algo assim. — Ele se move para o centro do grupo, se contorcendo, batendo nas pernas.

— Talvez seja melhor voltarmos — Jasper sugere finalmente: a primeira coisa inteligente que ele diz.

Rhett concorda.

— Podemos voltar durante o dia, quando der para enxergar. Oliver não vai conseguir se esconder tão fácil.

— Falei que era melhor esperarmos até de manhã — Suzy murmura, se aproximando de mim, o silvo à nossa volta ficando mais alto. As árvores se aproximando pesadamente, se assomando sobre nós, cada vez mais perto. Nosso tempo está acabando. — Não gosto nem um pouco daqui — Suzy sussurra, e estende o braço para pegar minha mão, apertando-a. Um galho roça em seu cabelo e ela o afasta. — Precisamos ir! — ela grita para os garotos, para Rhett.

— Guie o caminho, garota bruxa — Rhett diz, fazendo um sinal para mim com mão.

Mas eu o encaro sem expressão. *Nao sei o caminho.*

Pela primeira vez, não sei como sair daqui.

— Eu não... — Minha voz se perde. — Não sei onde estamos — admito.

Jasper enfia no bolso do casaco um punhado dos objetos encontrados.

— Este lugar não deve ser tão grande assim — ele diz. — É só escolher uma direção. — E, sem esperar pela resposta de ninguém, começa a entrar no meio das árvores, empurrando galhos para o lado.

— Não sabemos se esse é o caminho certo — Suzy comenta, com as sobrancelhas caídas, a preocupação estampada em todas as linhas do rosto.

— Vocês não têm escolha — Rhett diz, surgindo atrás de mim e Suzy, fazendo sinal para seguirmos em frente. — Não podemos deixar vocês irem avisar Oliver que estamos procurando por ele. Então vocês vêm conosco.

Suzy aperta minha mão com mais força, e seguimos atrás de Lin. Rhett vem atrás de nós.

— É melhor ficarmos juntos de qualquer forma — Suzy sussurra.

Mas não tenho tanta certeza se isso vai ajudar. Fazemos mais barulho em grupo — os garotos atravessam a floresta ruidosamente, quebrando galhos com os pés. São muito fáceis de serem rastreados. A floresta não nos quer aqui. E os garotos tornam impossível passarmos despercebidos.

Talvez estejamos entrando mais profundamente no bosque escuro: um lugar onde nunca estive, mais longe do que jamais andei. Ou talvez tenhamos sorte e encontremos nosso caminho de volta, alcançando a entrada. *Mas a sorte não habita este bosque.*

Qualquer que seja o caminho que peguemos, a floresta sabe que estamos aqui.

E suas garras estão bem abertas, prontas para nos apanhar.

* * *

— Estamos perdidos — Rhett grita para Jasper.

— Eu nunca disse que sabia onde era a saída — Jasper resmunga, virando para encarar Rhett.

Paramos onde um canal raso corta o terreno, um riacho comprido que secou há muito tempo. Mal há neve aqui, de tão denso que é o bosque.

— Não deveríamos nem ter entrado aqui — Lin diz, a voz soando distante, como se as palavras viessem das próprias árvores, e não de sua garganta.

Suzy se aproxima de mim. De repente ela não suporta sequer ficar perto de Rhett. Ele nos trouxe até aqui, e agora avançamos muito pelo interior do Bosque de Vime, mais do que nunca, rodeados por terras que nunca vi, árvores tão largas que são como os pilares ondulantes de uma catacumba. *O Bosque de Vime cultiva o medo*, o livro de feitiços avisa. *Ele é arquiteto do infortúnio e da maldade.*

E agora estamos adentrando mais e mais o ventre da floresta, um lugar de onde não voltaremos. *É assim que as pessoas desaparecem.* Como cinco adolescentes entrando em uma floresta à noite e nunca mais sendo vistos.

— Talvez devêssemos parar aqui e esperar amanhecer — Jasper sugere, encostando o ombro no tronco largo de uma árvore. — Quando conseguiremos enxergar.

Está muito frio — Suzy responde, a voz embargando como se estivesse prestes a chorar. — Não vamos aguentar tanto tempo.

Eu deveria saber a saída, deveria sentir o caminho que nos levará até a margem do bosque. Mas não consigo distinguir norte de sul ou luz de escuridão com as estrelas e o céu cobertos pelas árvores. Se eu fosse tão inteligente quanto a minha avó, tão sagaz quanto a maioria das Walker da minha família, eu poderia fechar os olhos e sentir a direção do vento, ruído do rio ao longe. Mas, em vez disso, me sinto esgotada e enfraquecida. A floresta está escondendo o caminho para a liberdade, se transformando ao nosso redor. Ela não quer que a gente saia.

Lin começa a caminhar ao longo do antigo leito do riacho, sua sombra curvada nos ombros.

— Não deveríamos ter entrado aqui — ele repete. — Foi uma ideia idiota.

— A gente tinha que encontrar o Oliver se ele realmente estivesse aqui — Rhett lembra os outros. — A gente tinha que ter certeza. — Posso ver que eles ficaram sóbrios. Qualquer que fosse o plano estúpido que eles traçaram no acampamento enquanto bebiam, o que quer que tenham pensado que encontrariam no Bosque de Vime, está começando a ruir.

— Ela provavelmente nem encontrou o Oliver neste bosque — Jasper diz. — Ela inventou tudo.

Disparo um olhar contra Jasper, mas ele não percebe.

— Eu não inventei nada.

— Você chegou a ver aquele garoto? — Rhett pergunta, olhando para Suzy.

Mas Suzy nega com a cabeça.

Viro para ela, a poucos centímetros de mim, e sinto minha boca se curvar para baixo.

— Quando você voltou para casa, bêbada, depois da fogueira, ele estava lá comigo.

Ela dá de ombros.

— Eu não me lembro realmente daquela noite — ela admite. — Não me lembro de ter voltado para sua casa, só me lembro de acordar no sofá.

Abano a cabeça para ela. *Eu não inventei aquele garoto!* Sinto vontade de gritar.

— Não dá pra confiar nas Walker — Jasper ressalta. — Vocês são todas mentirosas.

Ergo os olhos para ele e me aproximo um passo. Vou colocar as mãos em torno de sua garganta. Vou arrancar todo o ar de seus pulmões para fazer com que ele cale a boca. Não suporto mais ouvir sua voz. Não aguento mais nenhum deles.

Mas Suzy toca meu braço e, quando olho para ela, ela acena com a cabeça.

— Deixa pra lá — ela sussurra.

Eu me afasto dela. Ela está mentindo sobre Oliver, sobre não o ter visto. Para se proteger, talvez. Mas não sei por quê.

Lin parou de andar de um lado para o outro, mas entrelaça as mãos com nervosismo, a pele pálida.

— Vamos morrer aqui.

Rhett grita com Lin:

— Não seja idiota. Não vamos morrer.

Lin retruca alguma coisa, mas parei de prestar atenção. Estou me afastando deles, me aproximando das árvores, onde consigo ver um movimento nas sombras. Galhos se contorcendo, se enroscando. *Tem alguma coisa errada.*

— Temos que sair daqui — repito, mais alto dessa vez. Mas ninguém está ouvindo.

Rhett, Jasper e Lin estão discutindo. Sobre o bosque, sobre estarem perdidos, sobre quem teve a ideia de vir para cá em primeiro lugar.

— Eu é que não vou morrer aqui, porra! — Jasper grita.

— Talvez, se você não estivesse tão bêbado, não teria nos trazido pro meio dessa floresta esquisita — Rhett diz.

— Foi ideia sua vir atrás do Oliver — Jasper retruca, empurrando o peito de Rhett.

— Parem com isso! — Suzy grita.

Mas Rhett empurra Jasper de volta e seus rostos estão contorcidos de fúria e os punhos, cerrados.

— Parem com isso — Lin diz, e entra no meio dos dois, empurrando-os para trás. — Vocês podem se espancar à vontade quando a gente sair daqui.

— Se a gente conseguir sair daqui — Rhett retruca.

O rosto de Jasper se contorce de uma maneira estranha, as sobrancelhas erguidas na testa, como se estivesse tendo uma ideia sombria e perversa. Algo que nem poderíamos imaginar.

— Vou tirar a gente desta bosta de lugar — ele diz de repente, curvando os lábios para cima.

Seus próximos movimentos são rápidos.

Jasper enfia a mão no bolso, pegando alguma coisa. O isqueiro.

— Vamos abrir o caminho com fogo — ele diz, desafiadoramente, o queixo erguido e os olhos tão arregalados que parece quase ensandecido. — Vamos queimar essa maldita floresta inteira.

Ele ergue o isqueiro prateado na frente dele e Lin exclama:

— Que porra você está fazendo? — Mas Jasper acende o isqueiro e faíscas ganham vida em suas mãos.

Consigo sentir as árvores se aproximando. O chão estremece, as raízes se elevam.

— O que está acontecendo? — Suzy pergunta, olhando para mim. Uma gavinha de raízes espinhosas começa a se enroscar em seus tornozelos, subindo por suas panturrilhas.

Nunca vi a floresta assim antes, violenta e furiosa. Desperta.

Suzy ainda não notou a raiz se erguendo do solo. Ela está me encarando, implorando para eu fazer alguma coisa. E no instante seguinte Jasper joga o isqueiro em um amontoado de folhas e galhos de pinheiro perto do pé de uma árvore.

— Não! — grito, me aproximando de Jasper, como se pudesse detê-lo. Mas é tarde demais.

— Seu idiota — Lin grita. — Você vai nos queimar junto com essa floresta!

Não acho que o fogo vá queimar. O bosque é úmido demais, frio demais, mas ela lambe os galhos de pinheiro e se estende para um arbusto de uva-ursina próximo, a súbita rajada de luz iluminando a floresta pela primeira vez. E vejo o que não podia ver antes: o Bosque de Vime desceu em volta de nós, formando uma jaula de galhos, ramos e raízes. Uma teia para nos enredar.

É assim que ele mata. Aprisionando e sufocando. Arrancando a vida de seres vivos que entraram onde não deveriam. É por isso que nenhum cervo passa pelo Bosque de Vime. Nenhum coelho, camundongo ou pássaro. Eles temem este trecho da floresta. Sabem o que se esconde dentro dele: morte.

A floresta estremece com o irromper da chama. As árvores uivam, e o som é diferente de tudo que já escutei.

As chamas se movem rapidamente agora, subindo em espiral por uma árvore morta no céu da noite. As raízes que se enroscaram em volta do tornozelo de Suzy deslizam de volta para baixo do solo, recuando.

— Nora? — Suzy chama, parecendo uma criança pequena, apavorada.

— Precisamos fugir — digo. O fogo salta de uma árvore para a outra, rugindo, criando seu próprio vento, faíscas alcançando os galhos e se espalhando pelo chão da floresta. Ela é alimentada por fúria, maldade e raiva, mais inflamáveis do que qualquer combustível.

— Em que direção? — Suzy pergunta.

Não sei. Não sei.

Rhett está apertando o gorro, os olhos de Jasper estão muito arregalados e Lin está olhando para mim, esperando que eu diga a eles o que fazer.

Cinzas já começam a cair do alto, restos queimados de galhos de pinheiro, alguns ainda acesos e fumegantes. E então, entre as partículas que enchem o ar, vejo o sutil tremular de asas.

Asas brancas batendo.

Asas brancas que não me deixam em paz.

Asas brancas ziguezagueando pelo ar estranho — faíscas e árvores em chamas e o céu da noite se abrindo sobre nós.

Minha mariposa. Uma mariposa-de-ossos.

Ela paira alguns metros à minha frente, depois se afasta na direção do leito do velho riacho. A morte quer que eu a siga.

Então eu sigo. Que escolha eu tenho? Que escolha qualquer um de nós tem?

Começo a descer o riacho raso e Suzy vem atrás. A mariposa se move rapidamente, fugindo da fumaça e das chamas crescentes — asas brancas retalhadas batendo nervosamente. Ela quer se libertar deste bosque tanto quanto nós. *Ela quer sair.*

Desato a correr e consigo sentir a fila de garotos atrás de mim, todos correndo agora. Nenhum deles preocupado em encontrar Oliver ou recolher coisas perdidas, só precisamos sair. *Agora.*

O ar fica quente e cinzento, sufocado pela fumaça, e meus olhos lacrimejam, ardendo a cada piscada. Tento ver o terreno à minha frente, mas tropeço nas rochas, montes de neve e raízes que se erguem sobre a terra. Pisco e corro. *Corro.* Eu me sentia gelada até instantes atrás, mas agora o suor brota em minha pele, desliza pela minha espinha e escorre para dentro dos meus olhos, tornando tudo pior.

Perco a mariposa de vista. Ela some na fumaça crescente, na moita cerrada — mas então ressurge. O leito seco do riacho desaparece. Não tenho como ter certeza se estamos indo na direção certa, se nos embrenhamos ainda mais nas montanhas ou se voltamos em direção ao lago. O terreno se inclina para baixo, mas subimos em alguns momentos. Mais alto e para dentro da floresta.

O fogo se expande, gemendo, estalando e uivando, como uma fera nos perseguindo, incitada por seu próprio ciclone de vento. O calor é insuportável, a fumaça, sufocante.

— Já deveríamos ter saído daqui — Rhett grita atrás de mim, mas o ignoro.

Cada respiração raspa minha garganta feito uma lixa. A fumaça enche nossos pulmões. A floresta inteira está em chamas e estamos perdidos dentro dela.

— É só não seguir a gente — Suzy retruca. Ela está farta dele.

Lin acompanha meus passos e os de Suzy, mas Rhett e Jasper são mais lentos, duvidando a cada curva.

Paro num lugar onde a floresta se divide em duas. Pinheiros de um lado, um arvoredo de cicutas do outro. E perdi a mariposa de vista de novo.

— Pra que merda de lugar você está nos levando? — Jasper grita quando nos alcança. Ele se aproxima de mim, como se fosse me pegar pelo braço, mas me afasto.

— Deixe a Nora em paz — Suzy diz a ele. — Ela é nossa única chance de escapar.

— A menos que ela queira que a gente morra aqui — Rhett diz. Seus olhos refletindo a sombra de alguém que está desesperado, disposto a tudo. Alguém que vai lutar para sobreviver. — Afinal, ela é uma bruxa — ele diz. — Talvez tenha alguma coisa a ver com isso.

— Foi Jasper quem ateou o fogo na floresta — Suzy diz, encarando seu olhar. — Não Nora.

Chamas cortam as árvores atrás de nós, ciclones de calor e ventos de cinzas em nosso encalce, soprando cada vez mais perto. *Precisamos nos mover.*

— Talvez ela tenha lançado um feitiço para irritar a floresta — Jasper diz, a boca se fechando numa linha rígida. — Talvez ela não queira que a gente encontre uma saída, e isso é tudo um truque.

— Talvez eu tenha feito mesmo — retruco, olhando para ele agora, a raiva fervendo em minhas veias. — Talvez eu faça de tudo para que você nunca saia deste bosque. — É uma mentira, mas não me importo. Quero que ele pense que consigo conjurar a morte com um movimento do indicador.

Jasper avança para cima de mim, mas Suzy se coloca entre nós, empurrando as mãos pequenas em seu peito largo.

— Não toque nela, cacete — ela diz.

Jasper balança a cabeça, mas mantém os olhos fixos em mim.

— Eu voto para sacrificarmos a garota para a floresta, deixá-la queimar aqui como a bruxa que ela é.

— Cala a boca, Jasper — Lin intervém, com o rosto corado, as chamas subindo pelos pinheiros a poucos metros de nós.

— Vocês são dois imbecis — Suzy diz, o olhar alternando entre Jasper e Rhett.

Seco a testa, tirando a camada arenosa de cinzas grudada à minha pele. Talvez eu estivesse errada em seguir a mariposa.

Talvez ela só estivesse me guiando para a morte. *Para as chamas.* Mas meus olhos pousam na linha de cicutas repartida por uma fileira de pinheiros. O solo se inclina para baixo onde as árvores se encontram: uma ravina. Uma forma conhecida no terreno.

Eu me afasto correndo do grupo — antes que Jasper tente me alcançar — e disparo em direção à linha de pinheiros. Só dou mais alguns passos quando percebo que é o caminho certo.

À minha frente está uma abertura entre as árvores.

Corro até a borda da floresta, o coração palpitando e os olhos lacrimejando pela fumaça. Diminuo o passo quando chego à fronteira, parando para olhar para trás. Suzy é a primeira a me alcançar. Suas pálpebras piscam em silêncio, esbaforida, e acho que ela vai falar alguma coisa, mas ela não consegue encontrar as palavras, então passa pelo limiar e sai para a clareira. Livre do Bosque de Vime.

Lin vem em seguida e passa correndo por mim, seu olhar encontrando o meu rapidamente antes de passar pelas árvores.

Não vejo Rhett nem Jasper, apenas uma parede de fumaça e chamas subindo em direção ao céu, com espirais de fogo lambendo a copa das árvores, tentando queimar as estrelas. Mas talvez Rhett e Jasper mereçam morrer aqui, encontrar seu fim. Punição por tudo o que fizeram.

Mas então eles surgem em meu campo de visão, por entre a fumaça.

Rhett está cambaleando, tossindo, e Jasper não parece muito melhor do que ele.

Então algo acontece.

Vejo Jasper tropeçar. Ele cambaleia por um momento, como se estivesse lutando com alguma coisa, depois tomba para a frente, caindo de lado com força, deixando escapar de seus lábios uma arfada de espanto.

Eu me afasto da borda de árvores, sem ter certeza do que acabou de acontecer, mas então eu vejo: ele não tropeçou, foi puxado para baixo.

Algo se enroscou em seus pés: o chão se movendo abaixo dele.

— Que porra é essa? — Rhett pergunta, agora parado ao meu lado. Mas Jasper está estranhamente quieto, as mãos arranhando o solo chamuscado, em choque.

Uma raiz envolveu seus tornozelos, puxando-o de volta para o bosque.

Hesito, a fronteira da floresta próxima demais, apenas meio metro à frente. Sei que não deveria me importar, deveria apenas fugir com os outros e deixar Jasper para trás. Mas eu não consigo. Não consigo ver o horror em seus olhos e fugir.

Não posso deixá-lo morrer aqui dessa forma.

Avanço aos tropeços e caio de joelhos, puxando os braços de Jasper. A raiz da árvore se enrolou com firmeza em seu tornozelo esquerdo e o está puxando de volta, para dentro do solo. Suas mãos arranham o chão da floresta, agarrando gravetos e musgo; nada que possa ajudá-lo. Seus olhos estão arregalados.

— Rhett! — grito. — Vem me ajudar!

Mas Rhett não se mexe. Ele está parado na borda da floresta, embasbacado.

— Não consigo puxá-lo sozinha — insisto. Ainda assim, ele não reage.

Enterro os pés no chão, me firmando, e puxo os braços de Jasper para trás. Mas as raízes são fortes demais e suas pernas afundam ainda mais na terra macia e acinzentada.

— Merda — ele começa a dizer, de novo e de novo, incrédulo.

Apesar de tudo que Jasper fez, não quero vê-lo morrer aqui. Não desta forma.

— Você precisa me ajudar! — grito para Rhett, mas é inútil. Se por medo ou estupidez, ele não se move da fronteira entre o bosque e a liberdade, apenas encara enquanto seu amigo é tragado pela terra. — Você precisa esvaziar os bolsos! — grito para Jasper. — O que quer que tenha tirado da floresta, você tem que devolver.

Seus olhos param nos meus, depois ele solta uma mão da minha, alcançando o bolso do casaco. Desajeitadamente, ele puxa qualquer coisa lá de dentro, espalhando os objetos pelo chão da floresta. Botões de prata, uma presilha de cabelo que parece feita de pérola branca, a fivela de cinto manchada e coberta de sujeira.

E então eu vejo.

Uma única coisa entre as outras.

Metal cintila sob meus olhos: um aro dourado com uma pedra incrustada no meio.

Não pode ser.

Quero estender a mão para pegá-lo, mas não posso soltar Jasper. Estreito os olhos, me inclinando para a frente, e então tenho certeza: a pedra da lua cintila um branco leitoso e pálido até na escuridão.

O anel da minha avó.

Aquele que afundou no lago quando caí no gelo. *Uma oferenda para a floresta*, como o Sr. Perkins havia dito.

Jasper o encontrou no chão da floresta, em meio à sujeira, à podridão e aos rastros de neve. Dentro do Bosque de Vime. Devolvido.

Coisas perdidas encontradas.

Minha cabeça lateja e tiro os olhos do anel, focando novamente em Jasper.

Mas já é tarde demais — ele está soterrado até a cintura, se contorcendo, se debatendo. O focinho da rena idiota em seu suéter já oculto sob o solo, e neve se acumula ao redor dele. A floresta o está devorando.

Não sou forte o bastante, e quando o encaro, o vejo piscando freneticamente. Pânico. *A floresta não quer que a gente saia.*

Mais terra cede em volta dele, e ele ofega por ar, mas está submerso até o peito agora. Ele me encara uma última vez, como se ainda não soubesse ao certo o que está acontecendo. Como se ainda estivesse um pouco embriagado e pensasse que talvez isso não fosse real. Apenas um sonho, um terrível, terrível pesadelo.

Ele não fala, não grita, e seguro seus braços até serem a única coisa acima do nível do chão. Mas então eles também são engolidos pelo solo escuro e cruel.

Desapareceu.

Desapareceu.

Desapareceu.

Eu desabo no chão, encarando o espaço onde Jasper estava, com os pulmões arfando. *Que merda*, quero gritar, mas não sai nenhum som. Apenas a ausência de ar.

Acima de mim, as árvores estão queimando e as faíscas, chovendo. Eu cambaleio para trás, me forçando a me levantar, com medo de ser a próxima e acabar como Jasper. Mas as raízes não vêm atrás de mim. Foi Jasper quem acendeu o fogo. Jasper roubou as coisas perdidas depois de eu ter dito que não o fizesse. Não com a floresta acordada. Ele foi o único que colocou coisas no bolso para levar para casa, para ficar com elas.

As árvores nunca o deixariam ir embora.

Seco o rosto, tirando sujeira e fuligem, e limpo as mãos nos joelhos. Quero me livrar da terra, de qualquer memória do que acabou de acontecer. Do que acabei de ver. *Jasper está morto. Jasper se foi.*

No chão, a apenas trinta centímetros de distância, está o anel da minha avó. Meu coração bate descompassado. *Algo não está certo. Por que o anel está aqui, dentro do bosque?* Mas não me abaixo para tocá-lo, não o tiro do solo. Não vou tirá-lo do Bosque de Vime, não agora, com a floresta desperta. Não darei motivo para ela vir atrás de mim.

As árvores chiam e rangem, as chamas crescendo mais e mais, e me apoio para me levantar, cambaleio por um momento, depois me viro e corro até a fronteira do Bosque de Vime.

— Eu... — Rhett balbucia quando chego até ele. — Me desculpe. Não consegui... — Mas não espero que ele termine a frase. Empurro seu peito com força o suficiente para derrubá-lo contra uma árvore atrás dele. Ele não diz mais nada. A boca inexpressiva, a cabeça baixa.

Cruzo a fronteira e saio do Bosque de Vime.

O rio Black se agita à nossa frente, água correndo sob a camada de gelo. Suzy e Lin me encaram como se tivessem ouvido o que aconteceu, como se soubessem que Jasper não vai ressurgir das árvores. Mas então percebo que eles não estão olhando para mim: estão fitando o bosque, o caminho de onde viemos.

Eu me viro e vejo. Contra o pano de fundo do céu da noite, faíscas vermelhas chamejantes crescem em círculos vertiginosos, chamas rompendo a floresta. O Bosque de Vime está pegando fogo.

Ficamos olhando em silêncio enquanto as chamas se expandem, aproximando-se do rio Black.

Está se espalhando.

O fogo não está se limitando ao Bosque de Vime. Está descendo em direção ao lago Jackjaw.

— Temos que ir! — digo, agarrando Suzy pelo braço para chamar sua atenção. — Não podemos ficar aqui.

Suzy assente e olho para trás em direção ao bosque mais uma vez. Talvez pela *última* vez.

Sinto um frio na barriga.

O lugar que conheço desde que me entendo por gente — de onde as Walker surgiram há tanto tempo que ninguém consegue se lembrar do ano — não vai sobreviver a esta noite. Eu tinha medo desse bosque, mas, sob a lua cheia, também me sentia em casa dentro dele.

Viro as costas, incapaz de assisti-lo queimar.

Preciso encontrar Oliver.

OLIVER

O céu da noite está elétrico.

As montanhas ao norte, o Bosque de Vime, se iluminaram.

Paro à margem do lago observando as chamas arrasarem as árvores, o som ribombando como um trovão.

Sei que é culpa minha. Eu não consegui encará-la. Saí de seu quarto enquanto ela dormia. Fugi como um covarde porque não conseguia contar a verdade para ela, e agora sinto a escuridão me arrastando. A floresta sempre ali, me rasgando, suas garras e dentes tentando me puxar de volta. Ela era meu único remédio e eu a deixei sozinha.

Ela não merece o que eu fiz. Não merece as mentiras que contei. Mas o que mais eu poderia fazer?

Merda.

Devo ser o vilão. Devo ser todas as coisas terríveis que não queria ser. Devo ter uma fúria dentro de mim que não consigo conter, uma vingança escondida atrás das pálpebras.

Não sou quem ela pensa que sou.

Aperto as palmas das mãos nas têmporas. Passo os dedos pelo cabelo.

Eu a deixei sozinha. Eu a magoei. Mas não tanto quanto ela vai se magoar quando souber a verdade.

Pensei que iria embora e nunca mais a veria. Mas agora estou parado na margem, vendo o fogo destroçar os pinheiros cobertos de neve, e não consigo fazer minhas pernas se moverem.

Meu coração bate fraco agora, quase parando de bater.

Preciso encontrá-la.

Não posso deixar que ela morra aqui. Sozinha.

NORA

Corremos, abrindo caminho na neve, o incêndio nos perseguindo ao longo do rio Black. As chamas monstruosas atrás de nós.

Não olho para trás. Não preciso. Posso sentir que está perto. Posso sentir as faíscas queimando minha pele, meu cabelo, roçando meus cílios.

Chegamos à margem, e o lago congelado já reflete o brilho fantasmagórico das chamas. O céu cor de sangue, de fumaça, de tempo se esgotando.

Nós quatro trocamos um olhar rápido, mas ninguém diz nada. Até Rhett parece tão silencioso quanto uma tumba.

Jasper está morto, uma morte que nenhum de nós conseguirá explicar.

— O fogo está avançando rápido demais — Lin diz. Ele tira o capuz do casaco e consigo ver sua cabeça, seu cabelo raspado, pela primeira vez. O ar finalmente está quente o suficiente para ele não precisar do capuz. À nossa frente, as árvores já estão começando a queimar por todos os lados do lago. *Não temos tempo.* Lin olha para mim e depois para Suzy, com a respiração entrecortada, e diz: — Boa sorte.

Respondo com a cabeça, entendendo o que ele quer dizer: *É cada um por si agora. Chegamos ao lago e agora cada um escolhe seu caminho. Então corram.*

Rhett é o primeiro a desatar a correr, virando para oeste em direção ao acampamento dos garotos. Lin vai logo em seguida, duas figuras correndo ao redor do lago conforme as árvores incendeiam a poucos metros de distância, cada vez mais perto.

Suzy parece insegura, sem saber para onde ir, quem seguir, qual destino escolher: comigo ou com os garotos no acampamento.

— Vamos — digo, quando seus olhos começam a lacrimejar, quando ela parece prestes a se afundar na neve e desistir. Pego sua mão e ela parece aliviada.

Juntas, corremos em direção à minha casa.

O fogo ainda não alcançou a fileira de casas de veraneio, mas está se aproximando, devorando a floresta ao longo da costa. É só uma questão de tempo.

Corremos entre os pinheiros e, antes mesmo de subir os degraus da varanda, vejo que a porta se abriu, batendo contra a parede. Ela nunca chegou a se fechar completamente quando Jasper a encostou, com a maçaneta e as dobradiças quebradas. E agora Fin não está mais aqui.

Grito para as árvores, chamando por ele — meu coração batendo rápido demais, a garganta seca —, mas ele não aparece. *Ele vai ficar bem*, digo a mim mesma, meus olhos começando a arder com a ameaça de lágrimas. *Ele conhece a floresta.* Vai fugir do fogo, vai escapar da floresta muito antes de nós.

Olho para dentro da casa, meus pensamentos zonzos se debatendo como abelhas inebriadas pelo próprio néctar, incapaz de me concentrar. *O que devo pegar? O que devo levar?*

— Vamos — Suzy insiste atrás de mim, puxando a manga do meu casaco. — Não temos tempo.

Do outro lado do lago, consigo ver os garotos começando a fugir das cabanas, correndo ao redor da margem, em direção à estrada. Atrás da minha casa, as chamas começaram a descer a encosta. O fogo chegou mais rápido do que pensei.

— Espere — digo, e corro pela porta de entrada. Subo a escada dois degraus de cada vez, e tropeço no último, mas consigo me levantar. Sob a cama, encontro o livro de feitiço. Eu o pego e o enfio debaixo do braço, descendo a escada com dificuldade e saindo pela porta.

Suzy olha para o livro, mas não questiona.

— Vamos — digo, fazendo sinal para ela, e descemos correndo pelas árvores ao longo da margem.

— Está perto — Suzy diz.

Eu me viro e vejo o fogo descendo pela encosta atrás da fileira de casas de veraneio, destruindo as árvores. Como um trem avançando ruidosamente pelos trilhos. As chamas estão tão quentes que a neve derrete ao nosso redor, escorrendo das calhas dos telhados, formando poças aos nossos pés.

O fogo não vai parar até que tudo esteja destruído.

Eu deveria ter pegado mais coisas, penso. Algumas das coisas da minha mãe. Fotografias. Suas joias. Seu suéter verde-mar favorito pendurado no guarda-roupa.

Mas agora não há mais tempo.

As estrelas se escondem em segundo plano, não mais visíveis através da fumaça, das cinzas e brasas que rodopiam à nossa volta. Corremos por entre as árvores, de volta à margem, até chegarmos à marina.

— O que você está fazendo? — Suzy grita quando corro na direção do ancoradouro.

— Vá na frente! — respondo. — Preciso avisar uma pessoa.

Ela abana a cabeça e para na neve, recusando-se a ir sem mim. Subo correndo os degraus da varanda e bato com o punho na porta do Sr. Perkins. Eu o ouço praguejando do outro lado, caminhando vagarosamente até a porta da frente. Um segundo depois ela se abre e, por um momento, minha respiração fica presa nos pulmões enquanto recupero o fôlego.

— Um incêndio na floresta — consigo dizer, apontando para o lago, onde as árvores estão queimando por todos os lados.

O Sr. Perkins aparece na varanda, erguendo a mão sobre os olhos.

— Mas que diabos? — ele pergunta, incrédulo.

— O senhor precisa sair... agora.

— Eu não vou a lugar nenhum — ele responde, baixando a mão e arrastando os pés de volta para a porta.

— As chamas vão incendiar tudo — digo.

Ele faz que sim, com rugas se formando ao redor da sua boca.

— E se eu tiver sorte, vai me levar junto.

— Por favor — digo. Meus pulmões ardem a cada respiração, a fumaça na minha garganta me sufoca. — O senhor precisa ir.

Ele ergue os olhos para a água — o lugar onde passou a vida toda —, então aponta um dedo ossudo e comprido para a fileira de árvores.

— Por que você não vai avisar quem está escondido na velha casa dos Harrison?

Na linha de casas de veraneio, onde a casa dos Harrison se esconde entre as árvores, consigo distinguir uma espiral de fumaça subindo pela chaminé.

— Não era para ter gente lá — digo. A casa dos Harrison quase nunca é usada, uma cabana de um único andar que fica vazia na maioria dos anos.

— Havia luzes acesas durante noite. Acho que eram velas.

Engulo em seco e saio da varanda. *Pode ser Oliver.*

Ele não estava no meu quarto quando os garotos arrombaram a porta. Talvez tenha ido para a casa dos Harrison, talvez esteja se escondendo lá, embora eu não saiba o motivo.

Mesmo assim, preciso ter certeza.

Volto a olhar para o Sr. Perkins.

— Se o senhor não for embora, eu também não vou. — Uma ameaça, uma maneira de fazê-lo vir conosco.

Ele me encara, me testando, para ver se estou falando sério.

— Tão teimosa quanto sua avó — ele diz, resmungando, antes de levar a mão atrás de si e fechar a porta com um estrondo. Não há nada que ele queira levar consigo, nada que queira salvar. Mas, pelo menos, está vindo com a gente. Está fugindo destas montanhas.

Pego seu braço e o ajudo a descer os degraus.

— Vá com Suzy — digo a ele. Suzy troca o peso de um pé para o outro, impaciente, pronta para correr.

— Aonde você vai? — Suzy pergunta.

— Preciso checar aquela casa, depois vou logo atrás de vocês.

Ela ergue uma sobrancelha como se não acreditasse em mim.

— Eu prometo — digo. — Vão indo na frente.

Ela pestaneja, cinzas caindo de seus cílios. Até seu cabelo cor de âmbar e macio está cinza-carvão agora.

— Tá —assente, e ela e o Sr. Perkins se afastam, subindo a costa, através da neve cinza e suja. Se não diminuírem o passo, chegarão ao pé da montanha a tempo, conseguirão sair antes que o fogo os alcance.

Mas meu coração não vai me deixar partir até eu saber que *ele* está seguro.

A adrenalina dispara pelo meu corpo.

O fogo já começou a destruir algumas das outras casas mais próximas das árvores: telhados ardem em chamas, janelas estão estouradas e cortinas são sopradas pelo vento conforme as chamas sobem pelas paredes.

O fogo é uma tempestade agora. Faíscas em vez de neve. Cinzas em vez de frio. Desceu das montanhas, do norte, e não vai parar até ter devorado tudo.

Até não restar mais nada.

*   *   *

A neve na frente da cabana dos Harrison ainda é funda e minhas pernas mergulham até os joelhos a cada passo. Minha respiração é rápida e sinto os pulmões como adagas raspando minhas costelas. Quando alcanço a varanda, agarro o corrimão e me apoio nele para subir — mão sobre mão —, o livro de feitiços enfiado debaixo do braço.

Sei que meu tempo está acabando; as chamas já chegaram às árvores atrás da casa. Galhos se partem, neve derrete das folhas, cascas estalando enquanto descamam.

Uma luz estremece nas janelas da frente, um brilho fraco que mal dá para enxergar com tanta fumaça.

Nem me dou ao trabalho de bater, não há tempo: abro a porta e entro na sala de estar.

O lugar está escuro, coberto de sombras. Uma mesa de jantar comprida que deve acomodar dez pessoas está encostada em uma parede e uma lareira larga está acesa na parede oposta.

E no sofá, alguém está dormindo, um garoto, com um cobertor sobre metade do corpo.

Oliver.

Meu coração para de bater por um instante e me aproximo dele, a esperança insurgindo perigosamente no meu peito.

— Oliver? — chamo. Não consigo ver seu rosto, que está parcialmente coberto por um braço, mas então ele se vira de lado e o braço cai. O movimento o desperta e ele se senta em um sobressalto: cabelo loiro-claro amassado para o lado.

Não é Oliver. *Não é Oliver.*

É outra pessoa, um garoto que não reconheço, com um rosto estreito e olhos azuis brilhantes.

A decepção pesa sobre mim.

— Quem diabos é você? — ele pergunta.

— Quem diabos é *você*? — pergunto em resposta.

Ele inclina a cabeça para o lado, confuso, e sinto meu rosto enrijecer: ambos incertos em relação ao outro. Examino a casa rapidamente: a cozinha pequena com pratos empilhados, latas de comida no balcão de madeira, armários abertos. Ele roubou tudo que conseguiu encontrar — o que sem dúvida não foi muito, considerando que os Harrison quase nunca visitam sua casa de veraneio. Feijões secos vencidos e tomates cozidos deixados para trás. Comida de emergência. Uma garrafa de uísque está na mesa de centro ao lado do garoto, a poucos goles de acabar. Ele estava se embebedando aqui. Talvez tenha fugido do acampamento dos garotos, talvez esteja aqui desde a festa, que foi algumas casas adiante, ainda bêbado, sem fazer ideia de que dia é hoje.

Olho para ele de cara feia, e ele faz o mesmo.

— Você precisa sair daqui — digo a ele bruscamente, me virando em direção à porta. Não me importo quem seja esse garoto, ele só precisa ir embora.

Mas ele não sai do sofá.

— Por quê?

— Tem um incêndio descendo a montanha. — Aponto para a janela, para que ele possa ver com os próprios olhos.

Ele coça a cabeça, bagunçando ainda mais o cabelo sujo, e estreita os olhos, atordoados com as bochechas coradas.

— Duvido — ele responde, voltando a se deitar no sofá. — Você só está tirando sarro de mim. — Então suas pálpebras se abrem mais e ele ergue um dedo como se fosse dar um argumento. — Espera, você é aquela garota da lua? A que mora na margem do lago? — Ele não espera pela minha resposta, só presume que eu deva ser. Quem mais eu seria, uma garota bem aqui na floresta? — Ouvi dizer que você amaldiçoa os meninos e os tranca no porão. — Ele ri consigo mesmo, esfregando o rosto com a mão. — E eu não vou a lugar nenhum com você.

Solto o ar abruptamente, irritada, e volto para a porta.

— Foda-se o que você vai fazer, mas se ficar aqui, vai morrer.

Ele morde o lábio inferior e parece magoado — um garotinho que ouviu que não pode mais brincar em sua casa na árvore.

— Espere! — ele grita antes de eu sair. — A estrada está liberada? — ele pergunta. — Os policiais vieram? — Seus olhos se voltam para a porta ainda aberta atrás de mim, o vento estranho e cortante soprando dentro da casa, um misto de ar de inverno e cinzas.

— O quê? — Viro para encará-lo, a cabeça latejando. Preciso sair daqui, não tenho tempo. Preciso encontrar Oliver.

— Quero dizer, tem alguém atrás de mim?

— Sei lá — respondo. — Você só precisa sair.

Ele se levanta de repente e olha atrás de mim novamente. Está usando uma calça de moletom verde e uma blusa de moletom cinza que diz O MAIOR PESCADOR DO MUNDO, e tenho quase certeza de que não trouxe essas roupas consigo. Ele deve tê-las encontrado dentro da casa, enfiadas na gaveta de uma cômoda em meio a bolinhas de naftalina. Sua expressão se fecha: uma sombra escura perpassa seu rosto.

— Encontraram o corpo? — ele pergunta, com a voz carregada, pouco mais que um sussurro.

— Que corpo? — pergunto, com medo de já saber do que ele está falando.

Ele estreita os olhos como se estivesse me avaliando, tentando entender minhas *verdadeiras* intenções ao invadir seu esconderijo.

— Quem é você? — pergunto de novo, algo começando a percorrer minha espinha, vértebra por vértebra. Osso frágil por osso frágil.

Ele hesita e move a mandíbula de um lado para o outro, como uma serra.

— Max.

Max, Max, Max.

— Você é o Max? — pergunto, e consigo sentir a cor se esvair das minhas bochechas, o calor escoar pelos meus dedos dos pés.

— Sim. — Ele estreita os olhos para mim, sua pele pálida e encovada. Ele precisa de um banho. Precisa de luz do sol.

Max está vivo.

Ele não está morto. Nem um pouco morto.

✳ ✳ ✳

O ar que respiro queima meus pulmões e limpo a garganta, piscando. *Piscando para afugentar a fumaça. Piscando para afugentar esse garoto que não pode ser Max.*

— Pensei que você estava morto — digo.

Sua boca se fecha, seu rosto se contorcendo inteiro.

— Eles *disseram* que você estava morto — continuo. — Os outros garotos. Disseram que você se afogou.

Faíscas começam a entrar pela porta aberta, soprando pelo piso de madeira — o fogo está perto agora, bem à porta. *Não podemos ficar aqui.*

— Não estou morto — ele responde, afirmando o óbvio, como se eu não pudesse ver com meus próprios olhos. Mas seu tom é estranho. Alguma coisa está errada. Algo mais se esconde sob suas palavras.

Minhas mãos começam a tremer.

— Não estou entendendo — digo. *Talvez esse seja o Max errado,* penso. *Outro Max.* Deslizo a mão trêmula para o bolso do casaco, sentindo a superfície lisa do relógio, e o tiro, segurando-o na palma da mão. Toco na parte de trás, onde o nome de Max está gravado no metal. — Isto é seu? — pergunto, estendendo a mão para ele ver.

Ele dá um passo à frente.

—Achei que o tinha perdido — ele diz, mas não faz menção de pegá-lo, de tirá-lo de mim, como se estivesse feliz de se livrar dele. Uma memória que não quer, algo que está tentando esquecer.

Fecho a mão em volta do relógio. Ele é o Max *certo.*

Aquele que deveria estar morto.

— Onde você achou isso? — ele pergunta.

Coloco o relógio de volta no bolso. Eu me acostumei com seu peso, com a vibração sutil dos ponteiros avançando enquanto marcam o tempo.

— Estava com Oliver. Estava com ele desde a tempestade.

Mas se Max está vivo... então Oliver não o matou.

Se Max está vivo, Oliver não é um assassino. Não deixou que ele se afogasse no lago.

Max ergue uma sobrancelha.

— Oliver Huntsman?

Eu confirmo com a cabeça.

— De que merda você está falando? — Ele contorna a mesa de centro, suas feições estão sérias, os ombros, rígidos. Posso ver a confusão crescendo dentro dele, junto com algo mais: fúria. — Você veio aqui para me fazer admitir o que aconteceu — ele diz, os olhos arregalados e sem piscar. — Está tentando me enganar.

— O quê? — Não entendo o que está acontecendo, do que ele está falando. Dou um passo para trás em direção à porta aberta. Para longe dele.

— Aonde você pensa que vai? — ele pergunta, as palavras cheias de raiva.

Faíscas se espalham pelo piso de madeira, trazidas pelo vento.

Max se aproxima de mim, os olhos injetados se recusando a piscar, a se afastar.

— Não estou tentando enganar você — digo. Mas ele avança e me agarra pelo pulso.

— Por que você realmente está com o meu relógio? — ele insiste, apertando meu pulso com mais força, interrompendo o fluxo de sangue em minha mão.

— Eu já disse — respondo, tentando me desvencilhar. — Estava com Oliver.

Seus dedos se cravam mais fundo na minha pele, e ele me puxa para perto, seu rosto a centímetros do meu.

— Você está mentindo.

Com o livro de feitiços embaixo do braço, consigo empurrar seu rosto e seu queixo com a outra mão e o afastar.

— Não estou mentindo — grito, soltando o braço de sua mão e me virando para a porta.

— Então o corpo dele foi encontrado? — ele pergunta, a voz despedaçada, fraca e tensa.

Paro e volto a olhar para ele.

— O quê?

— No lago? — ele diz, como se isso esclarecesse as coisas, erguendo uma única sobrancelha loira. — Recuperaram o corpo de Oliver?

— Oliver não está morto — digo, com um gosto amargo se formando na garganta.

Uma risada curta escapa dos lábios de Max. E, quando sua boca se fecha, ele volta a se aproximar de mim, as sobrancelhas caídas, os dentes raspando uns nos outros.

— Eu o vi afundar no lago. — Seu lábio superior se curva em um sorriso de repulsa, suas narinas se dilatam.

Balanço a cabeça.

— Você está falando um monte de merda — digo, mas mesmo assim me apoio no dorso de uma cadeira, os dedos embranquecendo ao apertar o estofado listrado azul-marinho. — Oliver não se afogou. — Mas quando falo essas palavras, o quarto começa a girar, o relógio dentro do meu bolso começa a *tiquetaquear* alto demais, martelando na minha cabeça.

Um garoto desaparecido. Um garoto morto.

Qual é qual?

Max sacode a cabeça e fala alguma coisa, mas sua voz parece muito distante. O quarto parece tombar para o lado, como um carrossel girando rápido demais, e quero descer. Preciso sair desta casa. Baixo os olhos para o chão para que as paredes parem de girar, e fico encarando um besouro caído de costas perto do pé do sofá. Morto. Sinto que estou rachando, pequenas fissuras se espalhando pela extensão da minha pele. E quando a primeira delas se romper, todo o resto vai se estilhaçar.

Max não morreu naquela noite.

Max não se afogou no lago.

— Qual é o seu problema, caramba? — ele fala agora. Seu rosto se desfoca, um borrão de cabelos, olhos vermelhos e um sorriso cruel, mas ele ainda está perto demais, e tiro a mão da cadeira. Eu me afasto dele, alcançando a porta aberta, sentindo partículas de cinzas grudando na pele. Sinto que elas jamais ficarão limpas, que jamais conseguirei escapar dessas chamas.

Mas então outra pessoa surge na entrada, bloqueando meu caminho. Mãos se estendem para me pegar. Olho em seus olhos muito verdes e sinto minhas pupilas se estreitarem em pontinhos minúsculos.

Oliver.

Oliver está parado no batente.

Engulo um soluço estranho, apavorado, o alívio correndo pelo meu corpo.

— O que você está fazendo aqui? — pergunto, tentando recuperar o fôlego, com cinzas entrando em meus pulmões.

— Estava tentando encontrar você — ele diz, com a voz urgente, em pânico. — Eu vi o incêndio. Você precisa sair daqui. — Ele estende uma mão para mim, mas não a pego.

— Pensei que você estivesse aqui — explico —, nesta casa. Mas... — *Mas em vez de você, encontrei Max.* Eu me viro para encarar Max e o olhar de Oliver também se ergue, vendo Max pela primeira vez. Sua expressão se fecha, ódio fumegando em seus olhos, formando uma linha que desce das têmporas até o queixo. Quero perguntar o que há de errado, o que ele vê quando olha para Max que faz sua mandíbula se cerrar tanto.

Mas volto o olhar para Max.

— Falei que ele está vivo — digo, as palavras engasgadas, como se parte de mim não acreditasse nelas.

O rosto de Max se suaviza e ele olha de mim para a porta.

— O quê? — ele murmura.

— Você estava errado — digo. — Você não viu Oliver se afogar.

Max passa as mãos pelo cabelo, como se fosse arrancá-los.

— Do que diabos você está falando? — ele grita, passando os olhos pela porta onde Oliver está, a fúria ribombando dentro dele. — Você é tão estranha quanto dizem — acrescenta, com um sorriso ácido. — Falam que você deveria ser internada, que morou tempo demais nesta floresta, que ninguém consegue manter a sanidade no meio deste mato.

Olho feio para ele.

— Eu não sou maluca — respondo, desejando ter uma resposta melhor, desejando que minha cabeça não estivesse tão cheia de fumaça. — Oliver não está morto — respondo, mas quando volto o olhar para Oliver, sua expressão mudou. Ele não está mais olhando para Max, está olhando para mim, com a boca fechada, os olhos me encarando com o tipo mais profundo de tristeza. Com culpa e arrependimento, e talvez até pena.

— Nora... — Oliver começa.

Mas ele é interrompido por Max.

— Não tem ninguém aí, garota bruxa — Max diz, apontando para a porta. — Você está falando sozinha.

Abano a cabeça, confusão e medo recaindo ruidosamente por todas as minhas articulações, e dou um passo para longe de Oliver, erguendo a mão no ar.

Não sei o que está acontecendo.

— A bruxinha esquisita perdeu a cabeça — Max zomba, rindo agora. Ele diz mais alguma coisa, mas não consigo escutar. Ele ri e outras faíscas entram voando pela porta, enchendo a casa de fumaça. O fogo está perto agora, mas não me importo.

Max não consegue ver Oliver. Ele está bem ao meu lado, mas Max não o vê.

Eu estava errada.

Completamente errada.

Dou mais um passo para longe de Oliver, tentando engolir em seco, tentando encontrar as palavras certas, mas elas não chegam a se formar.

Pensei que os garotos estavam com medo de que eu encontrasse o corpo de Max. Mas eles estavam com medo de que o encontrasse aqui, *vivo*. Estavam com medo de que eu o entregasse, contasse para os orientadores que ele estava escondido — um garoto que afogou o outro.

Um garoto desaparecido, um garoto morto — uma garota que não consegue ver a verdade.

— Você se afogou — digo em voz alta, olhando para Oliver, sem me importar que Max escute, que pense que sou louca. Os pensamentos estão se espiralando rapidamente agora, momentos demais, coisas demais que deixei passar. Todo esse tempo. *Eu não vi. Não soube.*

O rosto de Oliver fica tenso.

— Nora — ele suplica.

Mas sacudo a cabeça. Não quero ouvir meu nome em seus lábios. Não quero escutar nada.

— Nora — ele repete. — Nora, por favor.

Passo por ele e atravesso a porta antes que ele possa me impedir, antes que possa tocar me tocar. O ar está zumbindo ao meu redor, faíscas rodopiando pelas árvores. O fogo está próximo agora.

Esperei tempo demais.

Oliver repete meu nome mais uma vez, mas estou descendo os degraus aos tropeços. Para a neve, para o caos de cinzas.

Estou correndo em direção ao lago, às pressas, para longe das chamas.

Para longe de Max Caulfield, que não está morto.

Para longe de Oliver, *que talvez esteja.*

* * *

Sei que mariposas trazem presságios que não devem ser ignorados e que vassouras nunca devem ser guardadas no segundo andar da casa. Sei que janelas abertas para o leste podem trazer pesadelos e que janelas abertas para o oeste podem trazer o amor verdadeiro e boa sorte. Carregue uma noz no bolso para continuar jovem para sempre, plante uma raiz de chicória ao lado da janela da cozinha para manter as moscas longe. Jogue sal por cima do ombro esquerdo. E coma mel de dente-de-leão na torrada antes de ir para a cama para melhorar o sono.

Sei dessas coisas porque minha avó também sabia. E sua avó antes dela. Essas coisas são tão verdadeiras quanto a Estrela do Norte, tão certas quanto o fato de que uma picada de abelha dói e coça.

Mas e as coisas que não sei?

Os enigmas que não consigo decifrar?

A estranha conjuração que fez um garoto aparecer dentro do Bosque de Vime? Um garoto que não deveria ter retornado. Um garoto como Oliver Huntsman.

As árvores envergam e pingam.

A neve derrete de seus galhos — uma floresta invernal em chamas — e o ar rodopia com faíscas. O fogo está por toda parte, queimando a mata, o bosque e toda a vegetação. Destruindo a linha de casas de veraneio.

Chego ao lago e minha respiração é um chiado, e faíscas chamuscam as mangas do meu casaco, meu cabelo. Uma até pousa na ponta do meu nariz e passo a mão para ela sair. Tudo está queimando e esperei tempo demais para ir embora. A noite ganhou vida: uma explosão, um carnaval de chamas, fuligem, faíscas e calor.

E então vejo, balançando através da fumaça, ziguezagueando por entre as brasas como uma agulha cortando o tecido.

A mariposa-de-ossos.

A morte é uma criatura alada que não o deixará em paz até conseguir o que quer, diz uma passagem do livro de feitiços, que revisitei incontáveis vezes em minha cabeça.

Ela é bonita, percebo pela primeira vez: uma rara mariposa branca de alguma parte profunda da floresta.

Mas ela não voa para perto de mim. Ela passa pelo meu ombro em direção às árvores, onde Oliver está se movendo rapidamente na minha direção. Mas ele para de repente quando me vê olhando para ele.

— A mariposa-de-ossos — digo alto, finalmente entendendo.

Ela se aproxima de Oliver, pairando, olhando em seus olhos.

— A mariposa estava seguindo você — digo. — Não eu.

Suas asas vibram suavemente, finas como um tecido esvoaçando. Inflamáveis. E então ela se ergue para o alto das árvores e voa em direção ao centro do lago — escapando das chamas, desaparecendo na luz dourada insólita. Ela nunca esteve me seguindo. Nunca foi um aviso da minha própria morte.

A mariposa tinha sido um alerta de que a morte estava em minha casa, que a morte me beijou em meu quarto, a morte dormiu ao meu lado com suas mãos em minhas costelas. A morte me manteve aquecida.

Eu estava enganada sobre a mariposa. E estava enganada sobre *ele*.

Oliver se aproxima de mim, e talvez eu devesse recuar, correr pela margem, mas deixo que ele pare ao meu lado, seu ombro quase tocando o meu.

Mais uma rajada de *déjà-vu* cai sobre mim. Ele está exatamente como estava na manhã seguinte que o encontrei no Bosque de Vime. Um garoto prestes a partir para uma jornada — ou talvez ele seja um garoto que acabou de voltar de uma. Exausto e surrado, com os pés cansados e os ombros doloridos, mas com histórias impressionantes para contar. Sobre os lugares em que esteve e os vastos oceanos que viu. Vilões dos quais escapou por pouco. Um garoto que partiu e retornou. *Que voltou.*

Mas agora devemos estar no fim da história. Cinzas caindo ao nosso redor. A lua no céu tingida pelas chamas com um tom selvagem de vermelho. Uma lua de sangue.

Seguro o livro de feitiços junto ao peito e fecho os olhos com tanta força que penso ser capaz de conseguir apagar o céu, o fogo e tudo que não poderia ser real. Mas quando os abro, Oliver ainda está ali. Parado diante de mim sob a luz carmesim.

— Você se afogou? — pergunto. As palavras saem uma sílaba de cada vez, deixando um gosto estranho na minha língua, de lixa e cera. De conto de fadas. *De uma coisa que não pode ser real.*

Eu o escuto respirar, a inspiração e expiração contraindo seus pulmões. *Ar em seus pulmões — a respiração de um garoto que parece estar vivo.* Mas o que sei sobre os pulmões de garotos mortos? Não sei nada sobre isso. Sua pele cheira a pinheiro e samambaia — o cheiro de alguém que é mais floresta do que garoto.

— Sim — ele responde.

Meus olhos ameaçam se encher de lágrimas, mas o ar está seco demais e extrai a umidade da minha pele.

— Eu não entendo — digo. *Nada de nada.*

— Eu também não. — Ele se ajeita ligeiramente, cada movimento um bater de asas: um centímetro longe demais, um centímetro perto demais. *Nunca perto o bastante.* — Quando você me encontrou no bosque — ele diz baixinho, como se fosse uma confissão —, você me disse que eu não podia ter sobrevivido tanto tempo, duas semanas, na floresta. Você estava certa.

Porque ele já estava morto.

Não sei se quero tocar nele ou gritar. Bater os punhos em seu peito e arranhar sua pele até ele sangrar — *vou torná-lo real. Fazer com que sangre e sinta dor para que se torne um garoto de verdade novamente.* A raiva é um nó entalado em minha garganta.

Uma faca nas minhas costas.

Seu olhar se volta para o meu, as pálpebras pesadas e familiares enquanto o mundo queima ao nosso redor. Fogo, calor e mentiras.

— Eu não sabia — ele me diz, como se fosse algo que *precisasse* dizer. Tirar do peito. — Não no começo. Mas ninguém conseguia me ver, como se eu nem estivesse aqui. Exceto você.

Chamas devoram árvores inteiras do outro lado da margem, subindo aos céus, e há um fogo dentro das minhas entranhas, me queimando viva.

— Por que não me contou?

— Você teria acreditado em mim? — ele pergunta. — Você acredita em mim agora?

307

— Não. — *Como eu poderia acreditar?*

Ele baixa os olhos e entreabre a boca, a garganta lutando contra as palavras.

— Eu não queria que você tivesse medo de mim.

O estrondo do fogo atrás de nós enche meus ouvidos: uma fera vindo atrás de nós, uma criatura selvagem à solta. Incendeia a casa de veraneio onde Max estava escondido, as árvores ao redor dela já fulgurando incandescentes enquanto as chamas as devoravam. Max ainda deve estar lá dentro. Ou talvez tenha fugido a tempo. Mas não me importo. Ou talvez queira que ele queime pelo que ele fez. *Ele é o assassino, não Oliver.*

— Não estou com medo — admito, embora saiba que deveria estar. *Do que você é. Do que não é:* vivo.

Mas Rhett e os outros estavam: eles ouviram coisas na cabana, algo que os apavorou. Não era Max. Era Oliver esse tempo todo, se movendo entre eles, invisível. Nem mesmo Suzy o viu, nem uma única vez. Nem dentro da minha casa. Nem na fogueira. Pensei que ela estivesse mentindo, uma crueldade que não entendi. Agora sei que ela estava falando a verdade.

Ela nunca viu Oliver. *Eu fui a única.*

Ele olha para o lago, e meu coração se parte ao meio. Dividido em dois pedaços. *O antes e o depois.*

— Não sei por que você consegue me ver — ele diz. — E eles não.

Aperto o livro de feitiços com mais força e sinto o ar escapar dos meus pulmões.

— Porque não sou como eles — digo. — Como nenhum deles. — As Walker sempre conseguiram ver as sombras; *vemos o que os outros não conseguem ver.* Especialmente no cemitério:

aqueles vagando entre esta vida e a próxima. Aqueles que não sabem ao certo que estão mortos. Na noite em que minha avó faleceu, ela me acordou e se sentou na beira da cama. Com as mãos trêmulas, tirou o anel de pedra da lua que usou durante quase toda a vida e o colocou na minha mão. "Meu presente para você", ela disse, antes de desaparecer de volta nas sombras. Horas depois, minha mãe disse que a vovó havia falecido durante a noite, muito antes de me dar o anel. Eu tinha visto seu fantasma cruzar a casa ao sair. Minha mãe também a viu, o cabelo preto comprido em tranças que caíam pelas costas enquanto ela saía pela porta da frente. Mas era só um espírito se movendo entre nós, passando pelo mundo intermediário.

Um talento que todas as Walker possuem. Ver aqueles que se foram.

E na noite em que encontrei Oliver no Bosque de Vime, eu o vi claramente: nossos olhos se cruzaram assim que ele despertou. Nada sombrio, fantasmagórico ou *horripilante* nele. Talvez *eu* o tenha tornado real quando o encontrei, quando toquei nele. *Minha coisa encontrada.* Se não tivesse havido nada o prendendo nesta floresta, neste lago, nestas montanhas, ele poderia ter partido como a minha avó, assim como as outras sombras que já vi. Em um momento estão aqui, no outro não estão mais.

Mas, em vez disso, ele ficou.

De novo, sinto o impulso de estender as mãos e colocá-las em suas têmporas, ver se ele é de carne e osso. Raízes e joelhos. Saber se ele realmente é de verdade.

Mas tenho medo demais, então contenho o impulso. Eu o enfio no fundo da minha mente.

— Os outros também estavam lá? — pergunto, meus pulmões

sofrendo para encontrar ar em meio às cinzas. — Quando você se afogou?

Ele faz que sim, sua pele empalidecendo. A memória daquela noite perpassa seus olhos, cortando sua pele, rasgando-o onde ele sangrará um sangue de garoto morto.

Encontro seu olhar, precisando enxergar, precisando fazer a pergunta para a qual quero a verdadeira resposta desde o dia em que o encontrei dentro do bosque:

— Você se lembra do que aconteceu naquela noite?

Um longo sopro gelado deixa seus pulmões.

— Eu me lembro de tudo.

OLIVER

Não quero ir ao cemitério. Mas os outros insistem.

— É a sua iniciação — Rhett diz com frieza. — Todos que chegam ao acampamento precisam ser iniciados. É a tradição.

Faz apenas uma semana que estou no Acampamento Jackjaw para Rapazes Rebeldes e, até agora, eles me deixaram em paz, mal me cumprimentaram. E prefiro assim — ser uma sombra, alguém de quem eles nem se lembram. Um nome que se esconde no fundo da mente sempre que eles tentam se lembrar. Mas o dia todo, durante o café da manhã e depois do almoço, quando a neve começou a cair com força, tive a sensação de que algo estava para acontecer. Meus colegas de cabana me observavam com um interesse renovado, sussurrando entre si. *Eles estão planejando alguma coisa.*

E agora que o sol se pôs, o resto do acampamento está dormindo e os orientadores não verificam mais as cabanas, os garotos param diante de mim e me arrancam da cama.

Max está com eles também, parado ao lado da porta, esperando.

— Você não tem escolha — Jasper diz, usando seu suéter de rena ridículo. No dia em que cheguei ao acampamento, os olhos da rena ainda piscavam vermelhos, até que certa noite durante o jantar, as piscadas começaram a ficar lentas: uma contração e um tremor e então pararam por completo. E nunca mais voltaram a piscar.

Levanto da cama e visto um casaco — que opção eu tenho? Não quero fazer inimigos tão cedo. Não em um lugar onde provavelmente ficarei preso por um tempo. Meses. Talvez um ano.

Saímos da cabana e caminhamos ao longo da margem do lago, os garotos rindo quando alguém tropeça em um galho, depois sussurros urgentes para ficarmos quietos. Chegamos ao cemitério e Jasper tira uma garrafa de uísque do casaco, passando-a para o grupo. O líquido escuro queima minha garganta.

Penso que vão me fazer tomar cervejas demais ou me vendar, me girar e me obrigar a encontrar o caminho de volta para o acampamento sozinho. Mas nada disso acontece. Eles me levam para o final do cemitério, até uma fileira de sepulturas. Algumas são antigas, enquanto outras parecem ter sido fincadas no chão há poucos anos. Mas todas têm o mesmo sobrenome: Walker.

— As Walker são bruxas — Jasper explica, como se estivesse dando uma aula de história, enquanto passa a mão em cima de uma lápide.

— Elas moram aqui há mais tempo do que todos — Rhett intervém. — Antes de existirem árvores ou um lago. Quando tudo era um deserto.

Max franze a testa.

— Não é verdade. Este lugar nunca foi um deserto.

— Tanto faz — Rhett retruca. — Não importa.

— Precisa contar do jeito certo, senão não parece verdade — Max argumenta.

Rhett revira os olhos e o ignora.

— Elas são bruxas — Jasper continua. — É tudo que você precisa saber.

Max se aproxima de mim, com os olhos azuis sem piscar.

— E uma delas ainda mora do outro lado do lago.

— Achei que ninguém morasse naquelas casas — digo, de braços cruzados, sem a menor vontade de estar aqui. — Achei que estavam todas fechadas durante o inverno.

— As Walker continuam aqui durante o inverno — Max responde. — Elas são as únicas.

Engulo em seco, certo de que quem mora do outro lado do lago não é uma bruxa de verdade, mas continuo calado. Se eles querem acreditar que uma bruxa mora em uma daquelas casas, não dou a mínima. Só quero que isto acabe logo.

— Você precisa dizer o nome dela três vezes — Jasper instrui agora, pousando o cotovelo comprido e desajeitado na beira de uma lápide.

— De quem? — pergunto.

Ele aponta o dedo para a lápide abaixo dele. Gravado na pedra está o nome WILLA WALKER.

— Se disser o nome dela três vezes, vai invocá-la da tumba — Rhett diz, erguendo a sobrancelha de maneira dramática, como se isso tornasse suas palavras mais assustadoras. Ou mais verdadeiras.

— Diz a lenda que Willa Walker chorou no lago Jackjaw e o deixou sem fundo — Jasper acrescenta, como se recitasse de um livro. Talvez exatamente as mesmas palavras que um garoto lhe disse quando ele chegou ao acampamento.

Solto um barulho não intencional, um engasgo cético, e Max se aproxima um passo, com os ombros rígidos.

— Você não acredita na gente?

Reviro os olhos: sei como são essas coisas, como funcionam as iniciações. Eles querem que eu fique de boca fechada e faça tudo que eles mandarem. Quanto antes eu entrar na linha, antes vou estar de volta no meu beliche dormindo. E se eu fizer o que eles pedem, eles não vão implicar comigo depois desta noite. Eu serei *um deles*. E quando o próximo garoto chegar, vão querer que eu o obrigue a fazer as mesmas merdas idiotas.

Max se afasta e até Jasper se levanta da sepultura onde estava agachado. Eles me dão espaço para invocar a velha bruxa morta. Solto o ar pelo nariz e digo o nome três vezes.

— Willa Walker Willa Walker Willa Walker.

Um silêncio cai sobre o cemitério e por um instante, parece que o vento parou de soprar, como se o tempo parasse. Meus olhos percorrem o cemitério, as velhas árvores mortas e a neve caindo entre as lápides e, por um breve momento, penso que talvez eles estejam certos. *Willa Walker foi invocada de sua sepultura.* Mas então Jasper desata a rir, seguido por Rhett, e o som ecoa entre as lápides.

— Mano, você tinha que ver a sua cara — Jasper diz, batendo com força em meu ombro. — Parecia que você estava realmente achando que uma mão ia se erguer da terra.

Rhett empurra a garrafa de uísque para mim, como se esse fosse meu prêmio por fazer o que eles disseram. Dou um gole e a devolvo.

Penso que acabamos, que vamos voltar agora. A neve está caindo em camadas grossas, e os sigo pelo portão do cemitério. Quando chegamos à margem, viro à esquerda, mas Jasper me chama.

— Aonde você vai? — ele pergunta. — Achou que era só isso? Que era só falar o nome de uma senhora morta três vezes?

Rhett ri ao lado dele, mas Max está mais sério do que nunca.

A próxima parte é o verdadeiro motivo por que viemos aqui. Era isso que eles estavam esperando.

Vou até a beira do lago onde eles estão, com a neve soprando de lado por entre as árvores. Uma nevasca se aproxima. Os orientadores nos avisaram no jantar para encher as lareiras com lenha e trancar bem as portas para que o vento não as abrisse.

Mas agora estamos aqui fora, as montanhas ao norte obscurecidas por nuvens escuras.

— Você precisa andar no lago congelado — Rhett diz, com a voz alegre e animada, adorando isso tudo. *O principal acontecimento da noite.* — Até o meio do lago.

— E aí precisa girar em um círculo igual a uma bailarina — Jasper explica, abrindo um sorriso tão largo que a falha entre seus dentes parece maior que o normal.

Não olho para eles. Fico encarando a superfície congelada do lago, a água escura ainda visível embaixo dela.

— Você está se safando fácil — Rhett diz. — Poderíamos fazer você dormir aqui fora no frio.

Abano a cabeça devagar.

— O gelo não vai me aguentar — digo. Dá para ver que é muito fino, que não está completamente congelado. Tenho certeza de que menos de um mês atrás tinha água espirrando na margem pedregosa.

— Você não tem escolha, novato — Rhett responde, com a voz fria agora, o sorriso presunçoso bem aberto. Ele gosta dessa parte das iniciações, gosta da breve sensação de poder.

— Eu não vou fazer isso — digo, recusando-me a tirar os olhos de Rhett. Quero que ele saiba que estou falando sério. Falar três vezes o nome de uma bruxa morta há tanto tempo é uma coisa. Mas isto é outra completamente diferente. Eu prefiro dormir aqui fora no frio, prefiro lutar com todos eles, a correr o risco de andar ali.

— Ele pode se afogar — Lin argumenta, o único que parece reconhecer o quanto isso é perigoso. Que alguém pode realmente morrer. — Ninguém nunca teve que andar no gelo antes — ele diz. — Normalmente só fazemos os caras nadarem no lago no verão e ver se Willa Walker os puxa para debaixo d'água.

— Ele não vai se afogar — Jasper intervém, bufando e passando a mão pelo cabelo desgrenhado. — O gelo vai aguentar.

— E se ele se afogar, a culpa é dele — Max diz, os olhos como duas esferas pretas, como se algo estivesse fervendo sob a superfície. Os outros podem ainda estar em dúvida se vão me deixar entrar em seu grupinho, mas Max sabe que me odeia. Eu roubei seu beliche quando cheguei. Não foi de propósito. Eu preferiria ter passado despercebido, ser o garoto cujos pais morreram, que chegou no fim da temporada, mas ficou na sua e quase nem ocupava espaço.

Mas Max me odeia mesmo assim. Me culpa por ter que dormir em uma cabana de um cômodo só perto dos orientadores e do refeitório.

E agora, diante da margem do lago, sei que ele não vai me deixar escapar desta iniciação. Ele quer que eu sofra. Que pague o preço por sua expulsão.

— Se ele souber nadar, não vai se afogar — Max acrescenta. Na mão, ele segura alguma coisa, um pequeno relógio de bolso, prateado, girando-o entre os dedos, a corrente balançando como um pêndulo. Todas as vezes que o vi, ele estava com o relógio, sempre mexendo nele. Foi seu pai quem lhe deu, os outros me contaram. Foi um presente de aniversário antes de ser mandado para cá. *Para ele contar as horas em que está neste buraco de merda*, brincaram. Pareceu um presente cruel de certa forma. Um lembrete de que o tempo continuaria passando sem ele no mundo exterior. Que ele estava perdendo tempo. Todos nós, presos nestas montanhas.

Jasper ri, uma gargalhada calorosa de doer a barriga, e dá mais um gole na garrafa.

Mesmo assim, eu continuo parado à margem, recusando-me a me mover.

Então Max cruza o espaço entre nós, antes que eu consiga me preparar, e me empurra em direção ao lago. Dou alguns passos para trás, então me viro — os punhos cerrados ao lado do corpo. Eu e Max estamos a poucos centímetros um do outro, ambos dispostos a dar tudo de si, a não abrir mão. Dedos sangrando, mandíbulas quebradas e pele cortada.

Mas então Lin diz:

— Vai, cara, apenas ande no gelo e acabe logo com isso. — Meus olhos se voltam para ele, que balança a cabeça. — Está frio pra caralho aqui fora. Querem mesmo arrumar briga e explicar os hematomas aos Brutos amanhã?

Sinto meus punhos relaxarem, mas Max continua me encarando, querendo que eu parta para cima dele. Faz só uma semana que estou no acampamento e Lin tem razão: eu realmente não quero começar algo que pode não acabar nunca. Ficar sempre olhando por cima do ombro para saber se Max está me seguindo por entre as árvores. Nunca conseguir dormir. E não faço ideia do tipo de punição que enfrentaremos com os Brutos. Uma punição que pode me acompanhar pelo resto do meu tempo aqui.

Então me afasto de Max, meus braços rígidos, a neve soprando de lado em rajadas de vento agora, e dou um passo no gelo.

A superfície range e se mexe, mas não cede.

Eu me movo em direção ao centro, cada passo um arrastar lento, até sentir o gelo se afinando embaixo de mim. Uma camada de água encharcando minhas botas, então paro e olho para a margem.

— Continue! — Jasper grita para mim.

Mas não consigo, sei que o gelo vai quebrar. Faço que não com a cabeça.

— Aí não é o centro! — Jasper grita.

Eu me viro e vejo que ainda tenho vários metros pela frente, mas nunca vou conseguir. O gelo é fino demais. Quando me viro para olhar para eles, Max saiu da margem. Está avançando rapidamente na minha direção — a raiva acumulada dentro dele, o peito estufado, os braços rígidos.

Eu me preparo para o que está por vir.

Max não diz nada quando me alcança, apenas me empurra com força no peito e me joga para trás sobre o gelo.

— Falamos para você ir até o centro — ele grita, o rosto vermelho.

O gelo range sob nossos pés, mas Max não para. Ele quer seguir para o meio do lago, onde o gelo é mais fino. Quer provar um ponto. Provar que tenho medo e ele não. Ele me obriga a avançar pelo lago e os outros na margem dão risada, gritando coisas que não consigo entender. Vozes ecoando nas árvores, apoiando Max.

Mas sei que isso não vai acabar bem. Para nenhum de nós.

Estamos perto do centro quando escuto o gelo estalar.

O olhar de Max se volta para o meu e seus ombros se afundam. Ele parece assustado pela primeira vez e vira a cabeça para a margem, para ver se estamos muito longe.

Longe demais.

— Precisamos correr — digo, esbaforido. Mas Max parece paralisado. O gelo é fino demais e as rachaduras se espalham pela superfície, pequenas teias se expandindo sob as botas de Max. O gelo estoura e se curva, começando a ceder.

Ele baixa os olhos arregalados, e ouvimos uma vibração baixa que vem do gelo.

Não sei por que faço isso.

Talvez seja apenas um reflexo. Ou talvez seja a explosão de memórias que passam pela minha cabeça: meus pais se despedindo pela última vez, minha mãe sorrindo ao sair pela porta, e então a imagem do carro deles, destruído a poucos quilômetros de casa. A memória daquele dia, da morte tão próxima que consigo senti-la.

E ela está aqui novamente. Criando fissuras no gelo.

Pulo para a frente e empurro Max, derrubando-o com força na superfície do gelo. Algo escapa de seu bolso: o relógio prateado com a corrente comprida. Nós dois olhamos para aquilo por um segundo, a poucos centímetros de distância, e então o gelo se rompe sob mim.

Um estalo e o chão cede.

O frio crava suas garras em minha pele como mil pequenos cortes de uma lâmina afiada. Minha cabeça afunda com o impacto súbito, que suga o ar dos meus pulmões. O pânico surge em meu cérebro. Meus braços buscam a superfície, meus pulmões se contraem, e me esforço para subir de volta à linha da água, inspirando uma lufada rápida e fria de ar. Tento gritar, mas não consigo. Acabou o ar. Nenhuma função além de me manter acima da superfície.

Agarro a borda do gelo, mas minhas mãos escorregam. *Está frio demais.* Meus braços estão muito pesados. Procuro por Max e o encontro parado a poucos metros de distância, me encarando como se estivesse observando uma criatura em um aquário. Uma curiosidade no olhar — mas não pânico, choque ou medo —, apenas uma determinação calma e assustadora. Ele não se ajoelha para tentar me puxar para fora, não grita para os outros virem ajudar, apenas me encara com um olhar impassível. Seus olhos não passavam de dois pontinhos pretos.

Agarro o gelo e minha mão pega algo, algo frio e liso. Seguro-o na minha palma e então Max surge ali de repente, estendendo a mão. Mas não pega meu braço para me puxar para fora; pega o que estou segurando — o relógio de prata — e seus dedos puxam a corrente. Ela se parte entre nós e o relógio fica na minha mão.

Eu pisco para ele e inspiro pela última vez, sabendo que é a última — o céu noturno tempestuoso se turvando ao meu redor, minha visão indo embora conforme o frio suga todo o calor da minha pele, dos meus olhos, dos meus pulmões.

Pisco e tento agarrar o gelo uma última vez, mas meus braços mal se mexem, e Max apenas observa. *Um olhar frio, gelado.*

Fecho os olhos e a escuridão me puxa para baixo.

Um gole rápido e tudo fica dormente.

O lago é tão sem fundo quanto os garotos do acampamento disseram que seria. Uma profundidade imensurável.

Afundo e não há nenhuma luz. Nenhuma medida de tempo, de quanta água pode entrar nos pulmões de uma pessoa.

Afundo até abrir os olhos novamente.

Até chegar ao fundo do lago, que já não é mais um lago de verdade.

O frio ainda me perfura, minha pele ainda sente o frio do lago, mas estremeço sob uma cobertura densa de árvores. A neve caindo sobre mim, ar entrando em meus pulmões.

Vivo. Em uma floresta invernal.

E uma garota está ali, ajoelhada na neve e no escuro. Uma garota que se inclina sobre mim com o cabelo preto e comprido.

Uma garota. Que só pode ser uma bruxa.

NORA

Uma leve dor se forma em meu peito. Trevas correm como um rio pelo meu corpo.

Max foi o culpado pelo que aconteceu naquela noite.

Ele obrigou Oliver a ir para o gelo. E os outros, Rhett e Jasper e Lin, também estavam lá. E quando Suzy contou para eles que eu havia encontrado Oliver — *vivo* —, me obrigaram a entrar no Bosque de Vime para saber se era verdade, se Oliver havia sobrevivido de alguma forma e passado todo esse tempo escondido. Se ele estivesse vivo, se não tivesse se afogado, isso mudaria tudo.

Significaria que eles não seriam responsáveis pela morte dele.

Max poderia sair do esconderijo, e eles poderiam rir da história toda: *Lembra da vez em que pensamos que você estava morto?* Um tapinha nas costas e tudo ficaria bem. Ninguém vai para a cadeia por homicídio. Ninguém precisa fingir que não sabe o que aconteceu — ele simplesmente desapareceu do beliche. Ninguém precisa carregar essa mentira pelo resto da vida, sabendo que um garoto morreu numa noite quando eles estavam no acampamento.

Mas eu estava enganada. Não encontrei Oliver vivo.

E nada do que aconteceu naquela noite pode ser apagado ou esquecido. Um garoto ainda está morto. *E só eu posso vê-lo.* Só uma Walker consegue ver fantasmas na escuridão mais escura. Nossos olhos são diferentes, estranhos, capazes de ver o que ninguém mais vê.

— Me desculpe — Oliver diz, como se fosse culpa sua. Como se ele tivesse culpa de estar morto e de me deixar pensar que não. Como se tivesse culpa da minha pele desejar a sua agora, de ter me beijado em meu quarto, ter dormido na minha cama, ter respirado como um garoto de verdade e me deixado acreditar que poderia ser assim para sempre.

Coisas ruins acontecem, penso.

Um garoto desaparecido é encontrado no bosque. Um garoto morto. Abaixo o livro de feitiços em meus braços e observo a chuva de cinzas cair do céu. Inspiro e sinto como se houvesse lâminas em meus pulmões. O fogo está perto demais, queimando em direção à costa. *Tão perto agora.* Mas meu coração está partido, e isso machuca mais.

— Nada disso importa — digo. De qualquer maneira, agora já é tarde demais. Ele partiu meu coração, a floresta está se partindo ao redor e nosso tempo acabou.

Ele estende a mão e tenta tocar em mim, passar os dedos em minha bochecha, mas recuo. Ele está morto e, embora isso não seja culpa sua, ele ainda está morto. *Morto morto morto.* E nada pode desfazer isso. Nenhum feitiço Walker dentro do livro pode trazê-lo de volta à vida, devolver ar de verdade aos seus pulmões de garoto morto.

Nada pode mudar o que foi feito.

Ergo os olhos para a margem, onde as árvores entre nós e a estrada já foram tragadas, chamas se erguendo para o horizonte, incendiando as copas das árvores. Ciclones de calor e cinzas. Até o caminho de volta para a minha casa está bloqueado. Não tenho mais saída. Esperamos tempo demais. *Eu* esperei tempo demais.

A neve derreteu ao longo da costa, revelando pedrinhas pretas e areia coberta de cinzas.

— Nora — ele diz. Mas não consigo encará-lo porque nada está bem. Porque tudo está em chamas. Porque o fogo está muito perto, me cercando agora. *E ele está morto.* Lágrimas escorrem pelas minhas bochechas.

— Eu nunca quis magoar você — ele diz, estendendo o braço para secar as lágrimas com suas mãos de garoto morto. Um garoto que consigo tocar e sentir, mas ninguém mais consegue. — Eu sinto muito — ele diz. — Queria poder consertar tudo.

— Mas você não pode — digo baixinho, palavras amargas de lábios amargos.

Ele está tão perto que poderia me beijar. Poderia apagar tudo com sua boca na minha. Mas não quero que ele me beije. *Carne e osso.* Não quero sentir o calor de sua pele sabendo que não é real. Nada disso vai durar.

Ele nunca foi meu para que eu ficasse com ele.

Eu me desvencilho de seu toque, meu coração se apertando no peito. Meus pulmões ardem tanto que parecem estar pegando fogo, cercados por chamas. Eu estou cercada por chamas — o fogo perto demais, o calor insuportável. Chamuscando minha carne, meu cabelo girando em um ciclone de cinzas. Não posso ficar aqui. Não vou sobreviver.

— Aonde você vai? — Oliver grita.

— Para lá — respondo.

Ele tenta pegar minha mão, mas escapo, pisando no gelo. É minha única opção agora, o único lugar onde o fogo não queima.

Sobre o lago.

— Nora, não — ele grita, a voz embargada, ruindo sob sua língua. — É perigoso demais.

— Só para mim — respondo. Sou a única que pode morrer, que ainda tem algo a perder. Eu sei que não há mais tempo. Nenhuma escapatória. Vou sufocar com a fumaça ou queimar nas chamas se ficar aqui.

Eu me movo rapidamente, antes que ele consiga me puxar de volta. Corro sobre o gelo, através da camada baixa de fumaça, escorregando uma vez e caindo de joelhos, mas me levanto e continuo em frente. O gelo está mais fino do que antes, na noite em que caí e a água era como agulhas na minha pele.

O lago estala e range como madeira velha, um gelo que já não é grosso como antes. O calor do fogo o está derretendo, transformando-o novamente em água. Deslizo e escorrego, mas continuo avançando até chegar ao centro, onde a margem está quase à mesma distância de todos os lados. Apoio as mãos nos joelhos e tento respirar, mas a fumaça é densa demais. Meus olhos queimam, meus pulmões ardem a cada inspiração. De repente tenho certeza de que vou morrer aqui. Que este é realmente o fim.

É assim que serei lembrada dentro do livro de feitiços: Nora Walker morreu no lago. Seu corpo nunca foi recuperado. A longa linhagem das Walker terminou com ela.

Cubro a boca com a mão para não inspirar a fumaça e ergo a cabeça, me empertigando. A vista oposta ao lago Jackjaw é de uma floresta em chamas. *Uma floresta queimando.* Um incêndio iniciado por um garoto chamado Jasper que agora está embaixo da terra. Engolido vivo.

No acampamento dos garotos, várias cabanas já se foram, completamente queimadas. E não sei dizer se alguém ainda está lá, preso. A floresta está pegando fogo e não há nada que eu possa fazer.

Olho para o céu cor de pólvora e me lembro da sensação de quando caí no lago, quando senti que minha pele estava se rasgando, quando o anel da minha avó escapou do meu dedo, afundando na escuridão. *Até o fundo de um lago sem fim.*

Mas Jasper o encontrou dentro do Bosque de Vime. O anel devolvido.

Assim como quando encontrei Oliver.

Ambos afundaram no lago.

Respiro, perseguindo as memórias tão rapidamente quanto elas se esvaem.

O Sr. Perkins disse que os mineradores costumavam jogar coisas no lago, oferendas para a floresta, para acalmar o Bosque de Vime. Porque eles acreditavam que o lago era o coração vivo deste lugar.

As peças começam a se encaixar no fundo da minha mente. A poeira caindo por entre os raios de sol, finalmente visível.

Nunca soube por que as coisas apareciam dentro do Bosque de Vime. Que forma macabra de bruxaria ou travessura era aquela. Mas agora vejo: *Se algo cai dentro do lago, ele o devolve dentro do Bosque de Vime.*

Uma anotação que vou fazer no livro de feitiços, se um dia tiver a chance.

E em uma noite fatídica, durante uma nevasca, um garoto caiu no lago, imergiu até o fundo e foi cuspido de volta para o Bosque de Vime. Uma oferenda feita na noite da tempestade.

E o encontrei sob a lua cheia. Eu podia ficar com ele. *Achado não é roubado.*

Agora entendo, agora vejo. Mas isso não muda nada. *Ele ainda está morto.* A floresta o trouxe de volta, mas não o trouxe inteiro.

O frio do lago congelado sobe por minhas botas e começo a tremer. Penso ouvir Oliver me chamando, procurando, mas a fumaça está densa demais agora, rodopiando em rajadas estranhas sobre o lago, e ele não consegue me encontrar.

O fogo jorra para os céus do alto das árvores ao longo da margem. Devorando tudo, furioso e faminto. Ele ruge como um monstro, sugando todo o oxigênio. E sei que minha casa foi destruída. Não restou nada além de uma cicatriz no terreno. Apenas pilhas de fuligem e ossos.

Lágrimas rompem pelas minhas pálpebras e caem no gelo, tornando-se parte do lago.

Eu nasci naquela casa — onde todas as Walker antes de mim viveram — e agora ela se foi, deixando apenas cinzas para trás.

E a culpa é minha.

Eu estava errada sobre tantas coisas. Estava errada quando pensei que Oliver tinha matado Max. Estava errada quando pensei que minha morte estava próxima. Ou talvez não. Talvez a morte ainda me encontre. Aqui, neste lago. Nesta floresta em chamas.

É melhor queimar vivo ou se afogar? Qual vai doer menos? O gelo estremece embaixo de mim, cedendo sob meu peso. Fecho bem os olhos e expulso o frio, afastando o som das árvores que crepitam e caem ao longe. O som das chamas rugindo ao redor do lago. Cinzas em meu cabelo, brasas caindo aos meus pés, derretendo o gelo.

Esperei tempo demais, penso de novo. Deveria ter ido embora com Suzy e o Sr. Perkins.

Mais cedo ou mais tarde, o gelo vai quebrar e ceder sob os meus pés. Mais cedo ou mais tarde, vou afundar no lago e me afogar, exatamente como Oliver.

Mais uma oferenda para o lago.

Uma floresta coberta de neve não deveria queimar. Mas a fúria pode alimentar coisas estranhas. Esta noite, alimentou um incêndio florestal. Se minha avó estivesse aqui, conseguiria resolver tudo, ergueria um dedo no ar e as árvores dariam ouvidos. Ela daria um jeito nisso.

Através da fumaça, vislumbro o acampamento dos garotos do outro lado do lago e vejo vários deles saindo às pressas das cabanas. Nem todos fugiram ainda. Alguns ainda estão lá.

— A floresta quer queimar — penso, digo, em voz alta, para ninguém. E quer que queimemos com ela. Talvez a floresta mereça. Talvez tenha vivido tempo demais. Aperto o livro de feitiços junto ao peito e penso em todas as Walker que brotaram desse bosque. Todas as histórias que habitam no solo, vivem nessas páginas. E agora tudo vai queimar.

Minha cabeça começa a zumbir e uma sensação familiar me invade: já estive aqui antes. Estive neste gelo, pensei todos esses pensamentos e senti as cinzas em meus pulmões. Sou tomada outra vez tão rapidamente por um *déjà-vu* que minha cabeça se inclina para o céu manchado de vermelho.

Tique-taque, tique-taque, tum.

Pisco e focalizo novamente. Aperto o livro de feitiços com mais firmeza.

O gelo embaixo de mim se move um pouco mais, tão fino que consigo ver a escuridão profunda sob meus pés. Escuto Oliver em algum lugar entre a fumaça, chamando meu nome. Ele está perto agora.

Eu cresci nesta floresta, penso. Toda Walker cresceu. *Ela pertence a mim, e eu a ela.*

A floresta arfa, lamenta e grita ao longo da margem, chamas alimentadas por ódio e vingança. O gelo estala sob mim. O medo sobe pela minha garganta.

Oliver grita de novo no meio da fumaça, mas não escuto. Não respondo nem digo onde estou. Em vez disso, ergo os olhos para o céu terrível, para a ponta das árvores que consigo ver sobre a fumaça. E sinto que a floresta está observando, escutando. *Ela sabe quem eu sou.*

— Eu sou Nora Walker — digo baixinho, como disse todas as outras vezes em que entrei no Bosque de Vime. Mas agora minhas palavras parecem minúsculas. Sem qualquer magia. Sem significado. Penso em minha avó: em como ela era forte. Uma âncora que não poderia ser movida contra sua vontade. Muitos a temiam, o forte tenor de sua voz, seu cabelo escuro desgrenhado. Nunca a vi escovar aquele cabelo, que vivia sendo soprado pelo vento e ficava emaranhado, cheio de nós, mas momentos depois era como seda caindo sobre suas costas. Ela era uma maravilha. E, neste momento, eu queria ser como ela, queria saber o que ela sabia. Como comandar as árvores ao redor.

Aperto o livro de feitiços com mais força, sabendo do poder dentro de suas páginas, o peso de tantas palavras escritas por todas as Walker antes de mim. Conheço o significado delas. Sei que já comandaram essas árvores, esses céus sombrios. A floresta e as Walker estão unidas uma à outra. Não podemos ser divididas, separadas.

Engulo em seco e digo:

— Minha mãe é Tala Walker. — Uma invocação, um lembrete às árvores do sangue que corre dentro de mim. — Minha avó era Ida Walker. — Sussurro seu nome, deixo que perdure em minha língua. — Eu sou uma Walker. — A magia já correu em nossas veias, *magia de verdade*. Sussurramos e a floresta escutou. Derramamos lágrimas e a floresta chorou seiva por sua casca. Muitos velhos costumes foram esquecidos, perdidos no tempo, mas nosso sangue ainda é o mesmo. Ainda há uma chama dentro de nós.

Sinto que Oliver está perto agora, quase me alcançando, mas não olho para trás.

— Eu pertenço a esta floresta — digo em voz alta, desejando que as árvores me escutem. Que acalmem sua fúria. Que impeçam as chamas de queimarem, de devorarem o que restou. — Eu sou uma Walker — repito. — Vocês conhecem meu nome. Sabem quem eu sou. — Pronuncio como um feitiço, como um resquício da verdadeira magia se erguendo dentro de mim, queimando a ponta dos meus dedos.

Respiro e ergo o queixo. A confiança pulsa em de mim.

— Eu sou uma Walker! — grito, comandando minha voz a se elevar acima do fogo furioso que avança ao redor do lago.

Não sinto medo.

Escuto Oliver a poucos metros agora.

— Nora! — ele grita, com mais urgência desta vez. E então escuto outro som. Uma mudança no ar. Um estalo e um *estrondo*.

E então vejo: as brasas caindo, a sequoia-gigante completamente devorada pelas chamas. Ela deve ter uns sessenta metros de altura e seu tronco foi arrancado da terra macia ao longo da margem, chamas queimando-a das raízes até a copa. E agora a árvore está vergando, se inclinando, caindo. Tombando sobre o lago, na minha direção. Olho para ela como se fogos de artifício estourassem no céu da noite. *Em êxtase.* Tudo acontece em câmera lenta: sei que preciso fugir, mas, por algum motivo, estou hipnotizada pela visão deslumbrante de uma árvore tão gigantesca tombando, lançando-se à frente.

Um segundo depois, a árvore cai sobre o lago, quebrando a superfície do gelo em um único golpe violento. O som é tremendo e aterrorizante. Como mil candelabros de gelo se estilhaçando ao mesmo tempo. O lago estremece sob meus pés.

A poucos metros de mim, a árvore afunda na escuridão da água, em um buraco enorme. Gelo se rompendo ao redor dela. *Corra!*, grita minha mente. Mas meu coração parou no peito, minhas pernas congelaram de pavor. O gelo solta um barulho sinistro embaixo de mim, como metal dobrando a ponto de se partir. Como um longo uivo reprimido. Tomo fôlego antes que tudo aconteça.

Minhas pálpebras piscam.

O tempo desacelera.

E então o gelo estoura, cedendo rapidamente. Eu caio na água.

O ar é arrancado de meus pulmões. Minha cabeça afunda completamente e o livro de feitiços escapa das minhas mãos, mergulhando nas profundezas, como o anel da minha avó. Eu me esforço para subir à superfície, lutando por ar. Tento gritar, chamar o nome de Oliver, mas nenhuma palavra sai. Minha garganta está ressecada. O ar está denso pela fumaça. Minhas mãos batem contra a superfície da água enquanto tento nadar até a borda do gelo, mas não há borda. O lago foi estilhaçado, rompido, e agora apenas blocos de gelo flutuam na superfície. Assim como eu.

A margem está muito longe, e mal posso vê-la através da fumaça.

Tento gritar mais uma vez, mas uma onda de torpor me invade. Está frio demais. Minhas roupas molhadas estão pesadas demais. *Há quanto tempo estou aqui?* Alguns segundos, uma hora. *Tempo demais.* Meus olhos piscam para um céu sufocado pelas cinzas e meus braços se tornam inúteis. Minhas pernas param de bater. *Está tudo borrado, tudo escuro.*

Sem que eu perceba, minha cabeça desaparece sob a superfície. Desliza para dentro da água.

Eu afundo.

É pior do que antes. O frio é cortante, meus pulmões incham no peito, ardendo contra minhas costelas, ansiando por ar. Quando eu caí da outra vez, parecia um sonho. Como se eu não estivesse ali de verdade. Mas agora é brusco, doloroso e aterrorizante.

Fecho bem os olhos e sinto as profundezas me levando para baixo, caindo até o fundo sem fim. Mas continuo segurando a respiração, com medo de deixar a água entrar. Com medo de senti-la em meus pulmões.

Não vou morrer assim, penso.

Não serei uma oferenda para o lago, para a floresta. Não vou me afogar como Oliver e me tornar um fantasma neste bosque. Não é assim que a história termina.

Esta não é a minha história.

Eu sou uma Walker.

Abro os olhos. E vejo apenas escuridão.

Um zumbido começa em meus ouvidos, baixo no começo e então mais alto. A água vibra ao meu redor, como uma pipa açoitando o ar, serpenteando pelo céu. *Tem alguma coisa errada.*

Afundo mais. Para o frio mais frio que já senti. Afundo e meus pensamentos giram velozmente. Rápidos demais para captar, mas, ao mesmo tempo, também lentos e preguiçosos, pingando entre meus ouvidos.

O tique-taque fica mais alto, e procuro o relógio de Max no bolso. Ele estremece na palma da minha mão, seus ponteiros batendo ansiosamente para trás e para a frente.

Fico esperando sentir o fundo rochoso do lago, meus pulmões cederem. Mas o relógio vibra, os segundos correndo contra a minha pele, e a água parece ar, como se eu estivesse flutuando, à deriva entre as nuvens escuras.

Finjo que não estou com frio.

Finjo que não estou afundando infinitamente em um lago sem fundo.

Finjo que um incêndio não queima ao longo da costa e que nunca entrei na floresta com aqueles garotos. Finjo que a mariposa nunca bateu na minha janela e que Suzy nunca pediu para ficar na minha casa. Finjo que nunca encontrei Oliver no Bosque de Vime e que ele nunca colocou os lábios nos meus. Finjo que ele não se afogou.

Finjo que sou uma Walker tão poderosa e valente quanto as mulheres que vieram antes de mim.

Finjo que consigo consertar as coisas.

Eu sou uma Walker, penso de novo. As palavras deslizam como óleo em minha pele.

Aperto o relógio com firmeza, o metal frio gravado em minha palma, a única coisa à qual posso me segurar.

Quando você precisar, sua dádiva noturna vai aparecer, minha vó me disse certa vez.

Meu coração dispara e então se contrai. Sinto um aperto no peito.

Eu sei o que sou.

Minhas pálpebras piscam e tudo, *tudo*, sai do eixo. O lago tomba em direção ao céu. O relógio de prata vibra na minha mão, com minúsculos movimentos infinitesimais — *tique-taque, tique--taque*. Os ponteiros batem uma, duas vezes, na direção errada.

Pequenos prismas de luz se espalham pelas minhas pálpebras.

Aperto os dedos com mais força em volta do relógio, as unhas contra o vidro.

E deixo a escuridão me dominar.

Livro de Feitiços do Luar & Remédios da Floresta

Tala Walker nasceu sob uma lua de leite no final de outubro.

Abelhas cochilavam na beira de seu berço e seus corpos gordos e alados se enroscavam nas cobertas macias de algodão enquanto ela dormia. Quando ela aprendeu a andar, saía cambaleando até a floresta, enfiando os dedos nas colmeias de abelhas silvestres e voltando para casa com mel grudado até nas solas de suas sapatilhas brancas de bailarina.

Mas ela nunca foi picada. Nem uma vez.

Tala Walker conseguia encantar abelhas silvestres com um rápido piscar de olhos, e elas caíam em um sono profundo e restaurador sempre que ela estava por perto.

Tala deixou o lago Jackjaw aos dezenove anos, querendo esquecer o que era, ir para algum lugar onde o nome Walker nunca tivesse sido proferido. Ela se apaixonou rapidamente por um rapaz cujo rosto era coberto por sardas causadas pelo sol e, quando um bebê começou a crescer dentro dela, ela soube que precisava voltar para casa. Para o lugar onde todas as Walker nascem, a velha casa ao lado do lago Jackjaw. E sua filha não seria diferente.

Ela deu à luz uma menina de cabelo preto chamada Nora. Uma menina com a luz das estrelas nos olhos cor de galáxia. Mas Tala torcia para que a filha nunca conhecesse a magia, nunca precisasse de seu lado sombrio. Aquilo que tornava todas as Walker diferentes. Estranhas. Excluídas.

Mas ela estava errada. Sua filha tinha, sim, uma dádiva noturna. Talvez a mais poderosa já escrita neste livro de feitiços.

Tala Walker havia tentado escapar de quem era.

Mas sua filha, Nora, não queria nada além de ser quem elas realmente eram: bruxas de sangue puro.

Como encantar abelhas:

Vista a tela sobre a pele nua.

Queime dois galhos de nogueira e deixe a fumaça entrar na colmeia.

Conte até onze, então sussurre o nome de Tala Walker na fumaça.

Colete os favos de mel em potes de vidro antes que os galhos queimem completamente.

NORA

—Acorde, Nora — diz uma voz, clara e forte como um sino. — Acorde.

É a voz da minha avó. Me despertando dos meus sonhos, da escuridão do lago, o tenor delicado de suas palavras sussurrado em minha mente.

Meus olhos se abrem e sinto a neve em minha bochecha. Fria e úmida. O cheiro de terra limosa e verde enchendo minhas narinas.

Não estou mais no lago.

O luar espreita por entre as árvores, pálido e solitário, banhando minha pele.

Meus dedos empurram a neve e o solo, minhas mãos afundando até os punhos. Preciso sentir a terra, me sentir enraizada em algo que não seja a submersão sem fim do lago. Minha boca se abre por um momento, e quero falar, apenas para ouvir minha própria voz, saber que sou real, mas nenhuma palavra sai. Meu corpo se agita, treme, e acho que vou vomitar, mas tiro as mãos da terra e me deito de costas, olhando para o céu escuro e sem estrelas. Não sei ao certo que horas são. Mas já faz tempo que o sol se pôs. Já é a hora mais escura da noite.

Um zumbido enche meus ouvidos e inspiro como se o ar em meus pulmões nunca tivesse sido tão bom, ávida por ele. Desesperada. O vento uiva através das árvores como se viesse de dentro de mim. Um grito lamentoso. Um silvo e um engasgo.

Mas não estou dentro do Bosque de Vime.

Não estou nas profundezas mais cruéis da floresta.

Estou em meio às árvores do lado de fora da minha casa. Junto à margem, junto ao velho barracão inclinado. Os pinheiros se erguem sobre mim, mas não sei dizer ao certo como cheguei aqui. Não sei dizer quanto tempo se passou desde que caí no lago gelado, muito gelado.

Eu me sento, com a cabeça zonza. A neve cai ao meu redor.

Mas se não estou dentro do Bosque de Vime, o lago não me trouxe de volta. Não sou uma coisa perdida que foi devolvida, não sou como Oliver.

Outra coisa aconteceu.

Algo que faz minhas pálpebras vibrarem — gotas da água do lago suspensas em cada cílio, minúsculas esferas vítreas —, enquanto faíscas atravessam a minha visão.

Não há fumaça na minha garganta. Não há brasas voando entre os pinheiros, queimando minha pele. As árvores acima de mim são de um verde escuro e musgoso, e o ar é puro.

Não há nenhum incêndio devastando a floresta.

Eu me levanto e apoio a mão no tronco de uma árvore, respirando, o ar frio fazendo cócegas em meu pescoço. Estremeço.

Uma tempestade se aproxima. E o ar oscila na minha visão periférica, vibrando como um *déjà-vu*. O céu é de um tom familiar de preto crepuscular. Uma sensação, uma lembrança que não consigo identificar, classificar ou catalogar, como um dos espécimes emoldurados que o Sr. Perkins pendura na parede.

O zumbido em meus ouvidos vira um lamento, se torna um grito dentro da minha cabeça. Eu já estive aqui antes. Já estive entre essas árvores. A neve caindo branca e grossa.

Com os dedos trêmulos, afasto o cabelo do rosto e sinto o peso de algo mais em meu dedo. O anel da minha avó. A pedra da lua de um cinza perolado, refletindo o céu, como se eu nunca a tivesse perdido no lago.

Alguma outra coisa aconteceu.

Baixo os olhos para o chão, procurando o livro de feitiços que eu carregava quando caí no lago, mas ele não está aqui.

O anel voltou. Mas o livro de feitiços sumiu.

Alguma coisa aconteceu. Comigo, com a floresta, com tudo. Eu não me lembro de me afogar. Não me lembro do frio da água entrando em meus pulmões. Não me lembro da agonia da morte.

Giro em círculos, mas não há nenhum sinal de Oliver, nem de ninguém.

Estou sozinha.

Com as pernas trêmulas, me afasto da árvore e começo a descer a encosta em direção ao lago. Consigo sentir as árvores se curvando, abrindo espaço para mim. Obrigo meus pulmões a respirarem, a diferenciar o norte do sul, a me orientar entre o céu e a terra. Mas os segundos oscilam estranhamente ao meu redor, escorregadios como um peixinho-de-prata nadando entre os juncos.

Se vovó estivesse aqui, olharia para as árvores, para o céu escuro cheio de neve, e saberia se isto é apenas um sonho. Saberia por que não me afoguei no lago. Por que nuvens de cinzas não sobem da terra e cobrem meus pés.

Mas, agora, ela parece muito, *muito* distante.

Paro na margem e cruzo os braços, boquiaberta. Não há árvores queimadas, nenhuma faísca rodopiando no céu. A fileira de casas de veraneio e o acampamento dos garotos do outro lado do lago não foram reduzidos a cinzas. E entre os pinheiros, minha casa ainda está de pé.

Nada se queimou.

Eu me aproximo da margem, o ar estalando e se acomodando, e através da neve que cai escuto vozes, garotos gritando, rindo.

Está vindo do outro lado do lago.

Talvez eu devesse voltar para casa, me aquecer ao lado do fogo, deixar minha pele, meu cabelo e minhas roupas secarem. Mas não faço isso. Sigo o som dos garotos. O som familiar de suas vozes. Porque alguma coisa está errada. Alguma coisa mudou.

Tudo é assustadoramente diferente. Passo pela marina, pelo ancoradouro e pela cabana do Sr. Perkins. A luz brilha lá dentro — não apenas luz de velas, mas uma luz elétrica e vibrante. A energia voltou. Na janela, o Sr. Perkins está contemplando a neve, e me faz um aceno com a mão, sorrindo. *Ele não fugiu pela estrada para escapar do incêndio — porque não há incêndio nenhum.*

Não estou morta. Não me afoguei no lago. O Sr. Perkins consegue me ver.

Mas alguma coisa está errada.

Alguma coisa que cintila em minha mente, fora de alcance, mas por muito pouco.

Alguma coisa que não consigo explicar.

Eu me movo mais rápido na direção dos garotos, na direção de uma voz que penso ser de Oliver. E quando chego ao cemitério — o terreno de formato estranho onde os mortos são enterrados —, o ar se prende em meus pulmões.

Os garotos estão entre as sepulturas. Todos eles.

Vultos sombreados sob a neve que cai: Jasper, Rhett e Lin. Eles riem, passando uma garrafa entre si e dando longos goles no líquido escuro dentro dela. Max também está lá, apoiado em uma lápide, o cabelo loiro quase da mesma cor da neve.

E Oliver: os braços cruzados, afastado dos outros garotos.

Eles estão todos aqui. *Embora não devessem estar.*

Paro perto do portão, meu coração batendo forte no peito, sem saber ao certo por que eles se reuniram no cemitério. Por que as árvores não queimaram. Por que nada é como era antes.

— Você precisa dizer o nome dela três vezes — Jasper insiste, o cotovelo ossudo apoiado na sepultura da minha ancestral. *Jasper*, que está vivo, não enterrado no solo dentro do Bosque de Vime. A cena diante de mim entra e sai de foco, os pensamentos confusos, e não consigo identificar uma memória, um momento que faça sentido.

— De quem? — Oliver pergunta, e Jasper aponta o dedo para a lápide. O lugar onde Willa Walker jaz debaixo da terra, a Walker que chorou no lago e o tornou sem fundo. A mesma sepultura que Oliver me disse que os garotos o fizeram ficar em cima e sussurrar o nome dela três vezes, como parte de sua iniciação.

— Se disser o nome dela três vezes, vai invocá-la da tumba — escuto Rhett dizer, com um tom sério na voz. Uma morbidez que me lembra de quando ele arrombou minha casa e me arrancou da cama.

— Diz a lenda que Willa Walker chorou no lago Jackjaw e o deixou sem fundo — Jasper acrescenta, sorrindo.

Oliver emite um som, e Max se aproxima dele, com os ombros para trás.

— Você não acredita na gente? — Max pergunta. E minha cabeça começa a vibrar de novo, ouvindo suas palavras, vendo

Oliver olhar para o túmulo e, relutante, dizer o nome de Willa três vezes: eu sei onde estou.

Eu sei: esta é a noite da tempestade.

Esta é a noite em que Oliver rompe o gelo e mergulha na escuridão. Esta é a noite em que ele se afoga.

Em que a eletricidade vai piscar e cair, em que a estrada vai ser coberta de neve.

O tempo girou, oscilou e virou do avesso. Ou *eu* o desenredei. Eu fiz isso. Eu me trouxe de volta a esta noite. *De volta, de volta, de volta.*

Estou no lugar onde tudo começou.

Pequenos raios de luz brotam em minha visão — o vislumbre já familiar de um *déjà-vu*. O ar oscila contra meus tímpanos, como se eu estivesse caindo, tombando, perdendo qualquer noção de gravidade. *Tudo isso já aconteceu antes.*

Naquela noite terrível, terrível.

Eu sinto que vou vomitar.

— Mano, você tinha que ver a sua cara — Jasper diz agora, exatamente como Oliver descreveu. Ele dá um tapinha no ombro de Oliver, rindo, o som subindo para a copa das árvores, assustando um melro que grasna no alto de um abeto e voa para o céu.

Tudo isso já aconteceu antes.

Os garotos começam a atravessar o cemitério, passando a garrafa de bebida entre si. Rhett e Lin saltam por cima da cerca baixa de madeira, rindo consigo mesmos. Jasper segue cambaleando atrás enquanto Max se move vagarosamente, mexendo em algo em sua mão. O relógio. *O relógio de bolso prateado.* O mesmo que encontrei no bolso do casaco de Oliver — o que se partiu logo antes de Oliver cair na água enquanto Max observava. Bolhas de ar subindo à superfície.

A raiva se ergue dentro de mim quando imagino Max parado diante do buraco no gelo. Recusando-se a salvar a vida de Oliver. A se agachar junto da água e o puxar para cima.

Ele viu Oliver morrer. *Deixou* que ele morresse.

Sinto o impulso de atravessar a neve, sair do cemitério e colocar as mãos em volta da garganta de Max. Olhar no fundo de seus olhos e saber que ele merece. Talvez até empurrá-lo para o lago e esperar o gelo se romper, fazer com que ele sofra como Oliver. Pague pelo que fez.

Mas ele ainda não o fez.

Não ainda.

Observo enquanto os outros garotos pulam a cerca e atravessam a neve até a margem do lago.

Mas Oliver é o último a chegar à cerca, com as mãos nos bolsos, o olhar baixo para se proteger da neve caindo. Ele não sabe que os está seguindo para a sua morte. Que, quando ele chegar ao lago, vão obrigá-lo a subir no gelo. Max vai empurrar seu peito, com os punhos cerrados, a adrenalina nas veias. E no final, Oliver vai romper a superfície e afundar no lago. *Afundar, afundar, afundar.*

Que em breve, antes de essa noite acabar, ele se afogará.

Meus passos são rápidos na neve, minha respiração pesada, e alcanço Oliver antes que ele pule a cerca atrás dos outros. Ele não me vê, não a princípio, os olhos semicerrados contra o vento, mas, quando estou perto o suficiente, ele deve sentir minha presença porque se vira de repente, assustado, e seus olhos se arregalam — um verde exuberante e selvagem.

— Oliver — digo suavemente, minha voz terrivelmente baixa. Terrível e impossivelmente fraca.

Ele demora para reagir, seu olhar me perscrutando, parando na curva dos meus lábios, nos fios úmidos do meu cabelo. Mas não há reconhecimento em seu olhar. Nenhuma centelha de memória. Ele não pega minha mão ou me puxa junto ao peito, nem me pergunta se estou bem.

Fica apenas me encarando.

As árvores ao redor do cemitério começam a tremer ligeiramente, e não sei dizer se é o ventou ou se são os meus olhos. Se todas as coisas ainda estão tentando voltar ao normal, o lago se apartando do céu.

— Oliver — repito, erguendo os dedos e parando a poucos centímetros de seu peito, com medo de tocá-lo. Com medo de saber se ele é de verdade ou não. *Vivo ou não.*

Sua pele não está pálida nem amarelada, seus olhos não estão atormentados pelas memórias da floresta. Ele parece forte. Diferente. Não como eu me lembro.

Mas seu rosto se contorce quando digo seu nome, os braços se enrijecendo ao lado do corpo. Ele não sabe quem eu sou. E perceber isso parte meu coração. Me faz querer gritar. Chorar. Agarrá-lo e cravar as unhas em sua pele.

Respiro, e cada inspiração é trêmula.

Os outros garotos já estão quase na margem do lago e ainda não me viram. Rhett está empurrando Lin de brincadeira, rindo, suas vozes abafadas pela neve caindo.

— Não podemos ficar aqui — digo para Oliver, voltando os olhos para ele. Mas ele recua para longe de mim. Longe do meu alcance.

Minha cabeça começa a estalar e latejar. Meu queixo tremendo. Sei que preciso me aquecer, preciso entrar. Meu corpo está frio demais. Mas Oliver apenas me encara com o olhar distante de um estranho. Que não vai estender a mão e tocar em mim. Que não se lembra de nada de antes, que olha em meus olhos e vê apenas uma garota. Nada mais.

Mas o silêncio é quebrado por outra voz.

Por Rhett, gritando através da neve.

— Quem diabos é você? — ele grita. Meus olhos se erguem apenas o suficiente para ver que Rhett voltou para a cerca do cemitério, provavelmente ao perceber que Oliver não foi atrás deles.

Abro a boca e meus lábios começam a tremer. *Oliver não sabe quem eu sou.* Nenhum deles sabe.

— Eu sou... — começo, mas minha voz se prende atrás dos dentes. *Sou uma bruxa.* Uma bruxa que, afinal, tem o luar em suas veias. Que pulou no lago e acordou em uma noite que já aconteceu. Uma bruxa que sentiu o tempo passar ao seu redor, que acreditava que não tinha uma dádiva noturna. Mas talvez, *talvez*, eu estivesse enganada. Talvez eu não possa trazer os mortos de volta à vida, talvez nenhuma bruxa possa. Mas posso fazer outra coisa.

O vento fica mais forte, e sopra meu cabelo para longe do pescoço. Em direção ao céu. Rebelde e cheio de nós.

Talvez a força do meu desejo tenha sido grande o suficiente. Meu coração se partiu tão profundamente que se abriu e meu lado de sombras se derramou como lama escura. *Quando você precisar, sua dádiva noturna vai aparecer.* Talvez estivesse lá desde sempre. A parte de mim que sentia o tempo se deslocar fora do meu alcance. Os momentos em que tive certeza de que já havia estado ali antes, o *déjà-vu*. Várias e várias vezes. Algo que eu não conseguia sustentar por tempo suficiente, que eu não entendia. Algo que eu não conseguia controlar.

Até agora. *Agora.*

— É aquela garota da lua — Jasper responde, e ele também está na cerca agora, me observando. Em sua mão está o isqueiro, e ele o acende, deixando a pequena chama queimar antes de fechá-lo novamente. — Ela é uma Walker — ele afirma.

Volto os olhos para Oliver, mas seu olhar não se suaviza. Ele continua me encarando, tão inexpressivo e insensível quanto os outros.

— O que está fazendo aqui, garota da lua? — Rhett pergunta.

Eu o ignoro.

— Oliver — digo de novo, para manter sua atenção em mim, embora ele não tenha desviado os olhos nenhuma vez. — Não vá para o lago — sussurro baixinho, para que os outros não me escutem. Percebo que estou me aproximando dele de novo, querendo tocá-lo, passar os dedos em seu maxilar, em sua têmpora. Puxá-lo para perto e fazer com que se lembre. — Me prometa, ok? — Respiro fundo, com a cabeça girando, os olhos com dificuldade em focar. Como se eu ainda estivesse no lago, a água pressionando minhas pupilas.

Mas a expressão de Oliver não muda — sua boca é uma linha rígida e confusa.

Ele não tem ideia de quem eu sou.

— Do que ela está falando? — Lin intervém.

— Ela é uma bruxa — Jasper diz, sorrindo. E pela primeira vez, noto sua bochecha esquerda, onde o galho da árvore rasgou sua pele na noite da fogueira e deixou um corte fundo e ensanguentado. Mas não está mais ali. A pele é pálida e branca. Nenhuma cicatriz marcando a carne.

Ainda não aconteceu.

— Ela deve estar lançando uma maldição sobre ele — Jasper continua, pulando a cerca e dando alguns passos trôpegos em direção a mim e a Oliver, com as sobrancelhas erguidas. — Ela vai arrastá-lo para a casa dela e enterrá-lo debaixo do assoalho. Como todas as Walker fazem.

A respiração de Oliver fica rápida e estranha, mas ainda assim ele não desvia os olhos.

— Cala a boca, Jasper — retruco, me virando para apontar um dedo comprido na cara dele. Ele fecha a boca, como se realmente achasse que eu pudesse transformá-lo em sapo ou costurar seus lábios com teias de aranha e barbante.

— Como é que você sabe meu nome? — ele pergunta, a voz subitamente trêmula, a mandíbula inferior retraída de espanto.

Porque sou a bruxa que eles pensam que sou. Sou aquela a ser temida.

Volto a olhar para Oliver, respirando tão profundamente que me sinto zonza.

— Por favor — digo. Sorrio um pouco e, por um momento, acho que ele vai retribuir o sorriso, seus olhos assumindo um verde suave como o nascer do sol. — Venha comigo.

Seus lábios se entreabrem, a tensão deixa seus ombros.

Mas então Jasper berra atrás dele.

— Ela está te sacaneando, cara. Não deixe que ela encoste em você.

— Sei que você não se lembra de mim — digo para Oliver, ignorando Jasper. — Mas eu me lembro de você. E se ficar aqui com eles, algo ruim vai acontecer. — Engulo em seco e encontro minha voz novamente. — Por favor.

Sei que ele não entende, sei que nada disso faz sentido, mas ergo a mão, lentamente para ele não se assustar, e toco em sua bochecha, seu pescoço, torcendo para que ele perceba. Alguma parte dele saberá que já o toquei antes. Que ele olhou em meus olhos dessa forma e se inclinou para a frente e encostou os lábios nos meus. Alguma parte profunda e desconhecida dele ainda vai se lembrar.

— Cara — Rhett diz, com a voz estridente. — Ela deve estar enfeitiçando você agora. Roubando sua alma. Você não vai lembrar nem do seu nome pela manhã.

Mas continuo com o olhar fixo em Oliver, desejando que ele se lembre, e ele finalmente toca em mim. Mas não é um toque suave, delicado ou gentil. Ele segura minha mão e a tira da sua bochecha, firme e rápido. Depois me solta.

— Vaza daqui, bruxa! — Rhett diz, no mesmo momento em que meu coração afunda no peito. Ele pula a cerca e começa a se mover na minha direção, balançando os braços como se eu fosse um pássaro que ele pode afugentar. Me assustar de volta para o meu poleiro, para o meu abrigo na floresta. Pequeno, frio e solitário. — Ou vamos amarrar você àquela árvore e acender um fósforo para ver se as bruxas são realmente inflamáveis.

Agora eu sei que Rhett realmente faria isso. Que todos eles são capazes de coisas terríveis. Eles invadiram minha casa e me arrastaram para o bosque. Eu não ficaria chocada se realmente me amarrassem a uma árvore e ateassem fogo só para ver o que acontece. Só para ver se sairia uma fumaça preta da minha boca e das minhas orelhas quando eu queimasse. Eles estão bêbados o bastante. E são idiotas o bastante.

— Oliver — sussurro de novo, dando um passo para trás, para longe dos garotos, com o coração partido. Um músculo que bate rápido demais, que perdeu a noção do tempo, enquanto minha cabeça vai para trás e para a frente em coisas que ainda não aconteceram. As coisas que ainda podem acontecer se Oliver for para aquele lago.

O vento sopra por entre as árvores e o céu está cheio de neve. A tempestade está piorando.

— Falei que ela era perigosa — Jasper comenta, alto o bastante para eu conseguir ouvir. Dou mais um passo para trás, e mais outro, mantendo os olhos em Oliver. Quero que ele fale alguma coisa, grite para os garotos pararem, me deixarem em paz. Quero que ele venha atrás de mim. Mas ele permanece calado. Tudo que já sentiu por mim, tudo que já me falou, se perdeu agora. Escondeu-se nos cantos mais obscuros de sua mente.

O Oliver que eu conheci já não existe mais.

Rhett acompanha meus movimentos e, por um momento, parece que ele vai vir atrás de mim, pegar meu braço e me puxar de volta para o cemitério. Como se eu fosse exatamente o que ele precisa para entreter sua mente embriagada.

Então corro pela neve, contornando o lago, até não conseguir mais vê-los através do vento forte, e juro que consigo ouvir o estalo e a rachadura do meu coração se partindo.

Paro quando estou quase na marina e pressiono as mãos nos olhos para impedir as lágrimas de caírem. *Não é assim que deveria acontecer.*

Não é assim que a história termina.

Uma cicatriz profunda está se gravando dentro de mim — um lugar que vai formar uma crosta, mas nunca vai se curar. Prendo a respiração, segurando o ar até meu peito doer, até meus pulmões queimarem por uma inspiração nova. A tempestade avança violentamente no céu e expiro, longa e profundamente, com um calafrio descendo pela minha espinha, infiltrando-se com firmeza entre cada costela. Sempre tive medo de não ser uma Walker de verdade. Medo de acabar como minha mãe, cínica e com medo do que ela realmente é. Sempre pensei que queria ficar sozinha, sozinha nesta floresta. Onde não vou me ferir, onde ninguém pode me chamar de garota da lua, bruxa do inverno ou selvagem.

Mas eu estava errada. Não quero ficar sozinha. Não quero dormir no meu quarto no escuro e nunca sentir as mãos de Oliver na minha pele novamente. Não quero uma vida sem pessoas. Sem Oliver. Sem meu coração batendo descontroladamente dentro do peito e sabendo que o coração de outra pessoa está batendo da mesma forma.

Minha vida parece fraca e rasa sem isso.

Sou uma Walker que encontrou sua dádiva noturna. Sou uma Walker que quer ser chamada de mais do que uma bruxa. Mais do que uma garota a ser temida. Quero ser uma Walker que pode confiar em seu próprio coração, que corre atrás desse sentimento que brota por dentro sempre que tiver a chance. Quero ser amada.

Amada.

Amada.

Amada.

Completamente, absurdamente. Sem motivo ou cautela, sem sempre buscar formas de estragar tudo.

Eu quero *Oliver.*

Tiro as mãos dos olhos e dou um passo de volta ao cemitério, através da tempestade. Porque não tenho escolha. Porque preciso tirá-lo de lá e mantê-lo em segurança, e não permitir que ele se afogue. Independentemente de ele se lembrar de mim ou não, não vou desistir dele. Porque sou uma Walker. E minha história não termina assim.

Mas dou apenas alguns passos, *pisco apenas uma vez*, quando vejo alguém subindo a encosta, através da nevasca. Uma ilusão.

Um garoto.

Pisco outra vez.

Ele.

Paro e um zumbido lateja em meus ouvidos.

Dúvida e medo se agitam sob minha pele. Quero chorar.

Ele me alcança e o tempo desacelera. Ele ergue a cabeça e meu coração volta a bater no peito, remendando-se — linhas finas e resistentes para deixá-lo inteiro novamente.

Seus olhos percorrem o chão a princípio, depois se voltam para mim. Nos encaramos e vejo que ele inspeciona meu rosto em busca de memórias, de momentos no tempo ele não vai encontrar em outro lugar. Porque, quando eu olho em seus olhos, sei que ele não se lembra de mim. A garota que o tirou do Bosque de Vime e deixou que ele dormisse ao seu lado. Ele ergue a mão e prendo a respiração, encarando-o sem piscar. Penso que ele vai tocar meu pescoço, meu rosto, minha clavícula, mas seus dedos roçam meu cabelo, tão delicadamente que mal sinto. Meus olhos se fecham, e ele afasta a mão novamente.

Quando reabro os olhos, vejo que ele está segurando algo entre os dedos — um pequeno graveto, uma folha pontuda e verde pendurada na ponta, como se esperasse a primavera.

— A floresta gruda em você — ele diz. Sem saber, repete o que eu disse a ele na primeira vez em que ele tirou um pedaço da floresta do meu cabelo. Na manhã seguinte à noite em que o encontrei, quando voltamos para o acampamento dos garotos.

Um soluço fica preso em minha garganta e um sorriso se abre em meu rosto.

Ele segura a folha na mão, um resquício de quando acordei entre as árvores, meu cabelo caído sobre a terra e talvez, *talvez*, ele se lembre de alguma parte de mim. Algo que o intriga.

Seus olhos se estreitam e, por um momento, ele parece aflito, como se estivesse tentando discernir as partes sombrias da memória esquecida. As coisas que ainda não aconteceram.

— Será que já nos conhecemos antes? — ele pergunta, as sobrancelhas caídas, o cabelo se encaracolando logo atrás das orelhas enquanto a neve cai ao nosso redor.

Meus dedos querem tocá-lo novamente, mas só me permito fazer um gesto com a cabeça, com medo de que ele se afaste.

— Acho que sim.

— Acho que gostei de você então — ele diz.

Lágrimas começam a escorrer pelas minhas bochechas, pesadas e incontroláveis. Salgadas e doces.

— Acho que gostei de você também.

Ele estende a mão e, com as pontas dos dedos, seca minhas lágrimas. Ele sorri de leve, e sinto que minhas pernas vão ceder.

Não consigo me conter, dou um passo à frente e pressiono as duas mãos em seu peito. Ele não recua. Sinto o *tum, tum, tum* constante pulsando dentro dele. *Um garoto que está vivo.* Eu nunca consegui sentir seu coração batendo antes. Seus pulmões respiravam, seus olhos piscavam, sua pele era quente e depois fria. No entanto, seu coração não estava lá. Como se ele não conseguisse se lembrar da cadência em que batia antes. Mas agora consigo senti-lo sob minhas mãos abertas, e meu corpo todo começa a tremer.

Um suspiro deixa seus lábios, e ele se aproxima de mim, apenas alguns centímetros, e pega minha mão. Ele não se lembra de nada — não exatamente — mas sabe que eu me lembro.

E talvez isso baste.

— Você está tremendo — ele diz, envolvendo minhas mãos nas suas e levando-as aos lábios, onde sopra ar quente em meus dedos. — Podemos ir para algum lugar? — ele pergunta.

Faço que sim, mas minhas pernas não se movem, meu coração batendo rápido demais, as árvores balançando e ricocheteando.

— Essa tempestade está ficando feia. — Ele ergue os olhos para o céu, e a neve cai em seu cabelo, na ponta de suas orelhas, nas maçãs do seu rosto.

Sorrio e mais lágrimas caem. Sorrio e sei que, talvez, quem sabe, tudo vai ficar bem.

— Já vi piores — digo, sorrindo.

O preto nos cantos de seus olhos diminui, a escuridão de que me lembro, que sempre esteve dentro dele. O frio foi embora. *Como se nunca tivesse estado ali.*

E com sua mão na minha, caminhamos ao redor da costa do lago, passando pelo ancoradouro, onde consigo ver o Sr. Perkins na janela de sua cabana, observando a neve cair. Ele acena de novo e me cumprimenta, e aceno em resposta.

O tempo foi desfeito. Retrocedeu.

Uma tempestade está chegando, a pior que tivemos no ano. A estrada vai ficar bloqueada, a luz vai cair e vamos ficar presos aqui por semanas.

Mas teremos tempo. Tempo de sobra.

Eu sempre terei.

OLIVER

Seu nome é Nora Walker.

Não sei nada sobre ela, mas por algum motivo me lembro da curva de seu sorriso. Do rio delicado de seu cabelo. Da vibração de seus olhos quando ela me observa. Do cheiro de jasmim e baunilha de sua pele. E quando ela franze os lábios e cantarola baixinho uma canção, memórias impossíveis de eu ter invadem minha mente.

Ela é um nome e a vida que habitam dentro de mim, de uma forma que não entendo.

A neve cai e a energia acaba e a estrada que desce as montanhas é bloqueada. Mas ela não parece surpresa — nem pela tempestade nem por nada disso.

O lago congela e Nora me leva para o telhado. Ela me conta histórias — fábulas que não poderiam ser reais. Sobre um garoto que se afogou, que ressurgiu dentro de um bosque escuro, que não conseguia escapar da memória das árvores, do frio. E às vezes acho que ela está falando sobre mim. Ela me conta que o garoto resgata uma garota de dentro de um quarto, que ele acredita que ela é uma bruxa, mas não tem medo. Que nenhum deles tem medo um do outro, embora devessem ter.

Ela narra suas histórias e admiramos as estrelas e esperamos a primavera cair sobre o lago. As estações mudarem. Ouvimos os insetos da noite zumbirem na grama alta à margem do lago. Ouvimos as flores da primavera brotarem no solo rachado, as noites ficando mais longas e quentes. Ficamos deitados no telhado mesmo quando a chuva de verão cai do céu, gotas frias contra nossa pele quente. Arrumo um cacho de seu cabelo atrás da orelha e ela me beija, e tenho certeza de que não existe nenhum outro lugar em que eu gostaria de estar.

Tenho certeza de que o amor pode ser uma ferida, profunda e cheia de sal. Mas às vezes vale a pena. Às vezes tenho certeza de que já a amei antes. Que esta é a segunda vez que meu coração envolve o dela com força.

A segunda vez que a beijo pela primeira vez.

A segunda vez que coloco meus lábios em seu pescoço e deixo minhas mãos subirem por suas costas. A segunda vez em que me apaixono.

A segunda vez que sei que nunca vou deixar estas montanhas, a escuridão fria da floresta, o lago sem fundo que dá para ver da janela de seu quarto.

A segunda vez que sei — sem sombra de dúvida — que nunca vou abandoná-la.

Livro de Feitiços do Luar & Remédios da Floresta

NORA WALKER nasceu sob uma lua de papel no final de fevereiro, durante um ano bissexto especialmente ventoso.

Seu parto foi tranquilo — sua mãe, Tala Walker, mal emitiu um som — enquanto sua avó, Ida, cantarolava a melodia de uma velha cantiga de ninar para trazer a bebê ao mundo.

Quando era criança, Nora preferia romãs a morangos, a meia-noite ao meio-dia, e vivia atrás de sua avó, puxando suas saias, implorando pelos doces de gengibre que Ida guardava nos bolsos.

A mãe de Nora acreditava que a filha havia nascido sem uma dádiva noturna. A primeira Walker a perder completamente a velha magia. Mas, durante uma lua fria de inverno, Nora e seu lobo encontraram um garoto morto dentro do Bosque de Vime e, enquanto tentava fugir de um incêndio na floresta, ela caiu no lago e descobriu sua dádiva escondida nas profundezas de seu coração de bruxa.

Nora Walker conseguia distorcer o tempo como se fosse um prisma de luz sobre um vidro marinho azul-esverdeado.

O tempo nunca se moveu em linha reta para Nora, mas, naquela noite, ela aprendeu que ele poderia avançar e voltar quando seu coração desejasse. Quando ela pedia.

Ela poderia desfazer os males do passado.

Poderia corrigir seus erros.

Poderia trazer garotos de volta dos mortos.

E usaria sua dádiva noturna muitas vezes.

Nora Walker se apaixonou apenas uma vez, com uma ferocidade vertiginosa, por um rapaz que sabia exatamente o que ela era. Ela continuou no lago Jackjaw pelo resto da vida, na velha casa entre as árvores, e escreveu muitas histórias no livro de feitiços. Como sobre o inverno em que uma tempestade soprou sobre o lago e nem todos saíram vivos. Não a princípio. Ela se tornou uma contadora de histórias. Não apenas de suas próprias histórias, mas dos objetos perdidos que encontrava no Bosque de Vime. Das pessoas que conhecia. Ela contava suas histórias para que não fossem esquecidas.

A morte dela, porém, é uma lacuna que nunca foi preenchida aqui, pois o tempo não era facilmente medido para ela. O ano e a idade de sua morte, assim como da maioria dos acontecimentos em sua vida, não podem ser determinados.

Mas acredita-se que Nora tenha levado a vida mais longa, estranha e calorosa de todas as Walker que já viveram.

Alguns dizem até que sua história pode não ter chegado ao fim.

Que a história de uma bruxa que consegue atravessar o tempo nunca pode acabar de verdade.

Como controlar o tempo:

Acenda uma vela preta ao lado de uma janela voltada para o sul e deixa-a queimar por dez minutos de inverno.

Segure um pedaço de vidro verde sobre a chama, lançando um prisma em direção ao chão.

Escreva a data e a hora desejada em um papel branco e o queime sobre a vela.

Feche os dois olhos e sopre a chama.

EPÍLOGO

Não existem florestas comuns.

Um lugar de árvores banais e terrenos vulgares.

Os bosques são formados por travessuras e delitos, espinhos para cortar a pele exposta, raízes para prender cadarços soltos se arrastando pelo caminho. A maldição habita nas trevas, se inflama sob as copas densas de ramos de sempre-vivas, se infiltra na madeira úmida como minhocas.

Mas algumas florestas são mais antigas do que a maioria. *As anciãs*. Algumas florestas cultivam ódio em suas cascas e folhas carcomidas por traças para que não se possa fazer qualquer passagem segura por um lugar como esse.

A menos que você seja feito de floresta. A menos que um sangue preto como piche corra em suas veias.

A menos que você seja uma Walker.

As mulheres Walker nunca temeram as árvores — o antigo movimento dos galhos roçando em seus cabelos compridos e escuros.

Os moradores locais dizem que elas brotaram da própria terra, erguendo-se como brotos verdes sedentos por sol e calor. Que seus ossos são feitos de raízes, espinheiros e urtigas.

Elas pertencem a essas florestas. Ao rio Black, em cuja margem rochosa se encontrava ouro. Ao lago Jackjaw, escuro e sem fundo. À lua intumescida, pendurada no céu, esperando as palavras sussurradas do feitiço furtivo de uma Walker.

A história das mulheres Walker é estranha, célebre e envolta por folclore.

E é assim que elas preferem: serem transformadas em lendas.

Agradecimentos

Às vezes, escrever este livro foi como me perder dentro de uma floresta escura, muito escura. Eu poderia não ter encontrado meu caminho de volta se não fosse por algumas pessoas espetaculares.

Um obrigado ridiculamente gigante a Nicole Ellul por se aventurar dentro do Bosque de Vime comigo. Por conjurar feitiços, finais inesperados e palavras mágicas. Sem dúvida há luar em suas veias! Obrigada a Mara Anastas e Liesa Abrams por darem um lar aos meus contos sombrios e malucos. A Jessi Smith e Thandi Jackson, obrigada por lerem inúmeros rascunhos. Obrigada, Sarah Creech, pelo design de uma capa perfeitamente assustadora; Mike Rosamilia, pelo design de um miolo igualmente assustador; e Jim Tierney, pela arte mágica. Obrigada, Elizabeth Mims e Sara Berko, por garantirem que as histórias se tornassem livros. Obrigada a Clare McGlade por aparar as arestas. Obrigada a Caitlin Sweeny e Alissa Nigro por sua magia de marketing! Obrigada, Lauren Castner, por todo o trabalho ultrassecreto que você faz! Obrigada, Cassie Malmo, por conciliar agendas e fazer questão de que esta história chegasse às mãos do maior número possível de leitores. A Anna Jarzab, Emily Ritter, Jill Hacking e Chrissy Noh: vocês são super-heroínas. E obrigada a todos os nerds literários como eu no escritório da S&S que tornaram este livro possível de todas as formas pequenas e grandes nunca vistas!

Jess Regel, você leu um número inominável das minhas histórias, aquelas que ninguém além de nós duas vai ler, e é a maior aliada que eu poderia pedir. Um salve para os livros enterrados em nossas velhas caixas de entrada. Obrigada por tudo. De verdade.

À minha mãe e ao meu pai, obrigada por todas as histórias de ninar. A Sky, obrigada por distrair os bichos enquanto escrevo e comer apenas cereal quando não tinha tempo para cozinhar. Amo você infinitamente. A Mel, Andra e Andee, ainda os melhores amigos que uma garota poderia desejar.

A Ann e Nicky, Jeanie e Tyler. Eu tinha um prazo para cumprir durante a nossa viagem, mesmo assim vocês fizeram questão que eu entrasse naquela água azul-turquesa e jogasse bocha com cocos. Adoro vocês. *Banana*.

Aos leitores desta história, se um dia se encontrarem em um bosque sombrio, sem um fósforo para iluminar o caminho, sejam sua própria luz.

Este livro foi composto na tipografia Adobe Garamond Pro,
em corpo 11/16, e impresso em papel polén soft no Sistema
Cameron da Divisão Gráfica da Distribuidora Record.